DIE HILFE

Könige der Linwood-Akademie – Band 1

CALLIE ROSE

GREY EAGLE PUBLICATIONS

Originaler Titel: *The Help*

greyeaglepublications.com

Covergestaltung : Coverluv Book Designs
www.coverluv.com

Aus dem Amerikanischen von Raphaela Bourdon
Lektorat: Fehler-Haft.de

ISBN: 978-1-64366-349-4
Print ISBN: 978-1-64366-350-0

1

Unser gedrungenes Haus mit den beiden kleinen Schlafzimmern sieht jetzt, da es leer steht, noch hässlicher aus.

Als meine Schuhe noch neben der Tür gestanden haben, die kitschigen Kunstdrucke meiner Mutter noch die Wände geschmückt haben und unsere Sachen in dem niedrigen Haus verteilt gewesen waren, war es einfacher, so zu tun, als wäre es kein Drecksloch.

Aber jetzt?

Es gibt nichts mehr, was die abblätternde Farbe und die Risse im Putz, die verzogenen Böden oder den leichten Schimmelgeruch, den es wohl schon immer gegeben hat, noch verbergen könnte. Die veralteten Geräte stehen wie eine Hommage an die Achtzigerjahre in der schäbigen, abgenutzten Küche. Seltsamerweise fühlt sich das Haus ohne unser ganzes Zeug darin *kleiner* und fast klaustrophobisch eng an. Gott sei Dank sind wir damit fertig, den Umzugswagen zu beladen. Ich möchte diesen Ort nie wieder betreten.

Als wir im Eingang stehen und das leere Haus betrachten, legt meine Mutter mir einen Arm um die Schulter.

»Das war's, meine Kleine. Das Ende einer Ära.«

Sie klingt bereits wehmütig und nostalgisch. Ich weiß, dass sie gedanklich bereits gewissenhaft die ganze Scheiße löscht, die geschehen ist, während wir hier gelebt haben. Sie poliert nur die glücklichen Erinnerungen auf und stellt sie in den Vordergrund. Wenn wir in Connecticut ankommen, wird dieses alte Haus in Arizona in ihrem Kopf einen fast mythischen Status erreicht haben – nur das Gute wird ihr in Erinnerung bleiben. Das Schlechte wird begraben, als wäre es nie geschehen.

Ich mache mir nicht die Mühe, sie darauf hinzuweisen, dass das vergangene Jahrzehnt eine Ära ist, von der wir beide froh sein sollten, dass sie zu Ende geht. Sie weiß das auch.

Sie will sich aber nicht damit aufhalten.

Außerdem weiß ich, dass die Planung und Organisation des Umzugs für sie schon stressig genug war. Also erwidere ich ihre Umarmung und lege meinen Kopf auf ihre Schulter. Sie ist ein paar Zentimeter größer als ich. Jetzt, da ich siebzehn Jahre alt bin, habe ich die Hoffnung so gut wie aufgegeben, dass ich sie jemals einholen werde.

»Ja. Das Ende einer Ära.«

»Bist du sicher, dass du damit zurechtkommst, Harlow?« Sie blickt auf mich herab. Sorge leuchtet in ihren braunen Augen. »Ich weiß, es kam plötzlich. Ich trenne dich außerdem nur ungern von all deinen Freunden hier ...«

»Das ist schon in Ordnung, Mama. Alles ist okay«, sage ich mit Nachdruck und unterbreche sie, bevor ihre Schuldgefühle wie eine Lawine aus ihr herausbrechen können. Sie sollte sich nicht schuldig fühlen. Wenn überhaupt, bin *ich* diejenige, die ihr Leben ruiniert hat. »Das ist ein unglaublich gutes Angebot. Du musstest es nehmen.«

Sie drückt mich fester an sich, und ich spüre, wie sie mit den Schultern zuckt. »Nun, so unglaublich gut ist es auch nicht. Ich werde mich nur um den Haushalt kümmern ...«

»Ja, aber für eine Familie, die so verdammt reich ist, dass sie es sich leisten kann, dir ein fast sechsstelliges Jahresgehalt zu bezahlen. Du wirst die Hausdame oder so was sein.«

Mit der freien Hand stupst sie mich in die Seite und lacht. »Für dich ist das *Miss* Hausdame.«

Ich winde mich aus ihrem Griff, drehe mich dann zu ihr um und sehe sie mit dem ernstesten Ausdruck an, den ich zustande bringe. Sie war neunzehn, als sie mich bekam. Deshalb wird sie oft mit meiner älteren Schwester verwechselt. Ich sehe ihr sehr ähnlich. Wir teilen uns die gleiche gerade Nase, ein herzförmiges Gesicht und Haare in einem tiefen Dunkelbraun. Meine grünen Augen muss ich jedoch von meinem Vater bekommen haben.

»Mama, das ist eine gute Sache. Es ist es wert, dafür umzuziehen. Ich werde Bayard vermissen, bin aber sicher, dass es in Fox Hill auch cool sein wird.«

Ich habe gegoogelt, und *cool* ist nicht der richtige Ausdruck, um diesen Ort zu beschreiben. *Stinkreich* oder *extrem protzig* scheinen mir besser zu passen. Die Stadt sieht wie eine Küstenstadt für Yuppies an der Ostküste aus. Ich bin mir nicht sicher, wie zum Teufel ich da jemals hineinpassen soll. Bayard mag zwar ein Drecksloch sein, genau wie unser Haus, aber zumindest ist mir die Stadt vertraut. Hier weiß ich, wohin ich gehöre, und muss mich nicht verstellen oder versuchen, es jemandem anderem recht zu machen.

Ich würde mir aber lieber glühende Nadeln unter die Fingernägel schieben, als meiner Mutter irgendetwas davon zu sagen. Sie hat sich wegen dieser Entscheidung schon genug gequält.

»Ich denke, das wird es.« Sie strahlt mich an. Ihr Optimismus kommt wieder durch. So, wie es immer geschieht. »Willst du den Nissan oder den Umzugswagen?«

»Ähm. Den Nissan, bitte.« Der Umzugswagen ist nicht besonders groß. Bei dem Gedanken, mit dem Ding durch den Verkehr zu navigieren, werde ich aber nervös.

»Abgemacht.« Sie fischt die Schlüssel aus der Tasche, zieht die Haustür zu und schließt sie ab. Dann reicht sie mir den Schlüsselbund. »Du weißt, wo wir eine Pause machen, oder? Für den Fall, dass wir getrennt werden.«

Ich verdrehe die Augen. »Ja, weiß ich, Mama. Außerdem habe ich GPS auf meinem Telefon. Ich werde schon klarkommen.«

Wir gehen gerade in Richtung des ramponierten

Nissan Versa und des Umzugswagens, die am Bordstein geparkt sind, als sich die Eingangstür des Hauses auf der anderen Straßenseite öffnet. Bevor ich ein Wort sagen kann, rast eine winzige blonde Gestalt über die Straße und wirft sich mir an den Hals. Bei dem Aufprall taumele ich nach hinten, umarme aber Hunter und stoße ein bitteres Lachen aus.

»Haben wir nicht gesagt, dass wir uns nicht mehr verabschieden?«

»Ja, schon.« Sie lässt mich genauso schnell wieder los, wie sie mich umarmt hat. Hunter bewegt sich immer so, als hätte sie den gesetzlichen Grenzwert für Koffein im Blut überschritten. »Ich habe aber gelogen. Da hast du es.«

»Warum bin ich nicht überrascht?« Ich muss noch einmal lachen, als ich sehe, wie meine Mutter mir zuwinkt und in den Umzugswagen einsteigt. Sie weiß, dass ich direkt hinter ihr sein werde. Ich glaube aber, dass sie mir die Möglichkeit geben will, mich unter vier Augen von meiner besten Freundin zu verabschieden.

Ich bin zwar kleiner als meine Mutter, aber im Vergleich zu Hunter bin ich ein verdammter Riese. Oberflächlich betrachtet, sollten wir beide eigentlich nicht befreundet sein. Sie ist etwas kleiner als ein Meter fünfzig, voller überschäumender Energie, gesprächig und extrovertiert. Ich ... bin das nicht. Vielleicht sind wir aber gerade deshalb Freundinnen. An dem Tag, als ihre Familie vor fünf Jahren eingezogen ist, kam sie zu uns marschiert und hat sich vorgestellt. Seitdem sind wir eng befreundet.

Sie ist der einzige Grund, warum ich traurig bin, Bayard zu verlassen. Alles andere ist mir mehr oder weniger egal.

Wir sehen zu, wie meine Mutter mit dem Umzugswagen die Straße entlang losfährt, und ich wirbele den Schlüsselbund um einen Finger. Als der Umzugswagen an der nächsten Kreuzung abbiegt, dreht sich Hunter zu mir um.

»Also, wann fängst du an deiner neuen Schule für Reiche an?«

Ich zucke mit den Schultern. »Keine Ahnung. In einer Woche oder so.«

»Ich kann nicht glauben, dass deine Mutter es geschafft hat, dich als Teil ihres Vertrages in einer Privatschule anzumelden. Diese Leute müssen reicher als der verdammte Gott sein.«

»Ja, ich glaube, das sind sie.« Ich rümpfe die Nase. »Ich werde aber auch dafür arbeiten müssen. Im Grunde werde ich die Assistentin meiner Mutter sein. Wegen des Unterrichts werde ich nicht Vollzeit arbeiten, aber es ist nicht so, dass ich herumliegen und Kuchen essen werde.«

Unsere Unterhaltung ist lahm und dient nur dazu, das Unvermeidliche hinauszuzögern. Ich habe erst vor zwei Wochen erfahren, dass ich die Stadt verlassen würde. Seitdem hat sich alles so schnell entwickelt, dass ich fast ein Schleudertrauma bekommen habe. Hunter und ich haben uns früh und tränenreich an dem Tag verabschiedet, als ich ihr gesagt habe, dass ich umziehen werde. Seitdem ist uns das alles jeden Tag etwas weniger real vorgekommen, und jetzt fühlen wir uns beide nur noch resigniert.

»Oh, hey!« Sie wird plötzlich munter und gräbt in der Gesäßtasche ihrer Jeans herum. »Fast hätte ich es vergessen. Das ist für dich.« Sie ergreift meine Hand und drückt mir einen abgenutzten Pokerchip in die Handfläche. Dann faltet sie meine Finger um ihn herum zusammen. »Der soll dir Glück bringen.«

Scheiße. Ich hatte gedacht, ich wäre mit dem Weinen fertig gewesen. Als ich die Faust um den Chip schließe, schießen mir aber Tränen in die Augen. Der Chip erinnert mich daran, wie gut Hunter mich kennt. Das macht mir wiederum deutlich, wie verdammt sehr ich sie vermissen werde.

Ich antworte nicht. Stattdessen umarme ich sie erneut und halte den Pokerchip fest in der Hand. Sie erwidert meine Umarmung, und ich höre ihre Stimme irgendwo in der Nähe meiner Achselhöhle flüstern: »Ich werde dich verdammt nochmal vermissen, Low.«

»Ich dich auch, Dummkopf.«

Als sie sich schließlich aus meiner Umarmung löst, spitzt sie die Lippen und blinzelt mehrmals. Dann schlägt sie mir leicht auf die Schulter. »Verlieb dich nicht in reiche Jungen. Die machen nur Ärger.«

Ich verziehe den Mund zu einem Grinsen. Das fühlt sich viel besser an, als zu weinen. »Ich glaube nicht, dass das ein Problem sein wird.«

»Man kann nie wissen. Sie sind verschlagen.«

Ich lache. »Das werde ich mir merken.«

Wenn ich mich nicht beeile, wird meine Mutter um den Block zurückfahren, um sicherzustellen, dass sie mich nicht verloren hat. Also gehe ich zum Auto. Hunter bleibt auf dem Gehweg. Sie hat die Hände in die Hüften gestemmt und die Augen zum Schutz vor der Sonne Arizonas zusammengekniffen.

»Und lass dich nicht von Fremden mitnehmen!«

»Danke, *Mama*.«

»Schau in beide Richtungen, bevor du die Straße überquerst!«

Ich steige ins Auto, lasse das Beifahrerfenster herunterfahren und ducke meinen Kopf, um zu ihr hinauszuschauen. »Lass alles raus, solange du noch kannst.«

Sie grinst mich an, und ihr Elfengesicht leuchtet auf. »Iss keinen gelben Schnee!«

Ich lache, als ich mit dem rostroten Nissan losfahre und Hunter mir immer neue Lebensweisheiten nachschreit. Sie ist wirklich so ein Dummkopf.

Gott, ich vermisse sie jetzt schon.

DIE FAHRT VON BAYARD, ARIZONA, NACH FOX HILL, Connecticut, dauert achtunddreißig Stunden. Wir teilen die Reise in vier extrem lange und extrem langweilige Tagesetappen auf. Als wir schließlich das Schild passieren, das uns in Connecticut willkommen heißt, habe ich jeden Song auf meiner Playlist mehr als ein Dutzend Mal gehört. Ich werde aber erst nervös, als wir die Stadtgrenze von Fox Hill erreichen. Sie ist mit 140.000 Einwohnern – laut einem Straßenschild, an dem wir vorbeikommen – eine Kleinstadt.

Trotzdem ist sie groß genug, um ein echtes Stadtzentrum zu haben und sich in das Umland zu erstrecken.

Die Häuser sind entweder riesig oder gewaltig. Ich fahre beinahe zweimal in den Umzugswagen, weil ich mir den Hals verrenke, um die Gebäude zu betrachten, die wir passieren. Viele von ihnen sind gemauert und mit Efeu bedeckt.

»Heilige Scheiße«, murmele ich, obwohl mich niemand hören kann. Das hier ist verrückt, und ich habe das Gefühl, dass die größten, schicksten Häuser abseits der Straße stehen, und ich sie nicht zu Gesicht bekommen habe.

Meine Vermutung erweist sich letztlich als richtig. Nach einigen weiteren Kilometern biegt meine Mutter direkt in eine breite Einfahrt ab, die von einem Tor verschlossen ist. Nach einer kurzen Wartezeit öffnet es sich, und ich folge ihr, als sie auf das dahinterliegende Grundstück fährt. Hohe Bäume und ein perfekt gepflegter Rasen breiten sich zu beiden Seiten aus. Die lange Einfahrt ist leicht gebogen, bevor sie schließlich in einem Kreis vor einem weitläufigen, zweistöckigen Haus endet.

An der Westseite des Hauses befindet sich eine riesige Garage. Wir bleiben aber auf dem Zufahrtsweg stehen. Wir müssen den Umzugswagen entladen, und ich habe keine Ahnung, wo die Haushälterinnen ihr Auto parken sollen.

Meine Mutter steigt vor mir ins Freie und drückt ihren Rücken durch. Ich schiebe meinen steifen Körper ebenfalls hinter dem Lenkrad hervor. Als ich zu ihr gehe, ergreift sie mit weit geöffneten Augen meine Hände.

»Heilige Scheiße!«, flüstert sie.

»Gibt es diesen Ort wirklich?« Der Umzugswagen steht zwischen uns und dem Herrenhaus. Trotzdem kann ich es auf beiden Seiten des Wagens noch sehen.

»Ich weiß! Ich habe keine Ahnung, wie ich hier putzen soll, wenn ich Angst habe, etwas anzufassen.«

»Nun, ich hoffe, dass es dazu nicht kommen wird«, sagt eine sanfte, tiefe Stimme. Wir zucken beide zusammen.

Ein Mann kommt um die Vorderseite des Umzugswagens herum. Er trägt einen Anzug, der wahrscheinlich mehr kostet, als der Nissan wert ist. Sein dunkles, beinahe schwarzes Haar ist kurz geschnitten und sorgfältig gekämmt. Winzige graue Strähnen befinden sich an den Schläfen. Sie sind die einzigen Anzeichen, die sein Alter verraten. Er muss Ende vierzig oder Anfang fünfzig sein, ist aber schlank und muskulös, hat breite Schultern und eine schlanke Taille.

Er streckt eine Hand aus, und meine Mutter reißt sich schnell zusammen, schüttelt sie und glättet mit der anderen Hand ihren zerknitterten Rock. Es ist wirklich verdammt unfair, seinen neuen Arbeitgeber nach zehn Stunden in einem Umzugswagen treffen zu müssen. Sie sieht aber toll aus.

»Sie müssen Samuel sein«, sagt sie. »Penelope Thomas. Und das ist meine Tochter Harlow.«

Er schüttelt ihr kräftig die Hand und wendet dann seine Aufmerksamkeit mir zu. Ich glaube nicht, dass ich die Fahrt so unzerzaust überstanden habe wie meine

Mutter. Meine Haare fühlen sich schlaff und eklig an, und ich habe mich für Komfort statt für Stil entschieden. Also trage ich nur ein dünnes weißes T-Shirt und eine Jeans mit Löchern in den Knien. Samuel Black scheint das jedoch nicht zu stören. Er tritt vor und nimmt mit einem Lächeln auf den Lippen meine Hand in seine beiden.

»Es ist mir ein Vergnügen, dich kennenzulernen, Harlow. Willkommen in Connecticut.«

»Danke.«

Er drückt meine Hand nicht fest, aber sein Griff fühlt sich trotzdem irgendwie beengend an. Als er sie wieder loslässt, ziehe ich sie in der Hoffnung zurück, dass die Bewegung nicht zu offensichtlich war. Als er meine Mutter um den Umzugswagen herum zum Haus führt, legt er eine Hand auf ihre Schulter. Ich folge den beiden.

»Wir werden Ihnen natürlich Zeit geben, sich einzugewöhnen und auszupacken. Lassen Sie mich Ihnen aber trotzdem alles zeigen und Sie meiner Familie vorstellen.«

Während er uns die Stufen zur Haustür hinaufführt, spricht er weiter. Er fragt meine Mutter nach der Fahrt, dem Wetter in Arizona und wie ihr die Ostküste bisher gefällt. Als wir das Haus betreten und ich das große, hoch aufragende Foyer mit großen Augen betrachte, blende ich ihr Gespräch aus. Rundbogentüren auf allen Seiten führen zu anderen Teilen des Hauses. Auf der rechten Seite des Raumes befindet sich eine geschwungene Treppe, die in den ersten Stock führt. Dort gibt es einen Balkon, der einen Ausblick auf den

Eingang bietet. Während ich ihn betrachte, stoße ich mit einem Körper zusammen.

Ich stoße einen spitzen Schrei aus, und mein Herz beginnt in meiner Brust heftig zu pochen. Starke Arme schlingen sich von hinten um mich, um uns beide davor zu bewahren, umzufallen. Ein warmer, würziger Geruch steigt mir in die Nase, als der Typ ein leises, überraschtes Grunzen von sich gibt.

»Scheiße«, murmelt er.

»Achte auf deine Sprache, Lincoln.« Samuel und meine Mutter drehen sich um, und der ältere Mann hebt missbilligend eine Augenbraue. Die kräftigen Arme, die mich einhüllen, lassen von mir ab, als der Junge zurücktritt. Als ich mich umdrehe, um zu sehen, wer mit mir zusammengestoßen ist, bemühe ich mich, mich zusammenzureißen, und glätte mein Haar.

Oh verdammt.

Das ist Samuel Blacks Sohn. Da bin ich mir sicher.

Er hat dasselbe beinahe schwarze Haar wie sein Vater, obwohl es etwas länger und wilder ist. Seine Augen haben die Farbe von hellem Bernstein und bilden einen lebhaften Kontrast zu seinem dunklen Haar. Seine Nase ist lang und gerade, eingerahmt von hohen Wangenknochen und kantigen Gesichtszügen. Sie sind unglaublich symmetrisch. So sehr, dass er fast nicht menschlich wirkt. Eher, als würde er aus einer Gussform für reiche, heiße Jungen stammen.

Sein Vater hat das Aussehen von jemandem, der in seiner Jugend umwerfend gut ausgesehen hat und gut gealtert ist. Aber dieser Junge? Er hat wahrscheinlich noch nicht einmal den Höhepunkt seines guten Aussehens erreicht.

Außerdem verstehe ich, warum er mit mir zusammengestoßen ist. Zum Gaffen war ich direkt vor einer Tür stehen geblieben, die in einen Raum führt, der wie ein Arbeitszimmer oder etwas in der Art aussieht.

»Lincoln, das ist unsere neue Hausdame, Penelope Thomas, und ihre Tochter Harlow. Sie wird mit dir zur Schule gehen.«

Samuel strahlt, als er uns vorstellt, und schiebt meine Mutter mit einer Hand im Kreuz vor. Sie lächelt und tritt vor, um Lincoln die Hand zu schütteln. In den zwei Sekunden, die sie benötigt, um zu ihm zu gehen, sehe ich, dass sein Blick sich ändert. Als er mich zuvor angesehen hat, war das mit Neugierde und einem beinahe neutralen Gesichtsausdruck geschehen. Jetzt ziehen sich seine Brauen leicht zusammen, und der warme Bernstein seiner Augen wird hart wie Glas. Auch sein Kiefer zuckt, als würde er die Zähne zusammenbeißen. Als er meiner Mutter die Hand schüttelt, wirkt die Bewegung steif.

Sein Vater wendet sich mir erwartungsvoll zu.

Scheiße.

Das Letzte, was ich will, ist, diesem Jungen die Hand zu schütteln. Zum einen befürchte ich angesichts des plötzlichen Stimmungswechsels, dass er sie mir abbeißen könnte. Zum anderen haftet mir seit unserer Kollision immer noch sein würziger Geruch nach Koriander an. Ich glaube nicht, dass ich so schnell noch eine weitere Dosis verkraften kann.

Nicht etwa, weil mir der Duft nicht gefällt, sondern viel zu gut.

Er ist aber der Sohn des neuen Arbeitgebers meiner Mutter, und sowohl sie als auch Samuel beobachten mich. Ich kann nicht einfach die Arme vor der Brust verschränken und mich weigern.

Ich schlucke also, trete vor und strecke meine Hand aus. Er ergreift sie mit einer der seinen. Im Gegensatz zum Händedruck seines Vaters *ist* sein Griff stark, beinahe quetschend.

Als würde er sehen wollen, ob ich zerbreche.

Ich drücke selbst etwas stärker zu und zwinge mir ein Lächeln ins Gesicht. »Schön, dich kennenzulernen, Lincoln.«

Er nickt. Er hält meine Hand fest und kneift die Augen etwas zusammen. »Du bist die neue Hilfe?«

Samuel gibt hinter mir einen leisen, missbilligenden Laut von sich, aber sein Sohn ignoriert ihn.

»Hausdame«, korrigiere ich, obwohl ich mich gegen diesen Begriff sträube.

Mit einem spöttischen Grinsen neigt er den Kopf zur Seite. »*Du* bist die Hausdame?«

»Nein. Meine Mutter ist es. Ich bin ihre ... Assistentin.«

Verdammt, ich wünschte, ich wüsste, welches Spiel wir spielen, um einschätzen zu können, ob ich es gewinne oder verliere.

Sein Grinsen verschwindet, und sein Blick schweift von mir zu meiner Mutter und seinem Vater. Als er mich erneut ansieht, ist keine Spur von Humor mehr in seinem Gesicht vorhanden.

»Verstanden. Gut zu wissen.«

Er lässt unvermittelt meine Hand los, nickt den Erwachsenen kurz zu und geht dann die Treppe hinauf in den ersten Stock.

Gut zu wissen? Was zum Teufel soll das bedeuten?

Oberflächlich betrachtet bedeuten die Worte nicht viel. Es ist aber die Art und Weise, wie er sie ausgesprochen hat, die mich stört. Als hätte ich gerade eine schreckliche Sünde gebeichtet oder mich selbst belastet, indem ich zugegeben habe, dass ich eine der neuen Haushälterinnen bin.

Guter Gott. *Ist der arme kleine reiche Junge wütend, weil sein Vater ihn gezwungen hat, der Haushaltshilfe die Hand zu schütteln?*

Ohne darüber nachzudenken, wische ich mir die Hand an der Hose ab. Als ich mich umdrehe und Mr. Black und meiner Mutter tiefer ins Haus folge, wünsche ich mir, ich könnte Lincolns Geruch gewaltsam aus meinen Nasenlöchern entfernen. Dieser süße, würzige, süchtig machende Geruch ist bitter für mich geworden.

Kurz bevor ich durch die gewölbte Tür an der Rückseite des Raumes eine kleine Galerie betrete, werfe ich über die Schulter einen Blick zurück ins Foyer.

Lincoln steht mit den Händen auf das Geländer gestützt auf dem Balkon im ersten Stock und sieht zu mir herunter.

Erst jetzt wird mir klar, dass sein unhöfliches Verhalten vorhin eigentlich darin bestanden hatte, dass er sich hinter einer Maske der Höflichkeit versteckt hatte. Er muss sich zusammengerissen haben, um seine

Gefühle vor seinem Vater und meiner Mutter im Zaum zu halten.

Was ist das jedoch für ein Gesichtsausdruck, den er jetzt zeigt?

Es ist einer der reinen Abscheu.

2

Meine Mutter, Gott schütze sie, scheint keine der verdammt merkwürdigen Schwingungen aufgenommen zu haben, die Lincoln in meine Richtung gelenkt hat – und vielleicht auch in ihre Richtung, da bin ich mir nicht ganz sicher. Mich scheint er aber auf jeden Fall zu hassen. Deshalb kann ich mir auch nicht vorstellen, dass er ein großer Fan der Frau ist, die mich in die Welt gesetzt hat.

Ich hole sie und Samuel ein, als er uns in ein hinteres Foyer führt, das zu einer großen Terrasse und einem weitläufigen Garten hinter dem Haus führt. Dort macht er kehrt und zeigt uns den großen Saal, den Wintergarten, den Ballsaal, die Bibliothek und das Arbeitszimmer. Ich weiß nicht einmal, was zum Teufel ein *großer Saal* sein soll. Er ist aber riesig und mit Sofas, Stühlen und Beistelltischen ausstaffiert, die kunstvoll im Raum angeordnet sind.

Der andere Flügel des Erdgeschosses beherbergt die Küche und mehrere Gästezimmer sowie einen Hof für

Fahrzeuge und zwei Garagen am anderen Ende. Es gibt einen Keller mit einem Dampfbad und einer Sauna, mehrere Aufenthaltsräume, einen kleinen Basketballplatz, einen Weinkeller und ein echtes Minikino.

Irgendwann während der Tour höre ich auf, große Augen zu bekommen. Ich habe schon zu viel gesehen, um noch überrascht zu sein – der Reichtum und Luxus hier ist erschütternd.

Als wir über eine andere Treppe in den ersten Stock gehen, kommt uns eine gertenschlanke Frau entgegen. Sie trägt ein wallendes, teuer aussehendes Oberteil und großzügig geschnittene Hosen. Ihr kastanienbraunes Haar ist mit feinen grauen Strähnen durchzogen, und ihre beerenrot lackierten Fingernägel sind lang. Sie sieht jünger als meine Mutter aus. Einen flüchtigen Augenblick verstehe ich das Problem, das Menschen haben, wenn sie mich und meine Mutter zusammen treffen – diesen Moment der Verwirrung, ob wir Mutter und Tochter oder Geschwister sind.

Ist sie Samuels Gattin oder seine Tochter?

Sie bleibt einige Meter von uns entfernt stehen und hebt mit mildem, gelangweiltem Interesse die Augenbrauen. »Oh. Wer sind Sie?«

»Liebling, das sind die neuen Haushaltshilfen. Ich habe dir doch gesagt, dass sie heute ankommen, erinnerst du dich?«

Samuel schlingt einen Arm um ihre Taille, zieht sie an sich und küsst sie sanft.

Nun, ich denke, meine Frage ist beantwortet.

Die Frau windet sich aus seinem Griff, und ihr Blick

wandert zwischen mir und meiner Mutter hin und her. Sie scheint nicht so offen feindselig wie ihr Sohn zu sein. Zumindest das erscheint mir positiv. Sie ist aber offenbar auch ... nicht ganz *da*. Ihre Augen wirken glasig und ihre Bewegungen langsam. So, als würde es eine halbe Sekunde brauchen, bis die Befehle ihres Gehirns von ihrem Körper umgesetzt werden.

Sie blinzelt uns an und lächelt. Dabei bewegen sich ihre Lippen nur langsam. »Ach ja. Natürlich. Willkommen in unserem Heim. Ich bin Audrey.«

Meine Mutter macht uns miteinander bekannt, und ich stelle mich neben sie. Mrs. Black die Hand zu schütteln ist, als würde man versuchen, ein Stück Pappe festzuhalten. Sie fühlt sich kühl, trocken und etwas steif an.

»Ich bin sicher, mein Mann wird sich hervorragend um Sie kümmern.« Ihre Lippen formen sich zu einem weiteren Lächeln, das ihre Augen aber nicht ganz erreicht. »Liebling, ich bin im Poolhaus, wenn du mich brauchst.«

Sie schwebt an uns vorbei die Treppe hinunter. Als Samuel uns wieder weiter nach oben führt, wirft meine Mutter mir einen flüchtigen Blick zu. Okay. Sogar *sie* hat bemerkt, wie seltsam Audrey sich verhalten hat.

Ich zucke mit den Schultern, um sie wissen zu lassen, dass ich es nicht besser verstehe als sie.

Reiche Leute sind verrückt, nicht wahr?

Das Herrenhaus der Familie Black ist so riesig und prunkvoll, dass es tatsächlich *Diensträume* gibt. Nach einem kurzen Rundgang durch den ersten Stock führt uns Mr. Black zu einer Einzimmerwohnung über der Garage auf der Westseite des Hauses.

»Hier werden Sie wohnen«, sagt er und lächelt meine Mutter an. Er scheint die einzige Person in diesem Haus zu sein, die das tut und es aufrichtig meint. Dann wendet er sich mir zu. »Es gibt leider nur ein Schlafzimmer. Es wäre mir peinlich, Sie beide zu bitten, sich das Zimmer zu teilen, wenn wir viele gute Gästezimmer haben, die nicht genutzt werden. Also wirst du gleich um die Ecke wohnen, wenn dir das recht ist. In einem Gästezimmer in der Nähe der Waschküche.«

Ich zucke mit den Schultern. »Sicher. Geht in Ordnung.«

Er strahlt wieder, und ich frage mich, ob er immer so ist. Versucht er, auszugleichen, dass sein Sohn ein Arschloch und seine Frau kaum anwesend ist?

»Wunderbar! Dann lasse ich Sie beide jetzt allein, damit Sie sich eingewöhnen können. Morgen Abend können wir Ihre Aufgaben und einige Abläufe im Haushalt besprechen, Penelope. Wir hatten bereits früher Haushaltshilfen, die im Haus gelebt haben. Es geht also nur noch darum, Sie mit dem System vertraut zu machen, das Ihre Vorgängerin erstellt hat.«

»Das klingt großartig.« Meine Mutter nickt begeistert. Sie schüttelt ihm erneut die Hand. »Vielen Dank für Ihr Vertrauen. Das hier ist eine wundervolle Gelegenheit für uns. Wir können es kaum erwarten, anzufangen.«

Er macht wieder sein Ding mit dem doppelten Handschlag, indem er mit beiden Händen die ihren festhält. »Natürlich. Celeste hat in den höchsten Tönen von Ihnen gesprochen.«

Bevor er sich verabschiedet, führt er mich noch um die Ecke zu meinem Zimmer. Der Eingang in die Wohnung der Hausdame befindet sich in einer Ecke, wo zwei Flure aufeinandertreffen. Mein Zimmer liegt einige Meter weiter. Der Raum ist riesig – offensichtlich war er nicht dafür gedacht, dass Bedienstete hier schlafen. Außerdem befindet sich, wie es Mr. Black gesagt hat, die Waschküche direkt daneben. Es gibt sogar eine Tür, die aus dem Gästezimmer direkt in die Waschküche führt. Warum das so ist, weiß ich nicht. Ich weiß nur, dass er meiner Mutter gerade den perfekten Vorwand geliefert hat, mir den Wäschedienst aufzubrummen.

Ich schmunzele leise und verdrehe die Augen. *Vielen Dank, Kumpel.*

Eine Sekunde später klopft meine Mutter sanft an die halbgeschlossene Tür und streckt den Kopf herein. »Hey, Kleine. Hilfst du mir beim Entladen des Umzugswagens?«

Ich atme tief durch und stehe vom Bett auf, das ich gerade getestet habe. Die Matratze ist weich und elastisch, genau wie ich es mag. Was ich aber wirklich möchte, ist, mir meinen Pyjama anziehen und mich unter die Decke zu kuscheln. Uns bleiben aber nur noch wenige Stunden Tageslicht. Ich werde erst dann einen Schlafanzug, den ich anziehen könnte, haben, wenn wir unsere Sachen ausgepackt haben.

»Ja. Lass uns das machen. Trautes Heim, Glück allein.«

Als wir unsere Kisten und Taschen aus dem Umzugswagen abladen, sind weder Lincoln noch seine Mutter im Haus zu sehen. Wir brauchen nicht lange – wir hatten unsere Möbel verkauft oder gespendet, und keiner von uns besitzt viel. Hauptsächlich Kleidung, Bücher und andere Dinge des täglichen Bedarfs.

In dieser Nacht schlafe ich wie ein verdammtes Baby, in die weichsten Laken gehüllt, die die Menschheit kennt. Normalerweise fällt es mir schwer, an Orten zu schlafen, die ich nicht kenne. Ich hatte gedacht, dass dies besonders in diesem riesigen, überwältigenden Haus zutreffen würde. Versteckt in der nordwestlichen Ecke, in direkter Nähe zu der kleinen Wohnung meiner Mutter, fühle ich mich aber sicher und geborgen. Ich kann mir fast vorstellen, dass der Rest des Hauses nicht existiert.

Es gibt einige Gästezimmer im Erdgeschoss. Alle ständigen Bewohner des Hauses schlafen aber im zweiten. Mr. und Mrs. Black teilen sich das große Schlafzimmer. Es verfügt über ein angeschlossenes Wohnzimmer und zwei riesige begehbare Kleiderschränke und nimmt beinahe den gesamten Ostflügel des Hauses ein. Lincolns Zimmer befindet sich auf der Südseite des Hauses. Von meinem aus gesehen um die Ecke und den Flur hinunter. Mr. Black hat während der Tour durch das Haus darauf hingewiesen. Ich kann nur vermuten, dass sich Lincoln zu dieser Zeit darin befand und hinaus auf den dichten Wald gestarrt hat, als wir daran vorbeigingen.

Ich merke, dass meine Mutter nervös wegen ihres neuen Jobs ist. Sie legt aber Wert darauf, das Haus am nächsten Tag näher zu erkunden. Als wir angekommen waren, hatte sie gescherzt, aber ein gutes Argument vorgebracht: Wenn wir Angst haben, hier etwas anzufassen, werden wir die beschissensten Haushälterinnen aller Zeiten sein.

Trotz der Empfehlung ihrer alten Highschool-Freundin Celeste Barker ist meine Mutter nicht gerade eine erfahrene Haushälterin. Als ich fünfzehn Jahre alt war, hat sie für eine Agentur etwa ein Jahr lang Häuser geputzt. Immer dann, wenn ich nicht in der Schule war, habe ich ihr dabei geholfen. Als Celeste ein gutes Wort für meine Mutter eingelegt hat, ging es ihr mehr darum, ihr unter die Arme zu greifen, als um ihre tatsächlichen Qualifikationen.

Anscheinend waren sie während der Highschool gute Freundinnen. Die Lebensumstände haben aber dafür gesorgt, dass sich ihre Leben unterschiedlich entwickelt haben. Meine Mutter wurde in dem Jahr, in dem sie ihren Abschluss machte, mit mir schwanger. Ein Jahr später hat sich mein Vater von ihr getrennt. Celeste hingegen hat einen angesehenen Anwalt geheiratet und schließlich als Innenarchitektin in Fox Hills gearbeitet. Vor einiger Zeit haben sie sich dank der sozialen Medien zufällig wiedergefunden. Ich glaube, dass Celeste sich ein wenig schlecht gefühlt hat, als sie erfuhr, wo meine Mutter gelandet ist.

Ich hasse es, dass es ihr Mitleid war, das uns hierhergebracht hat. Aber, hey – meine Mutter ist nicht so dumm, eine Gelegenheit, die ihr Leben verändern kann, aus Stolz abzulehnen.

Und das hier könnte genau solch eine Gelegenheit sein.

Mit dieser Art von Arbeit – mit dieser Art von *Geld* – könnten *wir* endlich aus der Schuldenfalle, in der wir seit Jahren stecken, entkommen.

Ohne es zu wollen, streiche ich mit den Fingerspitzen über die Narbe auf meinem Brustkorb. Ich kann sie durch den Stoff meines Hemdes nicht fühlen, weiß aber, dass sie da ist.

»Low? Geht es dir gut, Schatz?«

Überrascht zucke ich zusammen und drehe mich zur Schlafzimmertür um. Der Kopf meiner Mutter ragt durch den Spalt.

»Ja.« Ich lächele und atme aus. »Prima. Hast du ausgepackt?«

Als sie die Tür weiter aufstößt, zuckt sie mit den Schultern und lehnt sich gegen den Türrahmen. »Gut genug für den Moment. Ich weiß zumindest, dass ich einen Haufen Mist eingepackt habe, den ich besser hätte loswerden sollen. Nun ja. Ich werde ihn noch zehn Jahre behalten und *dann* entscheiden, was ich damit mache.

Ich schmunzele und werfe mir mein langes Haar über die Schulter. »Gute Entscheidung.«

»Hey, ich werde mich gleich mit Mr. Black zusammensetzen und mit ihm plaudern, um die Lage hier zu erkunden. Du kannst mitkommen, wenn du willst. Aber wenn nicht ...«

»Option Nummer zwei«, antworte ich schnell.

Ich helfe meiner Mutter gerne beim Putzen. Wenn sie die Besprechungen mit dem Oberhaupt des Haushalts übernimmt, ist mir das aber noch lieber. Mr. Black scheint nett zu sein. Er verströmt aber eine Aura der Privilegien und Macht. Es macht mich ein wenig nervös, in seiner Nähe zu sein. Eigentlich ist das bei allen Mitgliedern seiner Familie so. Ich gehe zwar davon aus, dass dieses Gefühl irgendwann verschwinden wird – wir leben jetzt alle zusammen unter einem Dach, verdammt nochmal – aber ich habe es nicht eilig, das zu erzwingen.

»Ja, das dachte ich mir.«

Sie lächelt mich an, und für eine Sekunde wirkt der Ausdruck in ihrem Gesicht schmerzhaft wehmütig. Nach allem, was sie für mich getan hat – die vielen Stunden, die sie gearbeitet hat und die gewaltigen Schulden, die sie auf sich genommen hat, die Tage und Wochen, in denen sie sich nach meiner Krebsdiagnose während der Chemotherapie um mich gekümmert hat –, denke ich manchmal, dass sie mich hassen müsste.

In Momenten wie diesen bin ich mir aber sicher, dass sie, wenn ich sie fragen würde, ob sie zu dem allen noch einmal bereit wäre, sofort Ja sagen würde.

An manchen Tagen kann ich die Gedanken und Schuldgefühle, die damit verbunden sind, kaum ertragen.

»Ich werde mir ausgiebige Notizen machen, die wir heute Abend bei einem Eis zusammen durchgehen können. Was hältst du davon?« Sie zwinkert mir zu.

In ihrer Mini-Wohnung gibt es sogar eine kleine

Küchenzeile. Es ist wirklich eine eigene, in sich geschlossene Wohnung.

»Hm.« Ich grinse. »Ja, gern.«

Ich falte den letzten Umzugskarton zusammen und lege ihn auf die anderen, bevor ich auf den Stapel trete, um sie weiter zusammenzudrücken. Sie salutiert mit zwei Fingern an der Stirn, tritt zurück in den Flur und schließt die Tür hinter sich.

Ihr Treffen mit Mr. Black dauert über eine Stunde. Ich bin versucht, mein Zimmer zu verlassen, um das Haus allein weiter zu erkunden. Ich möchte aber nicht riskieren, Lincoln zu begegnen. Es ist verdammt beschissen, dass es in diesem Haus einen Typen in meinem Alter gibt – einen verdammt heißen –, der sich als Riesenarschloch entpuppt hat. Nicht, dass ich gehofft hatte, hier einen neuen besten Freund zu finden. Es wäre aber schön, wenn ich nicht das Gefühl hätte, dass meine bloße Anwesenheit eine persönliche Beleidigung für ihn ist.

Stattdessen verbringe ich meine Zeit damit, auf meinem Bett zu faulenzen und Hunter Textnachrichten zu schicken. Sie hat eine Verabredung mit ihrem Freund Kevin, mit dem sie seit fünf Monaten zusammen ist. Ich fühle mich ein wenig schlecht, weil ich sie dabei ablenke. Für mich ist das hier allerdings das Privileg der besten Freundin.

Ich erzähle ihr alles über die seltsamen Begegnungen mit Lincoln und seiner Mutter. Irgendwie dringt aber nur meine unbedachte Bemerkung zu ihr durch, dass er der schärfste Typ ist, den ich je gesehen habe. Als meine Mutter zurückkommt und mich abholt, habe ich die strikte Anweisung von Hunter, ein Foto von dem jüngeren Mr. Black zu machen und ihr, meiner besten Freundin, zu schicken.

Ja. Auf keinen Fall, Dummkopf. Tut mir leid.

Ich bin allerdings ein wenig in Versuchung. Das muss ich zugeben. Vor allem, weil ich seine Gesichtszüge genauer studieren möchte, ohne dass er mich anstarrt – oder weiß, dass ich ihn ansehe. Wie seine Augen. Sie haben den unglaublichen Farbton von Bernstein und sind so hell, dass es beinahe ein Goldton ist. Unter seinem zerzausten dunklen Haar wirken sie noch stechender. Sein Vater hat hellbraune Augen. Sie haben aber bei weitem nicht die gleiche Strahlkraft und Klarheit wie die seines Sohnes.

Ähm. Und jetzt habe ich gerade die letzten fünf Minuten damit verbracht, über seine Augen nachzudenken.

Ich kratze mit dem Löffel in dem Eisbecher und höre wieder dem zu, was meine Mutter über die Abstimmung der Aufgaben mit dem Gärtner und dem Koch sagt.

Ich bin nicht hier, um die reichen Kinder anzugaffen. Ich bin nur zum Arbeiten hier.

3

Das Schlimmste an diesem neuen Job sind die verdammten Uniformen, die wir tragen müssen.

Ich schwöre bei Gott, dass sie beinahe wie die sexy französischen Dienstmädchenkostüme für Halloween sind. Wo sind wir hier? In den Fünfzigerjahren? Es ist, als würden sie nicht glauben, dass wir uns an unsere Stellenbeschreibungen erinnern können, wenn wir nicht das schwarze Kleid und die weiße Schürze tragen, die uns auf unmissverständliche Weise als *die Hilfen* kennzeichnen.

Vielleicht sollte ich aber dankbar sein, dass wir sie tragen müssen. Sie helfen mir, mich daran zu erinnern, wann wir im Dienst sind und wann nicht. Ich fühle mich menschlicher, wenn ich am Ende des Tages wieder in meine normale Kleidung schlüpfe – mehr wie ich selbst. Ich schätze, dass wenn die Uniform für irgendetwas gut ist, dann dafür, dass sie mich daran erinnert, dass ich als Haushaltshilfe für diese stinkreichen Leute *arbeite*.

Das ist aber nicht, wer ich *bin*.

Wenigstens versuche ich, mir das einzureden, als ich die Fugen der Fliesen auf dem Boden des Poolhauses schrubbe.

Wir sind jetzt seit drei Tagen im Haus. In drei weiteren Tagen werde ich in die Schule gehen. Das bedeutet, dass ich meiner Mutter nicht mehr so viel helfen kann. Also versuche ich, alles zu tun, was ich bis dahin tun kann, um es ihr leichter zu machen.

Daher die Fliesen und die Scheuerbürste.

Das Poolhaus ist aber wunderschön, wodurch sich die Arbeit etwas weniger quälend anfühlt. In der Mitte befindet sich ein langer Pool, an dessen einem Ende teure, gepolsterte Liegestühle gruppiert sind. Über dem Pool gibt es ein Oberlicht. Eine ganze Wand besteht aus vom Boden bis zur Decke reichenden Fenstern, die einen Blick auf den gepflegten Garten hinter dem Haus ermöglichen. Obwohl ich hier bin, um zu arbeiten, und nicht, um zu schwimmen, ist das Geräusch des sanft gegen den Beckenrand plätschernden Wassers beruhigend. Außerdem fühlt sich die Feuchtigkeit in der Luft gut an.

Ich hebe meinen Eimer, den Lappen und die Bürste auf und bin gerade dabei, mich einem neuen Abschnitt des Fußbodens zuzuwenden, als sich hinter mir die Tür des Poolhauses öffnet. Ich werfe einen Blick über die Schulter und erwarte, meine Mutter zu sehen, die kommt, um mich um Hilfe bei etwas im Haupthaus zu bitten.

Aber nein.

Es ist Lincoln. Und drei andere Jungen.

Sie tragen Boardshorts, die tief auf den Hüften sitzen, und zeigen durchtrainierte Bauchmuskeln und muskulöse Brustkörbe. Jeder von ihnen hat breite Schultern und kräftige Ober- und Unterarme. Selbst der kleinste von ihnen ist mindestens zwanzig Zentimeter größer als ich.

Natürlich hat das heiße Arschloch drei heiße Freunde! Sie scheinen immer im Rudel zu kommen.

Als er mich sieht, hält Lincoln für einen kurzen Augenblick inne. Dann gleitet sein Blick direkt über mich hinweg, als wäre ich gar nicht hier. Er lässt sich auf einen der Liegestühle fallen und lehnt sich zurück. Seine Kumpels tun dasselbe.

Verdammt nochmal. Wusste er, dass ich hier bin? Sie sind hoffentlich nicht nur hergekommen, um mir beim Arbeiten zuzusehen, oder?

Das wäre verdammt unhöflich und würde auch keinen Sinn ergeben. Es kann nichts Uninteressanteres geben, als Kacheln zu schrubben – außer vielleicht jemand *anderem* dabei zuzusehen.

Wie dem auch sei, es spielt keine Rolle. Ich muss hier fertig werden, bevor ich mich dem nächsten Projekt auf der Aufgabenliste meiner Mutter zuwende. Wenn ich mit dem Gedanken hier weggehe, später zurückzukehren, um die Arbeit zu beenden, könnte Mr. Black in der Zwischenzeit hier hereinkommen und sehen, dass nicht alles geschrubbt ist. Ich möchte aber nicht, dass er denkt, wir würden bereits in unserer ersten Woche nachlassen.

Also ignoriere ich die Jungs und mache mich wieder an die Arbeit. Ich schleppe meinen Eimer zu einem neuen Abschnitt des Bodens und knie mich zum Schrubben auf die kühlen Fliesen. Ich versuche, so gut ich kann, ihnen den Rücken zuzuwenden. Das ist aber nicht immer möglich. Außerdem bringt mich meine Neugierde dazu, einige Blicke auf Lincolns Freunde zu werfen – nur um zu sehen, ob ich sie einschätzen kann.

Zwei von ihnen sind auf jeden Fall Brüder. Wahrscheinlich Zwillinge. Sie sehen sich auf die unheimliche Weise ähnlich, wie eineiige Zwillinge es immer tun. Ich kann sie aber trotzdem unterscheiden. Beide haben kupferfarbenes Haar. Der eine neigt aber mehr zu einem blonden und der andere zu einem braunen Ton. Ich glaube, auch ihre Augen haben unterschiedliche Farben. Ohne sie offen anzustarren, kann ich das aber nicht mit Sicherheit sagen. Und das werde ich verdammt nochmal auf keinen Fall tun. Der Dunkelhaarige ist größer, seine Brust und Schultern sind breiter, und er scheint etwas ernster zu sein als sein Bruder. Beide lachen aber oft und ausgelassen.

Der vierte Typ wirkt ruhiger und überlegter. Er hat dunkelbraunes Haar, das an den Seiten kürzer und oben länger ist und mithilfe von ein wenig Gel nach oben steht. Sein Kiefer ist kantig, und er hat eine gerade Nase und eine breite Stirn. Ich kann nicht sagen, welche Farbe seine Augen haben. Nur, dass sie hell sind. Grau vielleicht?

Ich möchte genauer hinsehen, mehr wissen. Irgendwann schaue ich aber ganz weg. Denn jedes Mal, wenn ich den Blick hebe, erwischt mich einer von ihnen dabei, wie ich zu ihnen sehe.

Verdammt nochmal.

Ich beende die eine Sache, an der ich gearbeitet habe, und gehe zur nächsten über. Ich arbeite mich die Länge des Pools hinunter. Die Jungen reden leise murmelnd. Je näher ich komme, desto mehr kann ich von dem hören, was sie einander sagen.

»Was, ihr Brustkorb? Äh, ich habe schon Besseres gesehen.«

Der Typ mit den dunkleren kupferfarbenen Haaren wird etwas lauter, als er diese Worte ausspricht. Plötzlich dämmert mir, worüber sie die ganze Zeit leise gesprochen haben.

Über mich.

Und anscheinend dreht sich ihr Gespräch im Augenblick um meine Brüste.

Röte steigt mir ins Gesicht, als ein seltsames, krankes Gefühl meinen Bauch aufwühlt. *Guter Gott.* Haben sie wirklich die ganze Zeit über mich gesprochen? Haben sie meinen Körper, mein Gesicht und meine Fehler analysiert?

Eigentlich ist es mir scheißegal, was diese Typen über mich denken. Wenn sie meinen, dass meine Brüste zu groß, zu klein oder zu *was auch immer* sind, macht mir das nichts aus. Sie können mich mal.

Als ich aber aufblicke, stottert mein Herz und schlägt heftig gegen meinen Brustkorb.

Die Worte des Jungen haben kühl und gelangweilt geklungen. Aber die Lust in seinen Augen, als er mich anstarrt, straft dem Lügen. Er sieht nicht so aus, als hätte er schon einmal etwas Besseres gesehen.

Er sieht aus, als würde er mich hier und jetzt vernaschen wollen.

Schnell wende ich meinen Blick von ihm ab und tue so, als hätte ich nichts bemerkt und nichts *gespürt*. Ich drehe ihnen allen den Rücken zu und schrubbe die Kacheln noch inbrünstiger. Dabei nehme ich mir etwas Zeit, um mich zu beruhigen.

Was zum Teufel hat das alles zu bedeuten?

Obwohl ich mich von ihm abgewandt habe, spüre ich trotzdem, wie sein Blick auf mir ruht. Meine verräterischen Brustwarzen werden hart und zeichnen sich unter dem weichen Stoff meiner Uniform ab. Meine Haut fühlt sich wie elektrisiert an. So, als hätte mich jemand an eine Batterie angeschlossen und würde Strom durch meinen ganzen Körper fließen lassen.

Der einzige Teil des Schwimmbades, den ich noch reinigen muss, ist der Abschnitt am östlichen Ende. Dorthin möchte ich aber nicht gehen, denn dort halten sie sich auf. Mein Körper scheint die Botschaft nicht verstanden zu haben, dass ich diese Typen hasse. Ich will nicht, dass er etwas Dummes und Peinliches tut.

Als ich den Eimer ergreife, zögere ich einen Moment, während dem ich meine Möglichkeiten abwäge und zu den Jungs sehe. Da bemerke ich, dass der Typ mit den grauen Augen – ich glaube, dass Lincoln ihn River genannt hat – sein Telefon auf den Fliesenboden neben seiner Liege gelegt hat.

Hm. Wenn ich schon dorthin gehen muss, kann ich vielleicht dafür sorgen, dass es sich für mich lohnt.

Wenn sie das Dienstmädchen mit den Augen ficken und Mist über ihren Körper erzählen wollen, während sie putzt, brauchen sie eine Lektion in gottverdammten Manieren.

Ihr Gespräch dreht sich jetzt glücklicherweise nicht mehr um mich. Nun, da sie ihre Ansichten deutlich gemacht haben, sprechen sie über etwas anderes. Ich ignoriere mein klopfendes Herz und trage meinen Eimer in die Ecke des Raumes hinter ihnen.

Absichtlich habe ich aber wie aus Versehen dort einen Lappen auf dem Boden liegengelassen, wo ich gerade gearbeitet habe. Als ich den Eimer abstelle, stoße ich ein leises, irritiertes Geräusch aus und murmele, dass ich ihn brauche, bevor ich zwischen ihren Liegen hindurchgehe, um ihn zu holen. Als ich an Rivers Liege vorbeikomme, schiebe ich die Fußsohle flach über den glatten Fliesenboden, bis ich gegen das Telefon stoße.

Das kleine schwarze Rechteck klappert vorwärts, bevor es über den Beckenrand in das klare, blaue Wasser rutscht.

Ich bleibe an Ort und Stelle stehen. Meinen Schrecken muss ich nur teilweise spielen.

Oh Scheiße. Ich kann nicht glauben, dass ich das gerade getan habe.

Ich hebe eine Hand zum Mund und schüttele den Kopf. »Scheiße! Tut mir leid! Ich habe dein Telefon nicht gesehen!«

River hatte nicht zu mir gesehen, als ich gegen das Telefon trat. Er scheint das Geräusch anfangs nicht gehört zu haben. Die anderen aber schon. Als das

Telefon über den Boden gerutscht ist, hat Lincoln sich mit einem Ruck aufgesetzt. River hat sich aber auf jeden Fall noch rechtzeitig umgedreht, um mitanzusehen, wie es ins Wasser geschlittert ist. Jetzt ist es unter der Oberfläche verschwunden und liegt wie ein Stein am Boden des Beckens.

Ähnlich wie derjenige, der sich in meinem Bauch gebildet hat.

Der Junge sieht mich aus seinen grau-blauen Augen an, als er seinen Blick zu mir hebt. Ich bin mir sicher, dass er trotz meiner oscarwürdigen Unschuldsnummer weiß, dass ich das mit Absicht getan habe.

Scheiße. Scheiße! Verdammt, Low, wie kannst du nur so verdammt blöd sein?

Diese Jungs mögen zwar Arschlöcher sein – reiche Arschlöcher –, aber es gibt einen Grund, warum sie so sind. Ihr Geld verleiht ihnen Macht. Sie benehmen sich, als könnten sie alles haben und tun, was sie wollen, weil ... sie es können.

Und wenn Lincoln will, dass ich und meine Mutter gefeuert werden, dann könnte er das zweifellos mit einem Fingerschnippen erreichen.

Wenn ich das hier für uns bereits in der ersten Arbeitswoche vermasselt habe, werde ich nie wieder mit mir selbst im Reinen sein.

»Es ... es tut mir so leid.« Während ich versuche, meine Emotionen unter Kontrolle zu halten, klingt meine Stimme tiefer und ein wenig rau. Dieses kranke Gefühl, das ich vorhin hatte, breitet sich jetzt in meinem ganzen Körper aus und setzt sich wie Schlamm in meinen Adern ab.

»Wirklich?« Er kneift seine grau-blauen Augen etwas zusammen und mustert mich. Die anderen drei verhalten sich so still wie Raubtiere, die im Begriff sind, über mich herzufallen, während sie unseren Austausch beobachten.

»Ja. Ich …«

Ich halte den Druck seines starren Blickes nicht mehr aus. Außerdem habe ich keine Lust mehr, eine weitere Lüge auszuspucken, die er sofort durchschaut. Anstatt den Satz zu beenden, eile ich zur Seite des Raumes, wo eine lange Stange mit einem Netz am oberen Ende an der Wand lehnt.

Das Telefon liegt wie ein hässlicher schwarzer Fleck auf dem Boden des Schwimmbeckens. Meine Hände zittern etwas, als ich zurückkomme, die Stange ins Wasser schiebe und versuche, das Telefon mit dem Netz herauszufischen.

Ich bekomme es aber verdammt nochmal nicht zu fassen. Es ist schwer und rutscht herum. Es gelingt mir nicht, es über den Metallrand des Netzes zu bekommen. Alle vier Jungs schauen mir jetzt schweigend zu. Ich wünschte, ich hätte das Poolhaus in dem Moment verlassen, als sie hereingekommen sind.

Meine Panik wächst, aber das mit dem Netz funktioniert einfach nicht.

Also lege ich die Stange beiseite und springe in den Pool. Ich tauche bis zum Boden des Schwimmbeckens und taste nach dem kleinen Gerät. Ich ergreife es, schieße nach oben und durchbreche die Wasseroberfläche. Das Becken ist an diesem Ende nur einen Meter achtzig tief, sodass ich mit den Füßen beinahe den Boden berühre, wenn mein Kopf über Wasser ist. Ich schwimme zum Beckenrand und ziehe mich heraus. Wasser tropft aus meiner schwarz-weißen Dienstmädchenuniform.

Als ich aufstehe, schmatzen meine Schuhe.

Meine verdammten Brustwarzen wirken jetzt wie Leuchtfeuer, die durch die Art und Weise, wie der nasse Stoff an meinem Körper haftet, noch deutlicher sichtbar sind. Mein Haar war in einen losen Knoten geschlungen gewesen. Der hat sich aber gelöst, als ich ins Wasser gesprungen bin.

»Ähm, hier.«

Mit schmatzenden Schritten gehe ich zu River, der mich ansieht, als wüsste er nicht, was er von mir halten soll. Ich halte ihm das Telefon hin. Der Bildschirm ist schwarz, genau wie der Rest des Telefons.

»Es ist hinüber«, sagt er rundheraus. »Das war es bereits in der Sekunde, als du beschlossen hast, es in den Pool zu treten.«

Seine Wortwahl ist mir nicht entgangen. Panik breitet sich wieder in mir aus, als ich ihm das Telefon mit Nachdruck entgegenstrecke. »Du könntest es trocknen …«

»Nein«, schnaubt er. Dann lehnt er sich in seinem Liegestuhl zurück und sieht zu mir auf. Obwohl ich stehe und er sitzt, weiß ich, dass nicht ich diejenige bin, die hier die Macht hat. »Dazu ist es zu spät. Warum behältst du es nicht als Andenken?«

Oh Gott, nein. Bitte sorge dafür, dass wir nicht gefeuert werden. Bitte, Scheiße, nein.

»Ich kaufe dir ein neues!«, stoße ich hervor, obwohl

ich sicher bin, dass das verdammte Ding mindestens sechshundert Dollar gekostet hat.

Er antwortet aber nicht. Stattdessen überkreuzt er die Beine auf der Liege. Wie auf ein unausgesprochenes Signal hin lehnen sich auch die anderen drei zurück. Sie fangen an, sich zu unterhalten – irgendeinen Scheiß über Schule und Cheerleader und einen Typen namens Trent –, und ignorieren mich völlig.

Ich bleibe noch einige Augenblicke mit dem Telefon in der ausgestreckten Hand stehen. Ich hoffe, dass er es nimmt, aber er sieht mich nicht einmal an.

Scheiße. Er hat recht. Das Ding ist zerstört.

Das sollte nicht so verdammt einfach sein. So ist es aber – meine Impulsivität kombiniert mit empfindlicher Technologie hat meine Mutter und mich gerade möglicherweise um Kopf und Kragen gebracht.

Ich kann aber nicht ewig hier stehen bleiben. Außerdem tropft immer noch Wasser von mir auf die hellen Fliesen. Also schiebe ich schließlich das Telefon in die Tasche meiner Schürze und gehe in Richtung der Tür. Ich muss zumindest trockene Kleidung anziehen, bevor Mr. oder Mrs. Black mich sehen.

Der Weg zum Schwimmbad führt über einen Flur am Frühstücksraum vorbei. Das ist etwas anderes als der Speisesaal, denn reiche Leute sind verrückt. Ich folge ihm bis zu den Treppen des Westflügels und bin gerade dabei, sie hinaufzugehen, als sich eine Hand um meinen Ellenbogen schließt.

Als ich herumgewirbelt werde und Lincoln vor mir sehe, stoße ich einen leisen Schrei aus. Der Ausdruck in seinem Gesicht wirkt so ernst, dass ich unwillkürlich einige Schritte zurückweiche, bis die Wand hinter mir mich aufhält. Er folgt mir jedoch und hält die Nähe unserer Körper aufrecht, bis ich zwischen ihm und der harten Wand gefangen bin. Zwischen uns bleiben nur wenige Zentimeter Platz. Das ist aber nicht genug, als dass ich normal atmen könnte.

Meine Schuhe sind immer noch nass und hinterlassen kleine Pfützen, die ich so schnell wie möglich beseitigen muss. Die kühle Luft im Haus sorgt außerdem dafür, dass ich Gänsehaut bekomme.

Lincolns sieht wütend aus. Trotz meiner Angst und der Befürchtung, gefeuert zu werden, kommt auch in mir Zorn auf. Warum ist er immer so? Was zum Teufel ist sein verdammtes Problem?

Okay. Die Sache mit dem Telefon war dumm. Es ist aber nicht so, dass ich nicht provoziert worden wäre. Seit ich durch die Eingangstür gekommen bin, hat er sich mir gegenüber wie ein Arschloch benommen. Außerdem sind er und seine Kumpels komplett frauenfeindliche Wichser.

»Hör zu, ich habe gesagt, dass es mir leidtut, okay?«

Ich strecke meine Brust heraus und merke erst im Nachhinein, dass es ein Fehler war. Auf diese Weise bringe ich unsere Körper nur einander näher. Mir ist plötzlich bewusst, dass er nur seine dunkelblauen Boardshorts trägt und dass meine Kleidung an meinem nassen Körper klebt.

»Ja. Ich habe gehört, was du gesagt hast.« Seine Lippen werden zu einem dünnen Strich. »Die Sache ist aber die, dass ich dir nicht glaube, Poolmädchen.«

»Tja, schade, denn ...«

»Ich weiß, worauf du aus bist. Ich weiß, was du willst.« Seine Augen werden ebenfalls zu Schlitzen, als er sich noch näher zu mir beugt. »Glaubst du, dass ich dieses Spiel noch nie gespielt habe?«

»Was? Wovon sprichst du?«

Mein Herz klopft so laut, dass es kurz davor zu stehen scheint, aus meiner Brust zu springen. Ich bin mir sicher, dass meine durchnässte Uniform einen feuchten Fleck an der Wand hinter mir hinterlässt. Ich muss diesem engen, klaustrophobischen Raum entkommen, den er geschaffen hat. Also tue ich etwas, was wahrscheinlich ziemlich dumm ist. Ich lege meine Hände auf seine Brust und drücke zu.

Er rührt sich nicht vom Fleck. Seine Brustmuskeln ziehen sich bei meiner Berührung aber zusammen, und seine nackte Haut fühlt sich unter meinen Handflächen warm und geschmeidig an. Er stemmt sich mir entgegen und zwingt meine Ellenbogen, sich immer weiter zu beugen, je näher er kommt.

»Spiel die Unschuldige, solange du willst, Harlow. Du solltest aber wissen, dass dir hier nicht jeder das abkauft.«

»Es gibt nichts, was ich *verkaufen* will, du Arsch…«.

Ich höre zu sprechen auf. *Verdammt nochmal.* Ich werde wirklich dafür sorgen, dass wir gefeuert werden.

Lincoln schmunzelt, als wüsste er genau, wie ich ihn gerade nennen wollte. Dann tritt er zurück, und meine Hände schweben vor mir in der Luft.

»Vergiss nicht, was du bist, Poolmädchen, und wir werden gut miteinander auskommen.« Er nickt in

Richtung der Treppe. »Mach das besser sauber, bevor dich jemand sieht.«

Als er sich umdreht und über den Flur davongeht, muss ich meine ganze Selbstbeherrschung aufbringen, um nicht an der Wand hinunterzurutschen und auf dem Boden sitzen zu bleiben. Ich bleibe noch eine Sekunde lang gegen die harte Oberfläche gelehnt stehen und lasse mich von ihr halten. Dann schüttele ich den Kopf und sehe mich schnell um. Gott sei Dank ist sonst niemand zu sehen.

Ich renne die Treppe hinauf und stürze in mein Schlafzimmer. Im angeschlossenen Badezimmer ziehe ich meine nasse Uniform, die Schuhe und Unterwäsche aus und ersetze sie durch trockene Kleidung. Das zerstörte Telefon liegt nutzlos auf dem Waschtisch. Mit einem Handtuch trockne ich mein Haar und schlinge es wieder in einen Knoten. Dann wische ich die kleinen Flecken Wimperntusche unter meinen Augen weg. Ich rieche immer noch nach Chlor, habe aber keine Zeit, um zu duschen. Ich muss die nasse Spur, die ich vom Poolhaus bis hierher hinterlassen habe, aufwischen, bevor jemand sie sieht – oder schlimmer noch, darauf ausrutscht.

Nachdem ich mehrere Lumpen aus dem Wäscheschrank geholt habe, wische ich methodisch jede Pfütze auf.

In das Schwimmbad kehre ich aber nicht zurück.

Das würden meine Nerven nicht aushalten.

4

Während des restlichen Tages bin ich ständig nervös. Ich warte darauf, dass Mr. Black meine Mutter in sein Arbeitszimmer ruft, um sie zu feuern.

Das geschieht aber nicht.

Lincoln hat seinem Vater vielleicht tatsächlich nichts gesagt. Warum er das nicht getan hat, verstehe ich nicht ganz. Ich beschließe jedoch, einem geschenkten Gaul nicht ins Maul zu schauen. Er hat mich nicht verpfiffen. Meine Mutter hat immer noch einen Job. Eine Win-win-Situation.

Ich kann mich aber des Eindruckes nicht erwehren, dass er versuchen wird, es mir anderweitig heimzuzahlen. Wenn nicht dadurch, dass wir gefeuert werden, dann auf eine andere Weise. Wenn die wenigen Begegnungen, die ich bisher mit ihm hatte, irgendeinen Hinweis liefern, scheint er nicht der Typ zu sein, der die Dinge laufenlässt.

Und was zum Teufel hat er mit dem ganzen Gerede

von wegen *Ich weiß, was du willst* gemeint? Was glaubt er denn, worauf ich es abgesehen habe?

Ich versuche, im Hintergrund zu bleiben, arbeite aber während der nächsten drei Tage wie besessen. Dabei versuche ich, Lincoln so weit wie möglich aus dem Weg zu gehen. Seine drei Freunde sehe ich noch mehrmals im Haus, aber es gelingt mir, ihnen meistens auszuweichen.

Bei einer dieser Gelegenheiten hält River spitz sein neues Mobiltelefon hoch. Ich bin zwischen Erleichterung und Ekel hin- und hergerissen. Ich habe keine sechshundert Dollar. Das Geld für ein neues Telefon hätte ich notfalls vom Konto meiner Mutter nehmen können. Ich versuche aber normalerweise nur, Geld *einzuzahlen*.

Ich bin mir sicher, dass der irritierend schöne Junge es sich sowieso leisten kann.

Am Montag ziehe ich zum ersten Mal nicht gleich morgens meine schwarz-weiße Uniform an. Stattdessen schlüpfe ich in eine verblasste Jeans und ein weiches, langärmeliges Hemd. Meine Mutter hatte es mir letztes Jahr im Frühjahr zum Geburtstag geschenkt. Es war zwar nicht besonders teuer gewesen, sieht aber aus, als ob es das sein könnte. Außerdem verdeckt es meine Narbe. Das ist mir wichtig, obwohl es das eigentlich nicht sein dürfte.

Ich frühstücke mit meiner Mutter in ihrer kleinen Wohnung. Bevor ich gehe, sagt sie mir noch, dass ich hübsch aussehe, und küsst mich auf den Kopf.

»Viel Spaß in der Schule!«, sprudelt es aus ihr heraus. »Lass dir Zeit, nach Hause zu kommen, wenn du neue Freunde findest. Ich werde hier die Stellung halten.«

»In Ordnung. Danke.«

Ich werfe mir den Rucksack über die Schulter und entscheide mich, ihr nicht zu sagen, dass die Highschool so nicht funktioniert. Besonders dann nicht, wenn man die neue Schülerin im letzten Schuljahr an einer Schule mit überprivilegierten Treuhandfonds-Babys ist.

Andererseits würde es für meine Mutter vielleicht so sein. Sie ist die Art von Person, die die meisten Menschen sofort mögen.

Sie lässt mich mit dem Nissan zur Schule fahren. Als ich langsam die Einfahrt des Schülerparkplatzes der Linwood-Akademie hinaufsteuere, klappt mir die Kinnlade herunter. Das schäbigste Auto auf dem Parkplatz ist ein Mustang. Ansonsten gibt es nach oben keine Grenzen. In der Morgensonne funkeln sie alle wie Diamanten. Während ich einparke, bin ich beinahe versucht, mit der Stoßstange an einige zu schrammen.

Okay, ich bin vielleicht ein bisschen verbittert. Nachdem ich aber erlebt habe, wie meine Mutter jahrelang gegen erdrückende Schulden gekämpft hat – Schulden, die sie unverschuldet hat aufnehmen müssen – fällt es mir schwer, das nicht zu sein. Mit den Fahrzeugen, die auf diesem Parkplatz stehen, wären wir aus dem Schneider. Und es wären noch etliche Tausende Dollar übrig.

Ich ziehe den Schlüssel aus dem Zündschloss und trommele nachdenklich mit den Fingern auf das Lenkrad. Dabei starre ich durch die Windschutzscheibe auf das große, schick aussehende, rote Backsteingebäude vor mir.

Hm. Ich habe immer noch keine Ahnung, auf welches Spiel sich Lincoln bezogen hat. Vielleicht gibt es aber ein Spiel, das ich spielen *sollte*.

Selbst mit dem Einkommen aus der Haushaltsführung wird meine Mutter Jahre brauchen, um ihre Schulden zu bezahlen. Vielleicht kann ich mehr tun, um ihr dabei zu helfen. Diese reichen Kinder müssen sich langweilen. Mit Glücksspielen kann man sich die Langeweile vertreiben. Vor allem dann, wenn man Geld genug hat.

Ich muss nur herausfinden, wer hier in der Gegend Poker spielt. Und wann.

Bei diesem Gedanken macht sich Aufregung in mir breit, und ich steige mit mehr Elan aus dem Auto, als ich vorher hatte. Ein stetiger Strom von Schülern geht vom Parkplatz in Richtung des Einganges des Gebäudes. Ich schließe mich ihnen an und mische mich unter die Menge, ohne wirklich ein Teil von ihr zu sein. Die anderen um mich herum unterhalten sich, scherzen mit ihren Freunden oder beeilen sich, jemanden einzuholen. Ich halte aber den Kopf gesenkt und marschiere weiter.

Mein Stundenplan und meine Spindzuweisung wurden mir per E-Mail zugeschickt. Also gehe ich durch einen Nebenkorridor in Richtung meiner ersten Unterrichtsstunde. Bevor ich das Klassenzimmer erreiche, kommt da aber eine Art ... *Welle* im Gang auf mich zu. Eine Art Energie scheint wie eine Woge durch die Menge zu fließen. Als ich aufsehe, erkenne ich sofort die Ursache.

Lincoln und seine Kumpels stolzieren durch den Korridor, als wären sie die gottverdammten Könige von Linwood.

Das Verrückteste ist aber, dass viele der Schülerinnen und Schüler ebenfalls dieser Meinung zu sein scheinen. Andere, besonders jene aus unteren Jahrgängen, machen ihnen eilig den Weg frei. So, als könnten die vier Jungs tatsächlich nach ihnen treten, wenn sie nicht schnell genug Platz machen.

Ich rühre mich aber nicht von der Stelle – teils, weil ich nicht der Typ bin, der sich irgendwohin *verzieht*, und teils, weil die vier anders aussehen als sonst, und ich herausfinden will, woran das liegt.

Als sie vor mir stehen bleiben, wird mir klar, dass ich mich mitten im Korridor befinde und ihnen den Weg versperre. Nicht, dass sie nicht um mich herumgehen könnten, wenn sie das wollten. Offensichtlich lassen sich diese Typen aber nicht zu so etwas herab.

»Sieh an, sieh an, sieh an. Das Poolmädchen.« Der Typ mit den kupferblonden Haaren grinst mich an. Anscheinend haben sie sich auf diesen Spitznamen für mich geeinigt. *Na prima.* »Ich denke, wir sollten dich offiziell an der Linwood-Akademie willkommen heißen.«

»Ja, schon gut, da…«, fange ich an zu murmeln. Bevor ich den Satz aber beenden kann, legt er mir einen Arm um die Schultern, als wären wir alte Freunde. Dann dreht er sich um, um sich an die versammelten Schüler zu wenden. Es sind noch etwa zehn Minuten bis zum

Beginn des Unterrichtes, also ist der Korridor leider komplett mit Schülern gefüllt.

»Hey, Klappe halten und aufpassen!«, ruft er mit einem spöttischen Tonfall. Er fährt erst fort, als die Gespräche um uns herum verstummen. »Bitte begrüßt das Poolmädchen. Sie ist Lincs neues Dienstmädchen. Deshalb wird sie die meiste Zeit bei ihm zu Hause auf den Knien verbringen. Sie will aber auch herausfinden, ob ihr in den öffentlichen Schulen ausgebildeter Arsch es hier bei uns in Linwood packen kann.«

Ich verziehe wütend das Gesicht und beginne, mich aus seinem Griff zu winden. Sein Arm schließt sich aber fester um mich. Sein Lächeln ist breit und wirkt fröhlich, als er zu seinen Untertanen blickt.

»Nun, ihr wisst, dass es wahrscheinlich ein großer Schock sein muss, den ganzen Weg aus dem beschissenen Arizona hierherzukommen. Linc, River, Dax und ich haben versucht, ihr das Gefühl zu geben, willkommen zu sein. Ihr solltet dasselbe tun.«

Einige der Jugendlichen in der Menge lachen, und Adrenalin beginnt in meinen Adern zu fließen. Ich habe diesem Kerl seine vorgetäuschte Freundlichkeit keine Sekunde lang abgekauft. Jetzt bin ich mir aber sicher, dass er irgendetwas im Schilde führt.

»Also«, sagt er. Er lässt mich los und ich drehe mich von ihm weg. Jetzt sitze ich zwischen ihm und seinen drei dummen Freunden fest. »Ich frage mich, was wir tun könnten, damit sich die Hilfe hier mehr wie zu Hause fühlt.«

»Ich weiß nicht, Chase.« Sein Bruder – Dax, nehme ich an – hat ein fast identisches Lächeln auf den Lippen.

»Vielleicht sollten wir ihr irgendeinen Scheiß zum Aufräumen geben?«

Chases Grinsen wird breiter, und er hebt die Augenbrauen, als wäre das eine glänzende Idee, auf die er nicht gekommen ist.

Scheiß auf diesen Mist. Was immer auch geschehen wird, deswegen bin ich nicht hier.

Ich drehe mich weg, um an Chase vorbeizugehen. Er ist verdammt groß und steht mir im Weg. Wenigstens ist aber nur einer von ihnen auf dieser Seite von mir, und nicht drei. Bevor ich aber mehr als einige Schritte machen kann, sorgt ein lautes, klirrendes Geräusch hinter mir dafür, dass ich zusammenzucke. Ich wirbele noch rechtzeitig herum, um zu sehen, wie jemand einen Mülleimer umstößt. Der Deckel springt auf, und Müll verteilt sich über den Boden.

Einen Moment später werde ich mit all dem Abfall beworfen. Jugendliche lachen, als nasses, vollgesogenes Papier, Fast-Food-Verpackungen und leere Starbucks-Becher auf mich geworfen werden. Ich hebe die Hände und versuche, die Geschosse abzuwehren, treffe aber die meisten nicht. Ein Kaffeebecher, in dem sich noch die Reste eines Karamell-Macchiato befinden, trifft mich mitten auf die Brust, und süßlich riechende Milch tropft vorne an meinem Hemd herunter.

»Hey!« Ein Mann mittleren Alters mit Brille tritt aus einem Klassenzimmer in der Nähe und runzelt die Stirn, als er den umgekippten Mülleimer sieht. »Was geht hier vor sich? Wer hat das getan?«

Wortlos, als hätten sie sich alle verdammt nochmal abgesprochen, ziehen sich die Schüler gemeinsam zurück und lassen mich mit einem zerdrückten Kaffeebecher und einem Bündel Papier in der Hand allein in der Mitte des Korridors stehen.

Der Lehrer kneift die Augen zusammen. »Wie ist Ihr Name?«

»Harlow Thomas«, murmele ich und drücke den Papierbecher so fest zusammen, dass noch einige weitere Tropfen Flüssigkeit herauskommen.

»Ah, ja. Sie sind die neue Schülerin.« Sein Gesicht versteinert. »Ich weiß nicht, wie Ihre alte Schule war, Miss Thomas. So etwas wird in Linwood aber nicht toleriert. Diesmal schicke ich Sie nicht zum Direktor, aber Sie werden diese Sauerei wieder in Ordnung bringen.«

Ich öffne den Mund, um mich zu verteidigen. Auch wenn meine Widerrede mir mit ziemlicher Sicherheit einen Gang zum Büro des Direktors einbringen wird. Bevor ich aber etwas sagen kann, verschwindet er wieder in seinem Klassenzimmer.

Das ... ist total beschissen.

Ich rieche immer noch nach abgestandener Milch. Mein Hemd ist feucht und fleckig, und der Boden um mich herum ist mit Müll übersät.

Die anderen Schüler im Korridor sind alle noch da, um mir zuzusehen. Ich will verdammt sein, wenn ich vor ihnen auf Hände und Knie gehe. Chase ist immer noch hinter mir. River, Dax und Lincoln sind ebenfalls in der Nähe.

Mit zusammengebissenen Zähnen gehe ich zu dem auf der Seite liegenden Mülleimer und werfe den Becher und das Papier hinein. Dann trete ich den verstreut umherliegenden restlichen Müll in Richtung des großen Metallzylinders. Dabei ignoriere ich das Flüstern und Kichern, das um mich herum entsteht.

Als ich das Gefühl habe, dass ich demnächst explodieren werde, schiebe ich mich zwischen Lincoln und River hindurch und stürme durch den Korridor davon. Hinter mir höre ich, wie die anderen laut über meine Putzfähigkeiten spotten, und ich spüre das verdammte Bedürfnis, laut loszuschreien.

Der Korridor leert sich jetzt allmählich. Gerade als die Glocke zur ersten Unterrichtsstunde läutet, betrete ich eine Toilette. Fantastisch. Ich bin mit Müll bedeckt und komme zu spät zu meiner ersten Stunde.

Ich spritze Wasser auf mein Hemd und versuche, die Milch aufzusaugen. Ich bin mir aber sicher, dass ich sie nicht vollständig herausbekommen werde. Außerdem sieht die feuchte Stelle, wenn auch nur vorübergehend, noch schlimmer aus.

POLITIKWISSENSCHAFT IST EIN ALPTRAUM. DER Unterricht an sich ist nicht allzu anspruchsvoll. Es gibt aber einige der Schüler, die hinter mir sitzen, und mir, wenn der Lehrer nicht hinsieht, ständig etwas an den Kopf werfen. Dieser Trend hält an, wird im Laufe des restlichen Vormittags noch stärker und überträgt sich ebenfalls auf die Korridore. Ich bin mir sicher, dass jeder, der Zeuge der *Vorstellung des Poolmädchens* heute Morgen nicht miterlebt hat, die Geschichte inzwischen gehört hat. Diese reichen Kinder müssen sich wirklich zu Tode langweilen, denn sie stellen mir alle wie verdammte Rachegötter nach.

Der Sportunterricht ist scheiße, aber das ist nichts Neues. An meiner alten Schule war er das auch. Wir laufen einige Runden und machen einige Dehnübungen. Ich strenge mich nicht besonders an und komme kaum ins Schwitzen.

Als ich meine Straßenkleidung wieder anziehe, schneide ich eine Grimasse, als ich bemerke, dass mein Hemd definitiv immer noch nach Müll riecht. *Bäh. Ekelhaft!*

Nur mit einem BH und einer Jeans bekleidet, bringe ich mein Hemd zum Waschbecken, um es besser zu reinigen. Dann halte ich es einige Minuten unter den Händetrockner. Der Trockner funktioniert allerdings immer nur jeweils dreißig Sekunden. Also muss ich das Hemd immer wieder wegziehen und erneut darunterhalten, um den Sensor wieder auszulösen.

Über das Summen des Geräts hinweg erklingen hinter mir laute Stimmen.

»Nein, Savannah! Guter Gott, ich habe dir bereits gesagt, dass ich ihn nicht will. Du bist manchmal so eine verdammte Schlampe«, ruft eine hohe, atemlos klingende Stimme.

»Ich bin keine Schlampe. Ich erwarte nur, dass meine sogenannten Freunde ehrlich sind!« Diese Stimme ist rauer, schriller.

»Oh, du warst also *ehrlich*, als du unbedingt ein Probetraining für die Cheerleader-Mannschaft haben wolltest? Ich weiß, dass du vorhast, mit mir Schluss zu machen. Also tu nicht so, als wäre das nicht der Fall.«

»Iris, ich wollte nicht …«

Als der Trockner plötzlich wieder aussetzt, unterbrechen die beiden Mädchen ihr Gespräch, drehen sich um und starren mich an. Die eine ist blond und schlank. Die andere hat volle Lippen und erdbeerrote Haare. Beide sind hübsch wie Models und sehen mich an, als hätte ich gerade ihre Familien umgebracht.

»*Entschuldige*«, sagt die Rothaarige gedehnt und verzieht den Mund. Ich glaube, sie ist diejenige, die Savannah heißt. »Das hier ist eine private Unterhaltung.«

Ich hebe die Augenbrauen, und ein leises Lachen kommt über meine Lippen, bevor ich es zurückhalten kann. »Ach, wirklich?«

Ihre Wangen röten sich, und verschiedene Gefühlsregungen huschen über ihr Gesicht, bevor sie sich wieder in Wut hüllt.

»Es wäre eine, wenn du aufhören würdest, zuzuhören, du Schlampe! Hast du nicht etwas, das du putzen musst?«

Guter Gott. Es hat sich also wirklich in der ganzen Schule herumgesprochen.

»Ich könnte deinen Spind ausräumen«, biete ich ihr an und zucke mit den Schultern. »Aber ich habe mein extra starkes Schlampenbleichmittel vergessen.«

»Warum verschwindest du nicht einfach? Es ist verdammt unhöflich, andere zu belauschen. Hat dir das nie jemand beigebracht?« Das blonde Mädchen, Iris, kommt herüber und bleibt neben der Rothaarigen stehen. Sie mögen einander zwar hassen, sind aber anscheinend bereit, sich gegen eine Bedrohung von außen zu verbünden.

Wie nennt man das doch gleich? *Beste Feinde?*

»Liebend gern.«

Ich ziehe mir mein Hemd über den Kopf. Es ist noch feucht, aber Scheiß drauf. Es wird schon trocknen. Ich schiebe mich an ihnen vorbei, greife mir den Rest meiner Sachen aus dem Spind und werfe mir den Rucksack über die Schulter. Dann wende ich mich wieder den beiden Mädchen zu.

»Oh, und fürs Protokoll – wenn ich lauschen würde, würde ich mir ein viel interessanteres Gespräch aussuchen als eines über Jungs und die verdammte Cheerleader-Mannschaft. Versucht, beim nächsten Mal kreativer zu sein.«

In der Ecke hinter mir kichert jemand. Dann noch jemand. Savannahs Gesicht ist jetzt fast so rot wie ihr Haar, und das andere Mädchen, Iris, starrt mich an.

Autsch, das wird mich später auf jeden Fall etwas kosten. Zumindest dann, wenn diese Mädchen annähernd so rachsüchtig sind wie ihre männlichen Kollegen an dieser Schule. Aber Scheiß drauf. Ich habe bereits eine Zielscheibe auf dem Rücken. Warum nicht zwei?

Kopfschüttelnd verschwinde ich aus der Umkleidekabine, bevor es noch weiter bergab geht.

Ich beginne, mich beim Mittagessen herumzufragen, versuche mit einigen Schülern in Kontakt zu kommen, die ich im Unterricht gesehen habe. Ich möchte mir einen Überblick über die soziale Szene an der Schule verschaffen. Anfangs bleiben meine

Bemühungen fruchtlos. Ich bekomme allerdings mehrere Angebote von Schülern – meist von idiotisch aussehenden Typen –, ihre Tablett-PCs, Zimmer, oder ihr *Untergestell* zu reinigen.

Lincoln, River, Dax und Chase sitzen von hübschen Mädchen umgeben in einer Ecke. Ich spüre aber, dass sie mich beobachten. Es scheint beinahe so zu sein, als würde es sie nervös machen, dass ich in der Cafeteria herumlaufe und mit anderen Schülern spreche. Als hätten sie gedacht, ich würde auf der Toilette zu Mittag essen oder so, und sie nicht wissen, was ich hier überhaupt zu suchen habe.

Mir gefällt der Gedanke, dass ich sie überrascht habe. Ich hasse es aber, ihre Blicke zu spüren. Ich versuche, sie zu ignorieren. Meine Haut kribbelt aber, als würden mich ständig kleine Ameisen beißen. Das zieht meinen Blick ständig zu ihnen zurück.

Und das ist der letzte verdammte Ort, wo ich hinsehen will.

Was haben die Jungen an sich, was es mir so schwer macht, wegzuschauen? Ich denke, dass es zum Teil an ihrem Aussehen liegt. Abgesehen von ihren Arschlochtendenzen *sind* sie verdammt heiß. Da ist aber noch etwas anderes. Ich kann jedoch nicht genau sagen, was. Liegt es am Instinkt eines Beutetieres, nahe Raubtiere jederzeit im Auge zu behalten? Oder liegt es an dieser herrischen Aura, die sie umgibt, und an der Tatsache, dass sie meine Aufmerksamkeit auf sich zu ziehen scheinen, ohne überhaupt etwas zu sagen?

Ich will sie ihnen nicht schenken, also beende ich mein Mittagessen und gehe früh in meine nächste

Unterrichtsstunde. Ich habe immer noch nicht herausgefunden, wo ein Pokerspiel stattfinden wird, werde aber nicht aufgeben. Es muss eines geben. Wahrscheinlich sogar mehr als eines. Ich werde das auf jeden Fall herausfinden.

Reiche Kinder lieben es schließlich, mit ihrem Geld um sich zu werfen, nicht wahr?

5

Am Freitag komme ich endlich an die Information, die ich gesucht habe.

Außerdem stammt sie aus einer unerwarteten Quelle. Als ich mit einem Typen aus meinem Biologiekurs, Max, durch den Korridor gehe, erwähnt er ein Spiel, zu dem er letztes Wochenende gegangen ist. Er könnte über Football sprechen. Dafür ist es aber zu früh im Semester – wir sind erst in der ersten Woche. Also bohre ich nach, bis er mir von einer illegalen Spielhölle erzählt, die von einigen Schülern betrieben wird. Sie nutzen ein verlassenes Lagerhaus, das der Familie von einem von ihnen gehört, und veranstalten dort jedes zweite Wochenende Kartenspiele.

»Aber an so etwas wärst du bestimmt nicht interessiert«, versichert er mir und zeigt mir ein Lächeln, das eklig und herablassend zugleich wirkt. »Der Starteinsatz ist wirklich hoch. Nichts für Poolmädchen.«

Ich beiße die Zähne zusammen. *Verdammte Arschlöcher.*

Dieser Name haftet wie Kleber an mir. Genau wie eine Million Gerüchte darüber, wie arm meine Familie ist und was meine Mutter und ich getan haben, um Geld zu verdienen, bevor wir hierhergekommen sind.

Ich bin aber dabei, herauszufinden, wo ich pokern kann. Ich will nicht riskieren, das nicht in Erfahrung bringen zu können, indem ich Max verärgere.

»Ja.« Ich beiße mir auf die Unterlippe. »Ich würde mir das trotzdem gerne ansehen. Ich denke, ich könnte den Buy-in wahrscheinlich aufbringen. Ich habe einen Job.«

»Klar.« Ein Mundwinkel zuckt nach oben, als hätte ich gerade eine versteckte Anspielung gemacht.

Wie ekelhaft!

»Also, wo findet es statt?«, hake ich nach. Wenn ich ihn mit dieser Scheiße durchkommen lasse, ohne ihm eine aufs Maul zu hauen, dann will ich zumindest einige nützliche Informationen aus ihm herausbekommen.

Er gibt mir eine Adresse, die mir nichts sagt. Ich speichere sie aber in Gedanken ab. Später werde ich nachsehen. Das Spiel beginnt spät genug, dass ich mir das Auto meiner Mutter leihen und mich unbemerkt aus dem Haus werde schleichen können.

Sobald ich von Max erfahren habe, was ich wissen wollte, biege ich in einen anderen Korridor ein. Bevor ich weitergehe, werfe ich wie üblich einen gründlichen Blick hinein.

Die meisten Schüler sind noch nicht müde geworden, das neue Mädchen zu drangsalieren. Vor allem nicht, nachdem Lincoln und seine Freunde ihnen so wunderbare Munition dafür geliefert haben. Immer noch wird wahllos mit Müll nach mir geworfen. Das ist nicht nur ärgerlich, sondern auch verdammt gefährlich. Ich glaube nicht, dass es sie interessiert, mit was sie nach mir werfen. Sie nehmen einfach den nächstgelegenen Gegenstand und schleudern ihn auf mich.

Chase hatte gesagt, dass er mich in der Schule willkommen heißen wollte. Junge, Junge. Es ist ihm gelungen. Mittlerweile kennt mich jeder – oder erkennt mich zumindest. Ich weiß aber nicht, ob das aus purer Langeweile oder aus einem zwanghaften Bedürfnis geschieht, sich bei ihren Königen einzuschleimen. Viele von ihnen beteiligen sich aber an dem Mobbing.

Verdammte Arschlöcher.

Ich überstehe den restlichen Schultag, ohne mein Hemd in der Mädchentoilette waschen und trocknen zu müssen. Also war es ein guter Tag.

Zurück im Anwesen der Blacks, ziehe ich meine makellose Dienstmädchenuniform an und kümmere mich um die Wäsche. Das hat sich tatsächlich als meine Hauptaufgabe herausgestellt.

Ich werde mich nie damit abfinden, dass ich Lincoln Blacks verdammte Unterwäsche anfassen muss. Ich muss meine ganze Selbstbeherrschung aufwenden, um sie nicht zu manipulieren. Ich weiß nicht ... vielleicht etwas Cayennepfeffer in den Schritt?

Das Ziel ist aber, dass meine Mutter und ich *nicht* gefeuert werden. Also falte ich seine Unterwäsche wie eine brave Dienerin zusammen und bringe sie in sein Zimmer.

Es ist seltsam. Zu Hause spricht er nie mit mir und sieht mich kaum an. Wenn wir uns in der Schule am selben Ort aufhalten, spüre ich jedoch ständig seinen Blick auf mir. Außerdem spricht er in der Schule viel mit mir, obwohl er nie etwas Nettes zu sagen hat.

Ich weiß ehrlich gesagt nicht, was mit ihm los ist, aber es ist anstrengend.

Seine Eltern sind genauso seltsam. Seine Mutter nimmt irgendwelche Drogen. Da bin ich mir sicher. Sein Vater scheint besessen davon zu sein, so zu tun, als wäre hier alles normal. Das führt aber nur dazu, mir deutlich zu machen, dass eben *nicht* alles in Ordnung ist.

Ich sehe so gut wie nie, dass die beiden miteinander sprechen. Wenn sie es doch tun, bemerke ich, dass ihre Gespräche gezwungen und gestelzt wirken. Wie bei zwei Fremden, die nur vorgeben, seit Jahren verheiratet zu sein.

Nachdem ich mich darum gekümmert habe, was im Haus erledigt werden muss, ziehe ich mir Shorts und Tanktop an und esse mit meiner Mutter zu Abend. Dann ruhe ich mich bis elf Uhr in meinem Zimmer aus. Ich weiß, dass meine Mutter wahrscheinlich gegen zehn Uhr eingeschlafen ist. Die Tatsache, dass sie in einer eigenen Wohnung lebt, macht es mir leicht, mich aus dem Haus zu schleichen.

Als ich die Tür meines Schlafzimmers öffne und in den Flur schleiche, höre ich aber leise Stimmen.

Hm. Ich habe gedacht, alle würden bereits schlafen. Auf

Zehenspitzen gehe ich, dicht an die Wand gedrückt, einige Schritte den Flur hinunter.

Eine tiefe Baritonstimme, die ich als die von Mr. Black erkenne, dringt zu mir herüber. Sie kommt aber nicht aus dem großen Schlafzimmer. Das befindet sich viel weiter den Flur entlang im Ostflügel des Hauses. Nein, sie kommt aus dem Gästezimmer auf der anderen Seite der Waschküche.

Was zum Teufel macht er da drin?

Ich schleiche mich ein wenig näher und halte den Atem an, als ob mich das beruhigen könnte. Dann strecke ich meinen Hals, um mein Ohr näher an die Tür zu bringen.

»... brauche dich so sehr. Du warst es schon immer, das weißt du.«

Er spricht leise, und seine Stimme klingt belegt. Eine sanftere, leisere Stimme antwortet ihm. Ich kann aber nicht sagen, wem sie gehört oder was sie sagt.

Verdammte Scheiße. Ist Mr. Black mit einer Frau da drin? Und ist diese Frau Audrey?

Als er erneut spricht, tut er das zu leise, als dass ich seine Worte verstehen könnte. Dann dringen weitere Geräusche an mein Ohr, und ich halte mir die Hand vor den Mund, um nicht zu keuchen.

Oh mein Gott, da wird gefickt. Die beiden Personen in diesem Raum haben definitiv Sex miteinander.

Brennende Fragen wirbeln durch meinen Verstand. Ganz zu schweigen von dem peinlichen Gefühl, das ich verspüre. Ich weiche so schnell und leise zurück, wie ich kann. Es gibt nur wenige Dinge auf der Welt, die ich mir weniger wünsche, als dabei ertappt zu werden, wie ich meinem älteren Chef beim Sex mit – *Ja, mit wem eigentlich?* – zuhöre.

Ich gehe den Weg zurück, den ich gekommen bin, und benutze stattdessen den Dienstboteneingang. Ich hatte vorgehabt, diesen Weg zu vermeiden, da die Tür zur Treppe direkt neben der Wohnung meiner Mutter liegt. Ich riskiere aber lieber, von ihr erwischt zu werden, als von jemand anderem.

Die Tür öffnet sich lautlos, und ich nehme die schmalen Stufen zunächst langsam. Je weiter ich mich vom ersten Stock entferne, desto schneller werde ich aber. Das Auto meiner Mutter steht in einer zweiten Garage auf der Westseite des Hauses. Ich fahre langsam los und lasse das Licht ausgeschaltet, bis ich den Code eingebe, um das Tor zu öffnen.

Die Adresse, die Max mir gegeben hat, liegt dreißig Fahrminuten entfernt. Mit einem Zwischenstopp an einem Geldautomaten werden aber vierzig daraus. Als ich langsam durch die gewundene Straße in dem Lagerhausviertel rolle und versuche, die Hausnummern an den Seiten der Gebäude zu entziffern, kriecht der Nervenkitzel meinen Rücken hinauf. Lincoln und seine Freunde haben dafür gesorgt, dass niemand in der Schule ein Problem damit hat, mich zu schikanieren. Die Gerüchte, dass ich eine Nutte bin, haben sich schnell verbreitet. Was ist, wenn Max über den Ort des Pokerspiels gelogen hat – oder darüber, dass es überhaupt eines gibt?

Als ich die genaue Adresse erreiche, die er mir gegeben hat, bleibe ich eine Minute lang mit laufendem Motor im Auto sitzen.

Scheiße. Ich sollte nicht hier sein.

Ich will aber nicht wieder wegfahren.

Ich habe schon seit viel zu langer Zeit nicht mehr gespielt und bin deswegen unruhig und nervös. Seit ich zu spielen gelernt habe, war Poker das Einzige, was mir das Gefühl gab, die Kontrolle zu haben. Auch dann, als mein ganzes Leben im Chaos zu versinken schien. Als ich die Chemo- und Bestrahlungstherapien durchgemacht habe, war das Einzige, worauf ich mich gefreut habe, der Unterricht bei Gus und Marsden. Die beiden alten Männer waren zur selben Zeit wie ich behandelt worden und hatten Mitleid mit einem verängstigten zehnjährigen Mädchen gehabt.

Diese Woche war scheiße gewesen. Seit ich in Connecticut angekommen bin, habe ich nicht das Gefühl gehabt, irgendetwas zu kontrollieren.

Das hier brauche ich aber.

Nachdem ich meine Entscheidung getroffen habe, drehe ich den Schlüssel entschlossen um und ziehe ihn aus dem Zündschloss. Die Gegend ist nur schwach beleuchtet, aber ich finde ohne Probleme den Weg bis zur Eingangstür des Lagerhauses. Als ich sie aufziehe, atme ich erleichtert auf.

Gott sei Dank.

Alles ist genau so, wie Max es beschrieben hat. In einem Teil des großen Raumes stehen Tische, um die Menschen versammelt sind, die sich leise miteinander unterhalten.

Als ich eintrete, sieht ein junger Kerl auf. »Hey, du kannst nicht einfach ...«

»Max hat mir von dem Spiel erzählt«, unterbreche

ich ihn, bevor er mich vorsorglich rauswerfen kann. »Ich will spielen. Ich habe Geld.«

Bei diesen Worten ziehe ich die tausend Dollar, die ich mit der Kreditkarte meiner Mutter aus dem Geldautomaten geholt habe, aus meiner Gesäßtasche und klatsche die zusammengefalteten Scheine in meine Handfläche.

Er kneift die Augen zusammen. Für diesen Jungen ist ein Tausender wahrscheinlich Kleingeld. Er hat aber offensichtlich nicht erwartet, dass ich so viel Geld habe. Normalerweise würde ich das nicht tun. Mr. Black hat uns aber eine Umzugsprämie gezahlt. Meine Mutter und ich haben uns bemüht, so wenig wie nur möglich davon auszugeben, damit etwas übrig bleibt.

Der Junge richtet seinen Blick wieder auf mich und zuckt schließlich mit den Schultern. »Von mir aus. Wenn du Geld hast, kannst du spielen. Ich hol dir deine Chips.«

Ein Grinsen zerrt an meinen Mundwinkeln. Das war verdammt einfach. Es wird schwieriger werden, wenn ich noch einmal zurückkommen will oder versuche, eine andere Partie zu finden. Ich habe das Gefühl, dass es sich nach dem heutigen Abend herumsprechen wird.

Sobald ich meine Chips von dem Typen bekommen habe, der irgendetwas davon murmelt, dass er Carson heißt, setze ich mich an einen der Tische und lächele die übrigen hier Versammelten breit an. Es sind fast nur Jungs. Es gibt aber auch ein Mädchen mit rotbraunem Haar und einem scharfen Blick. Sie ist diejenige, auf die ich achten muss. Das weiß ich sofort. Aber der Rest dieser Typen? Leicht verdientes Geld.

Wenn man nämlich von zwei alten und tätowierten Männern im Krebszentrum von Bayard Medical lernt, Poker zu spielen, dann nicht nur die Regeln. Ich habe gelernt, wie man gewinnt. Während der vielen Stunden, die wir gespielt haben, habe ich mir angeeignet, wie ich jedes mir zur Verfügung stehende Mittel einsetzen kann, um die Chancen zu meinen Gunsten zu verbessern.

Die beiden alten Chips, die ich von ihnen bekommen habe, als sie ihre Behandlungen beendet hatten, befinden jetzt in einer meiner Hosentaschen. Der von Hunter in der anderen.

Wir fangen an zu spielen, und ich verliere absichtlich die erste Hand, um neu und unerfahren zu wirken. Genau so, wie diese Jungs es sicher von der Neuen aus Arizona erwarten. Bei der Nächsten bin ich aber bereit.

Ich kann gut Karten zählen. Das hilft. Außerdem habe ich die Ticks von fast allen am Tisch ausfindig gemacht. Ich weiß also, wie ich gegen sie spielen muss.

Als ich meinen ersten Stapel Chips einstreiche, sieht mich das Mädchen mit den rotbraunen Haaren aus zusammengekniffenen Augen an. Es dauert aber noch zwei Hände länger, bis alle Jungs mitbekommen, was hier vor sich geht. Glücklicherweise bin ich da bereits fast fertig.

Ich gewinne auch die letzte Hand, und der Junge zu meiner Linken wirft wütend seine Karten auf den Tisch. »Wer hat diese verdammte Profispielerin reingelassen?«

»Max hat mich eingeladen«, sage ich mit einem

fröhlichen Grinsen. Dafür wird Max sich später einiges anhören müssen. Das ist mir aber egal.

Die Leute murren, als wir alle aufstehen. Keiner von ihnen hat heute Abend aber Geld verloren, das er nicht hätte verlieren dürfen. Als ich meine Chips einlöse, habe ich fast tausend Dollar gewonnen.

Ich schiebe das Geld in meine Gesäßtasche und mache mich schnell aus dem Staub, bevor einer der Jungs kommen und mich anmachen kann. Ich habe keine Ahnung, warum es Männer geil macht, wenn sie von einer Frau beim Pokern geschlagen werden. Vielleicht ist das ein letzter Versuch, ihre Männlichkeit zu beweisen.

Gott sei Dank war heute Abend keiner der vier Könige hier. Ich mache aber einen anderen Kerl aus, den ich schon einige Male mit ihnen gesehen habe. Er heißt Ethan und beobachtet mich aus zusammengekniffen Augen, als ich durch die Tür verschwinde.

Als ich von dem Lagerhaus wegfahre, drehe ich die Musik im Auto laut auf. Ich singe mit und schüttele mein Haar aus, während ich hinter dem Steuer tanze. Es ist bereits nach ein Uhr, aber ich bin aufgestachelt und hellwach. Als ich das Geld am Geldautomaten einzahle, schwillt Stolz in meiner Brust an. Ein weiteres kleines Stück der erdrückenden Schuld, die ich mit mir herumtrage, fällt von mir ab.

Ich mache das schon seit einigen Jahren – allerdings nur mit Unterbrechungen und in letzter Zeit nicht mehr so oft. Das Geld, das ich gewinne, zahle ich heimlich auf das Konto meiner Mutter ein.

Normalerweise muss ich mir erst eine beträchtliche Summe ausleihen. Letztendlich habe ich aber nur selten alles verloren.

Meine Mutter ist in vielen Dingen großartig. Den Überblick über ihr Geld zu behalten gehört aber nicht dazu. Nachdem meine Therapie endlich abgeschlossen war, wurde es immer schlimmer. Ich denke, dass es sich bei ihr um eine Art Schutzmechanismus aus der Zeit handelt, als jeden Tag neue Rechnungen eintrafen und sie keine davon begleichen konnte.

Seitdem kümmere ich mich um die Verwaltung unserer Finanzen. Seit ich dreizehn bin, bezahle ich unsere Rechnungen – und das macht es einfacher. Meine Mutter hat nie bemerkt, wie viel Geld ich abhebe oder wie viel ich zusätzlich einzahle.

Auf der Rückfahrt zum Anwesen schalte ich die Musik aus, kurbele aber die Fenster herunter und lasse die kalte, leicht salzige Luft ins Innere des Wagens eindringen. Das Haus liegt einige Kilometer von der Küste entfernt. Ich schwöre aber, dass ich den Ozean in der Luft riechen kann.

Bevor ich den Code für das Tor eingebe, schalte ich die Scheinwerfer aus. Dann fahre ich behutsam in die zweite Garage, steige aus dem Wagen und gehe die kurze Strecke von der Garage bis zum Haus. Als ich den Dienstboteneingang erreiche, nehme ich nur einen Bruchteil einer Sekunde, bevor eine Hand nach meinem Handgelenk greift, den Geruch von Koriander und Moschus wahr.

Die geringe Vorwarnzeit reicht aber nicht aus, um mein Herz davon abzuhalten, nicht ängstlich zu pochen.

Ich wirbele mit in der Faust geballten Schlüsseln zu dem Mann herum, der hinter mir steht.

»Willst du mich etwa schlagen, Poolmädchen?«

Lincoln klingt spöttisch. In der Dunkelheit kann ich nicht viel von seinem Gesicht ausmachen – nur seine hellen, bernsteinfarbenen Augen.

Ich keuche, reiße meine Hand aus seinem Griff und schiebe ihn mit beiden Handflächen auf der Brust weg. Ich bin zu erschrocken, um zu erkennen, dass ich den Sohn meines Chefs und häufigen Peiniger nicht so beiläufig anfassen sollte.

»Mein Gott, Lincoln! Du hast mich zu Tode erschreckt!«, zische ich. »Was hast du hier draußen zu suchen?«

»Wahrscheinlich dasselbe wie du auch. Ich schleiche mich ins Haus.«

Ich blinzele. »Du benutzt dafür den Dienstboteneingang?«

»Ja. Manchmal. Es ist einfacher, als den Vordereingang zu nehmen. Weniger Scheiße, über die ich stolpern könnte. Außerdem muss ich mir keine Sorgen machen, zufällig meinen alten Herrn oder meine Mutter zu treffen.« Er mustert mich und neigt dabei den Kopf zur Seite. Sein Blick aus diesen unglaublich verlockenden Augen schweift über meinen Körper, als ob die Antwort, die er sucht, dort geschrieben stünde. »Wo warst du? Du bist nicht sonderlich gut angezogen.«

Guter Gott. Dieser verdammte Kerl.

Ich trete einen Schritt zurück und versuche, mehr Distanz zwischen uns zu schaffen, um besser denken zu können. Mein Aufzug ist völlig angemessen, um beim Pokern anderen in den Hintern zu treten, vielen Dank.

»Wo warst *du* denn?«, beantworte ich seine Frage mit einer Gegenfrage.

»Schon gut, schon gut.« Einer seiner Mundwinkel zuckt nach oben, und er hebt die Hände. »Wir können beide unsere Geheimnisse behalten.«

Verdammt. Ich will wissen, wo er war – keine Ahnung, warum. Ich werde ihm aber mein Geheimnis nicht im Austausch für das seine offenbaren. Es ist bereits schlimm genug, dass er weiß, dass ich mich aus dem Haus geschlichen habe. Das verschafft ihm noch mehr Munition, die er gegen mich verwenden kann, wenn er sich entschließt, mich feuern zu lassen.

Da wir gerade davon sprechen ...

»Hey. Warum hast du deinem Vater nichts von dem Telefon erzählt?« Ich verschränke die Arme vor der Brust.

»Was?«

»Rivers Telefon. Ihr wart alle sauer. Das habe ich gesehen. Warum hast du ihm nichts gesagt?«

Er zuckt mit seinen breiten Schultern. *Er* hat sich in Schale geschmissen, trägt ein weißes Hemd und eine perfekt geschnittene Jacke, die sich weich und seidig auf meiner Haut angefühlt hat, als ich ihn berührt habe. Wo zum Teufel war er gewesen?

»Rivers Telefon war ein Stück Scheiße. Er hat ein neues gebraucht. Das hatte ich ihm schon seit Wochen gesagt.«

»Oh, also habe ich euch einen Gefallen getan?«, fahre ich ihn an.

Sein Auftreten, entspannter als sonst, ändert sich von einer Sekunde auf die andere, als er zu mir tritt und mich an die Wand drängt. »Glaub nicht eine Sekunde lang, dass du mir *einen Gefallen* tust, wenn du mit einem meiner Freunde deine Scheiße abziehst, Poolmädchen. Wenn du willst, dass ich dich feuern lasse, dann werde ich deinem Wunsch liebend gerne nachkommen.«

Ich schlucke den Kloß hinunter, der sich in meiner Kehle gebildet hat. »Nein. Tu das nicht.«

»Was soll ich nicht tun?«

»Lass ...« Ich lecke mir die Lippen, hasse jede Sekunde. »Lass mich nicht feuern, *bitte*.«

Sein Blick schweift nach unten, verfolgt die Bewegung meiner Zunge, und er erstarrt. Die harten Umrisse seiner Arme und Schultern werden für einen Moment weicher. »Du bist besser als die Letzte. Das muss ich dir lassen. Du tust wenigstens so, als würdest du dich anstrengen.«

Ich drücke mich von der Wand ab. »Das tue ich.«

Lincoln schmunzelt und hält eine Hand hoch. »Spar dir das, Poolmädchen. Ich will deine rührselige Geschichte nicht hören.«

Dann geht er durch den Dienstboteneingang und verschwindet die Treppe hinauf.

6

Den Rest des Wochenendes verbringe ich damit, Hausaufgaben zu erledigen und meiner Mutter im Haushalt zu helfen. Eigentlich gibt es nicht viel zu putzen. Mr. Black fordert, dass alles stets makellos ist. Das ist aber nicht schwer, da das Haus kaum bewohnt zu sein scheint.

Als ich das Gästeschlafzimmer am anderen Ende des Flures, auf dem meines liegt, putze, sehe ich mich dort heimlich um. Ich kann aber keine Anzeichen dafür entdecken, dass am Freitagabend jemand hier war. Das Bett ist perfekt gemacht, und nichts ist fehl am Platz. Hätte ich nicht die Stimmen von Mr. Black und dieser Frau durch die Tür gehört, würde ich vermuten, dass dieser Raum seit Wochen nicht benutzt wurde.

Lincoln ist einen Großteil des Wochenendes weg. Auf eine gewisse Weise ist das gut so, denn es fällt mir leichter, ruhig zu bleiben, wenn er nicht da ist. Ich ertappe mich aber auch dabei, nach ihm zu suchen. Ich erwarte, dass er um eine Ecke kommt und mich wie so oft mit diesem eindringlichen Blick mustert.

Am Montag beschwert sich Max bei mir, dass ich ihm hätte sagen sollen, dass ich gut pokern kann. Ich lache aber nur. Geschieht ihm recht, wenn er etwas anderes angenommen hat. Er sieht mir wütend nach, als ich mich im Korridor umdrehe und mich auf den Weg in das Klassenzimmer für die nächste Unterrichtsstunde mache.

Ich fühle mich verdammt gut. Das Hoch, das ich bekomme, wenn ich gut spiele und gewinne, hält immer einige Tage lang an.

Um fünf nach drei ändert sich das aber alles.

Ich gehe gerade durch die großen Schwingtüren am Eingang der Linwood-Akademie. Mein Rucksack lastet schwer auf meiner Schulter, außerdem halte ich einige Bücher in den Armen. Mit mir strömen die anderen Schüler aus der Schule. Die wenigen »Hey, Poolmädchen!«-Rufe ignoriere ich.

Als ich in Richtung des Parkplatzes gehe, bemerke ich, dass sich dort eine Menschenansammlung gebildet hat. Auch die Menge, die mich umgibt, beginnt, sich langsamer zu bewegen. Als ich weitergehe, sehe ich schließlich ...

Das Auto meiner Mutter.

Scheiße.

Zwei Scheiben sind eingeschlagen, und das Auto ist mit Müll vollgestopft. Jemand hat *Putz mich, Schlampe* und einen Schwanz auf die Windschutzscheibe gemalt. Außerdem scheint es so zu sein, als wären alle Reifen aufgeschlitzt worden.

Eine Sekunde lang starre ich das Auto nur an und versuche, zu begreifen, was ich da sehe. Die Bücher in meinen Armen fallen eine Sekunde später mit einem Knall auf den Boden, als ich herumwirbele und die versammelte Menschenmenge anstarre.

»Wer hat das getan?«, rufe ich.

Niemand antwortet. Savannah und Iris stehen lachend und mit ineinander verschränkten Armen bei einer Gruppe von Cheerleadern. Nach dem Sportunterricht habe ich heute gehört, wie sie wieder einmal miteinander gestritten haben. Anscheinend sind die Wogen aber schon wieder geglättet.

Der Quarterback, Trent, steht grinsend neben ihnen.

Mein Blick wandert auf der Suche nach vier mir bekannten Gesichtern über die Menge, und ich finde sie auch. Dax und Chase stehen nebeneinander. Beide haben die Arme vor der Brust verschränkt. Auf der anderen Seite der Menge finde ich Lincoln und River. Während sie zu mir sehen, beugt sich Lincoln vor und sagt etwas in Rivers Ohr. Der Junge schüttelt leicht den Kopf.

Es hätte jeder von ihnen sein können. Oder jemand in der Menge, dessen Namen ich nicht einmal kenne.

Einige der Jugendlichen lachen und werfen noch mehr Müll auf mein Auto. Sie versuchen, ihn durch die zerbrochenen Scheiben zu bugsieren. Mein Blut fühlt sich an, als würde es kochen. So verdammt sauer bin ich.

Das ist nicht einmal mein Auto. Es gehört meiner Mutter. Wenn diese reichen Arschlöcher wüssten, wie verdammt hart sie dafür gearbeitet hat, was es für uns bedeutet hatte, nach jahrelangem Busfahren und Betteln endlich ein Auto zu besitzen ... Hätten sie es dann trotzdem getan?

Leider muss ich diese Frage mit Ja beantworten.

»Ich hoffe, ihr seid verdammt glücklich.« Ich spreche leise, weil ich versuche, nicht zu weinen oder völlig die Beherrschung zu verlieren und alle hier anzuschreien. Ich weiß, dass sie genau das wollen. Sie wollen sehen, wie ich explodiere. Dass ich die Posse auf die Spitze treibe, indem ich ihnen eine Show liefere, über die sie lachen können.

Das werde ich aber nicht tun. Diese verdammte Genugtuung werde ich ihnen nicht verschaffen.

Ich ziehe meinen Rucksack von der Schulter und setze ihn auf dem Boden ab. Dann zücke ich mein Telefon, während ich, an die Seite des Autos gelehnt, in die Hocke gehe. Über eine kurze Google-Suche finde ich mehrere Abschleppunternehmen in der Gegend. Ich wähle zufällig eines aus und wähle dessen Nummer.

»Fox-Hill-Abschleppdienst, wie kann ich Ihnen helfen?«, antwortet eine gelangweilt klingende Frauenstimme.

»Hey, ähm, ich bin auf dem Parkplatz der Linwood-Akademie in der Newfield Avenue. Ich brauche einen Abschleppwagen, der mich in eine Werkstatt bringt.«

»In Ordnung, das können wir machen.« Sie notiert sich meine Angaben und schließt mit den Worten: »Jemand sollte in einer halben Stunde bei Ihnen sein.«

»In Ordnung. Danke.«

Ich beende das Gespräch, bleibe aber, wo ich bin. In

der Hocke und an die Seite des Autos gelehnt. Einige der Schüler sind mittlerweile verschwunden. Dass ich nicht weine, scheint sie zu langweilen, und sie haben sich aufgemacht, den Campus zu verlassen. Iris und Savannah sind aber noch da und flüstern miteinander. Als ich einen Blick auf Lincoln und River werfe, sehe ich, wie sie die Menge absuchen. So, als würden sie versuchen, herauszufinden, wer das getan hat. Zum Teufel, vielleicht haben *sie* es selbst getan, und sie fragen sich, ob jemand sie dabei beobachtet hat.

Der Abschleppwagen braucht vierzig Minuten. Als der Kerl schließlich eintrifft, ist der Parkplatz größtenteils leer. Obwohl ich weiß, dass ich anfangen sollte, das Fahrzeug auszuräumen, habe ich den Müll im Auto nicht einmal angefasst. Ich kann mich nicht dazu durchringen, das zu tun.

»Oh, wow.« Der Mann des Abschleppdiensts schüttelt den Kopf und zieht eine Grimasse. »Da hat jemand wirklich eine üble Nummer abgezogen, was?«

Ja, du Genie. Das haben sie.

»Können Sie mir eine Werkstatt empfehlen?«, frage ich. »Wir sind neu in der Stadt. Ich kenne keine.«

»Sicher.« Er wischt sich die Hände ab und nickt in Richtung Innenraum des Autos. »Ich wette, sie werden Ihnen einen Aufpreis berechnen, um all das loszuwerden.«

»Das ist schon in Ordnung«, murmele ich.

Das ist es aber nicht.

Auf dem Weg in die Werkstatt muss ich meine Mutter anrufen, weil ich nicht genug Geld habe, um den Abschleppdienst zu bezahlen. Sie nimmt den Bus, um mich in der Werkstatt zu treffen, und ich wünschte, sie hätte sich eines der drei Autos von Mr. Black ausleihen können. Es überrascht mich aber nicht, dass sie nicht gefragt hat.

Erst als sie ihren Nissan sieht, fange ich fast an zu weinen. Was mir die anderen Schüler angetan haben, ist beschissen. Damit kann ich jedoch umgehen. In meinem ersten Jahr an der alten Highschool hatte ich es bereits mit einigen Tyrannen zu tun gehabt. Ich bin zäher, als die meisten Menschen glauben.

Meiner Mutter aber zuzusehen, wie sie die auf die Windschutzscheibe gekritzelten Worte liest, zu sehen, wie sie zu verarbeiten versucht, was mit ihrem Auto gemacht wurde – und die Tatsache, dass andere Schüler das getan haben, um mich zu verletzen –, bricht mir das Herz.

Sie hat ihr Leben aufgegeben, damit ich eines haben konnte. Irgendwie habe ich jetzt das Gefühl, sie im Stich gelassen zu haben.

»Low, ist alles in Ordnung?« Als der Fahrer des Abschleppwagens den Wagen von seinem Gespann herablässt, schlingt sie ihre Arme um mich. »Schätzchen, wenn andere in der Schule ...«

»So schlimm ist es nicht. Es sind nur ein paar Idioten und irgendein Arschloch, das beschlossen hat, zu weit zu gehen. Ich werde dir helfen, dafür zu bezahlen«, verspreche ich.

Und das werde ich. Auch wenn sie es nicht weiß.

Sie will davon aber nichts wissen und besteht darauf, dass es schon in Ordnung ist. Sie hat allerdings noch nicht einmal ihr erstes Gehalt bekommen.

Zusätzliche Kosten kann sie im Moment nicht gebrauchen.

Wir lassen das Auto in der Werkstatt und fahren mit dem Bus zurück in die Nachbarschaft der Blacks. Von der Bushaltestelle bis zu ihrem Haus ist es etwa ein Kilometer, und die Riemen des Rucksacks graben sich beim Gehen tief in meine Schultern.

Meine Mutter bringt das, was gerade geschehen ist, einige Zeit lang nicht zur Sprache. Stattdessen versucht sie, mich aufzumuntern, indem sie über andere Dinge spricht und wie immer ihren Optimismus an die Oberfläche sprudeln lässt.

Aber selbst sie kann die Angelegenheit nicht völlig auf sich beruhen lassen.

Später an diesem Tag, als wir gerade die Küche putzen, spricht sie das Thema erneut an.

»Ich denke, ich sollte ein Gespräch mit dem Schulleiter führen.«

Ich erstarre mit dem Putzlappen in der Hand und unterdrücke ein Stöhnen. »Mama, bitte nicht.«

»Warum nicht?« Sie dreht sich zu mir um, und ich bemerke, dass sie wirklich wütend ist. Natürlich ist sie das. Ich wünschte, ich hätte ihr nichts davon erzählen müssen. »Was sie getan haben, war schrecklich. Wer auch immer dafür verantwortlich ist, sollte zur Rechenschaft gezogen werden. Und was ist, wenn beim nächsten Mal etwas Schlimmeres passiert? Du könntest verletzt werden!«

Ich verdrehe die Augen. »Ich glaube nicht, dass es dazu kommen wird.«

»Wenn ich mit dem Direktor rede, wird es das auf keinen Fall.«

Ähm. Ich wünschte, ich könnte ihr begreiflich machen, dass das so nicht funktionieren wird. Wenn wir wüssten, wer dafür verantwortlich ist, würden sie vielleicht mit einer Strafe rechnen müssen. An Highschools gibt es aber eine Art Hierarchie. Der Schulleiter ist dabei nie wirklich derjenige, der das Sagen hat. Ich bezweifele, dass diejenigen, die dafür verantwortlich sind, aufhören würden, mich fertigzumachen, wenn ich sie beim Direktor ankreide. Sie würden nur noch hinterhältiger werden und ihre Streiche nach außerhalb des Campus verlegen. Und das will ich verdammt nochmal nicht.

»Worüber wollen Sie denn mit dem Schulleiter reden? Ist in Linwood etwas nicht in Ordnung?«

Samuel betritt mit zusammengezogenen Augenbrauen die Küche. Meine Mutter und ich drehen uns beim Klang seiner Stimme um. Bevor ich sie aufhalten kann, erklärt sie ihm mit knappen Worten, was vorgefallen ist.

Mr. Blacks Gesichtsausdruck wird finster. »Das ist schrecklich. Es tut mir so leid. Und ja, ich würde empfehlen, das Direktor Osterhaut zu melden. Linwood ist eine gute Schule. Er wird sich der Sache annehmen.«

Ach ja? Und was, wenn es dein verdammter Sohn war, der dafür verantwortlich ist?

Diesen Gedanken spreche ich aber nicht laut aus. Das ist auch gut so, denn eine Sekunde später betritt auch Lincoln die Küche.

»In der Zwischenzeit kann Lincoln dich zur Schule fahren«, bietet mir Mr. Black lächelnd an. »Ihr beide hättet sowieso miteinander fahren sollen. Das macht nur Sinn, da ihr den gleichen Ort ansteuert.«

»Was?« Der Junge, um den es geht, bleibt wie angewurzelt stehen. Er dreht den Kopf herum und starrt seinen Vater an.

»Das Auto von Penelope wurde heute beschädigt. Also wirst du Harlow eine gewisse Zeit zur Schule fahren, nicht wahr?«

Lincolns Blick richtet sich auf mich. Eine Sekunde lang erwarte ich, dass er seinem Vater sagt, er könne ihn mal. Und dass es ihm egal ist, wenn ich barfuß durch Glasscherben zur Schule gehen müsste.

Stattdessen nickt er aber knapp. »Ja. Natürlich.« Er holt etwas aus dem Kühlschrank und wendet sich ab, um zu gehen. »Ich gehe um Punkt sieben Uhr dreißig aus dem Haus. Komm nicht zu spät.«

Nachdem er den Raum verlassen hat, strahlt Mr. Black mich und meine Mutter an, als hätte er alle unsere Probleme im Alleingang gelöst. »Das wäre geregelt!«

»Vielen Dank, Sir. Das ist nett von Ihnen.« Meine Mutter lächelt ihn an. Sie scheint aufrichtig berührt zu sein. Er erwidert ihr Lächeln warmherzig.

»Das ist das Mindeste, was ich tun kann, Penelope.«

EHRLICH GESAGT, WÜRDE ICH LIEBER ZUR SCHULE laufen, als mich von Lincoln fahren zu lassen. Mir gefällt es nicht, dass ich ihm deswegen etwas schulden könnte. Der Gedanke, allein mit ihm auf engem Raum zu sitzen, sorgt dafür, dass meine Haut vor Aufregung seltsam prickelt.

Vielleicht nehme ich mir deshalb am nächsten Morgen so viel Zeit dafür, mich für die Schule vorzubereiten.

Deswegen, und wegen der Tatsache, dass ich will, dass er weiß, dass er nicht mein Chef ist. Bei seinem abfälligen *Komm nicht zu spät* hatte ich Lust verspürt, ihn zu schlagen. Da ich das aber nicht vor seinem Vater oder meiner Mutter tun kann, gebe ich mich damit zufrieden, dass wir *beide* zu spät zum Unterricht kommen.

Ich nehme mir mehr Zeit unter der Dusche und wasche mir mit meinem Lieblings-Granatapfel-Shampoo zweimal die Haare. Dann wickele ich ein Handtuch um mich und gehe ins Schlafzimmer: Als ich eintrete, werfe ich einen Blick auf die Uhr, die auf meinem Nachttisch steht.

Sieben Uhr einunddreißig. *Perfekt*.

Ich brauche nicht mehr allzu lange, um mich fertig zu machen. Trotzdem werde gerade spät genug kommen, dass Lincoln Black wütend sein wird.

Ich werfe das Handtuch aufs Bett und öffne die oberste Schublade meiner Kommode. Als ich gerade dabei bin, ein Höschen herauszuholen, höre ich hinter mir ein Geräusch.

Die Schlafzimmertür fliegt auf. Als ich herumwirbele, bleibt Lincoln in der Türöffnung stehen. Seine Hand liegt noch auf dem Türgriff.

Einen Moment lang starren wir einander nur an. Ich klammere ein Spitzenhöschen an meine nackte Brust, und er steht auf halbem Weg durch die offene Tür wie erstarrt da.

Es scheint, als würde der gesamte Sauerstoff aus dem Raum verschwinden. So, als wäre ein unsichtbares Flammeninferno entstanden, das jedes Molekül verzehrt. Auch die Temperatur scheint zu steigen, und mein ganzer Körper fühlt sich viel zu warm an.

»Mach die verdammte Tür zu!«, stoße ich heiser hervor, als es mir schließlich gelingt, etwas zu sagen.

Das tut er ... bleibt dabei aber auf der verdammten falschen Seite stehen.

Die Tür fällt mit einem Klick hinter ihm ins Schloss. Dann lehnt er sich dagegen und verschränkt die Arme vor der Brust. Er richtet seinen Blick starr auf mein Gesicht und meine Augen. Er starrt meinen Körper nicht offen an, aber das spielt keine Rolle. In meiner Haut flammt jedes Nervenende auf wie das Feuerwerk am verdammten vierten Juli.

»Ich habe sieben Uhr dreißig gesagt«, murmelt er.

»Und ich habe gesagt, dass du verschwinden sollst«, krächze ich.

»Nein, hast du nicht. Du hast gesagt, dass ich die Tür zumachen soll. Jetzt mach dich verdammt nochmal fertig, bevor wir noch später kommen.«

Dieses Arschloch erster Klasse.

Er hat begriffen, was ich vorhabe, damit wir beide zu spät zum Unterricht kommen. Außerdem habe ich das Gefühl, dass er immer noch wütend auf seinen Vater ist, weil der ihn dazu gezwungen hat, mich zu fahren. Also nutzt er diese Gelegenheit, um mich zu quälen.

In Ordnung. Er ist nicht der Einzige, der dieses Spiel spielen kann.

»Was immer Sie sagen, *Sir.*« Das letzte Wort werfe ich ihm an den Kopf, als wäre es eine Beleidigung. Dann lasse ich langsam den kleinen Stofffetzen aus Spitze sinken.

Sein Atem stockt, und sein Blick, der so sorgfältig auf mein Gesicht gerichtet war, wandert nach unten. Ich spüre, wie ich schneller zu atmen beginne. Meine Brustwarzen werden gegen meinen Willen hart, als ich nervös werde und eine Woge der Erregung durch meinen Körper flutet.

Das ist ein verdammt dummes und gefährliches Spiel, aber ich habe damit angefangen. Jetzt kann ich nicht mehr zurück.

Ich richte das Höschen in meinen Händen aus und beuge mich leicht vor, um hineinzutreten. Dabei beobachte ich ihn. Sein Blick schweift tiefer. Auf die Stelle zwischen meinen Oberschenkeln. Dabei ziehen sich die Muskeln in meinem Inneren unwillkürlich zusammen, und auf meinem Körper breitet sich Gänsehaut aus.

Als er mit seinen Freunden über mich gesprochen hat, hatte er sich abfällig über mein Aussehen geäußert. Das hält ihn jetzt aber nicht davon ab, mich anzustarren. Außerdem sieht er nicht so aus, als ob ihm das, was er sieht, nicht gefallen würde.

Als mein Höschen auf meinen Hüften sitzt, drehe ich mich um und greife mir einen BH aus der

Schublade, den ich ebenfalls betont langsam anziehe. Lincolns Körper wirkt angespannt. So, als würde er eine Art inneren Kampf austragen. Die Adern in seinem Nacken stehen ein wenig hervor. Ich gehe zu meinem Schrank, wobei ich trotz meines klopfenden Herzens und meiner zitternden Glieder versuche, mich langsam und gemessen zu bewegen. Dann hole ich eine Jeans und einen Pullover heraus.

Ich wende ihm den Rücken zu, während ich mich vorbeuge, um in die Jeans zu treten. Als ich höre, wie er zischend einatmet, pocht mein Herz in meinem Brustkorb. Meine Bewegungen wirken ein wenig verkrampft, als ich den Pullover anziehe. Bevor ich mich wieder zu ihm umdrehe, muss ich mich anstrengen, meine Gesichtszüge unter Kontrolle zu halten.

»Ich bin fertig. Sir.«

Mein Haar ist noch nass, aber ich werde es einfach an der Luft trocknen lassen. Außerdem werde ich mich heute nicht schminken.

Ich habe das Gefühl, dass unsere kleine Pattsituation einen oder sogar uns beide an unsere Belastungsgrenzen gebracht hat. Ehrlich gesagt glaube ich nicht, dass ich es noch eine Sekunde länger mit ihm allein in diesem Raum aushalten kann. Jetzt vollständig bekleidet, aber Lincolns Blick haftet immer noch auf mir und brennt auf meiner Haut. Wir wissen beide, dass er alles gesehen hat, was nun unter meinen Kleidern verborgen ist. Das gibt mir das Gefühl, immer noch nackt zu sein.

»Gut. Komm schon.« Seine Stimme klingt kehlig

und rau. Als er sich von mir abwendet, wirkt er, als müsse er sich dabei körperlich anstrengen. Noch während ich nach meinem Rucksack greife und hastig einige Notizbücher hineinstopfe, reißt er bereits die Tür auf. »Und lass mich verdammt nochmal nicht wieder warten.«

Ich folge ihm die Treppe hinunter und zu seinem Auto. Meine Beine zittern, als hätten sich meine Knochen in Gelee verwandelt.

Ehrlich gesagt bin ich mir nicht sicher, wer von uns beiden in diesem seltsamen Kampf um Dominanz, den wir beide führen, die erste Runde gewonnen hat ...

7

Ich habe unterschätzt, wie unangenehm es ist, mit Lincoln in einer kleinen Metallkiste gefangen zu sein. Vielleicht liegt das aber daran, dass ich nicht damit gerechnet hatte, dass er mich unmittelbar vorher völlig nackt sehen würde.

Sobald wir beide ins Auto steigen, spüre ich es aber. Er hält seine Hände fest um das Lenkrad geklammert, während ich einige Minuten lang stur geradeaus blicke. Schließlich halte ich die Spannung nicht mehr aus.

Ich greife zum Radio und gehe die Sender durch. Ich höre mir ein paar Textstellen von jedem Lied an, das gerade läuft, und wechsele dann zum nächsten.

Lincoln gibt einen irritierten Laut von sich, der tief aus seiner Kehle aufsteigt. »Was machst du?«

»Ich suche nach einem guten Song.«

»Sie sind alle in Ordnung. Bleib einfach auf irgendeinem verdammten Sender.«

»Tut mir leid. Die Senderwahl ist Sache des Beifahrers. Das weiß jeder.«

Als gerade ein rührseliger Country-Song im Radio erklingt, knurrt er und schlägt meine Hand vom Knopf weg. Ich lächele geziert, lehne mich zurück und streiche mit den Fingern durch meine noch feuchten Haare. »Ich hoffe, du bist jetzt glücklich.«

»Guter Gott. Du bist so verdammt nervig.«

Ich sehe zu ihm, und meine nächste Frage ist eher aufrichtig als provozierend. »Magst du mich deshalb nicht?«

»Nein. Ich mag dich nicht, weil ...« Er hört auf zu sprechen, gibt ein weiteres verärgertes Geräusch von sich und schüttelt den Kopf.

Verdammt. Ich wünsche mir wirklich, er hätte den Satz beendet. Ich will wissen, was der Kerl für ein Problem mit mir hat. Ich bin mir aber nicht sicher, ob das überhaupt wichtig ist. Vielleicht liegt es daran, dass es manchmal so aussieht, als ob er sich zwingt, mich nicht zu mögen, und die Feindseligkeit mir gegenüber wie einen Schutzwall um sich errichtet. Ich gebe offen zu, dass ich neugierig bin, was sich dahinter verbirgt.

Ich will gerade nachhaken, als er weiterspricht.

»Das mit dem Auto deiner Mutter tut mir leid.«

Ich hebe überrascht die Augenbrauen. Das ist das Letzte, was ich von ihm erwartet hätte.

»Warst du das?«

»*Was?*« Er wirft mir einen irritierten Blick zu. »Nein. Ich habe gesagt, dass es mir verdammt leidtut, was da passiert ist. Nicht, dass ich derjenige bin, der es getan hat.«

»Bist du nur wütend, weil vor dir jemand anderes auf die Idee gekommen ist?«, frage ich zornig.

Ein Muskel zuckt in seinem Kiefer. »Vergiss es. Wechsel einfach den verdammten Sender. Durch den Song bekomme ich Lust, gegen eine Mauer zu fahren.«

Vorsichtig strecke ich die Hand in Richtung des Radios aus. Dieses Mal versuche ich tatsächlich, ein Lied zu finden, das uns beiden gefällt. Während ich die Sender absuche, beobachte ich Lincolns Gesicht. Als ich bei einem Song von Post Malone lande, entspannen sich die Muskeln um seinen Mund etwas. Also lasse ich das Lied laufen und drehe das Radio lauter, um die Möglichkeit weiterer Gespräche zu vereiteln. Während des restlichen Wegs zur Schule sprechen wir nicht mehr miteinander.

Wir sind spät dran für die erste Unterrichtsstunde. Lincoln sagt kein Wort, als wir durch die weißen Eingangstüren der Linwood-Akademie treten und uns trennen, um in unsere jeweiligen Klassenzimmer zu gehen.

Mr. Becker starrt mich über den Rand seiner Brille an, als ich das Klassenzimmer für Politikwissenschaften erst zehn Minuten nach der Glocke betrete. Er sagt aber nichts, als ich mich zu einem Sitzplatz hinten in der Klasse schleiche.

Ich war zu sehr damit beschäftigt gewesen, Lincoln wütend zu machen, um daran zu denken, zu frühstücken. Als es Zeit fürs Mittagessen wird, bin ich am Verhungern. Ich lasse mir vom Bedienungspersonal zwei Pizzastücke geben und trage gerade mein Tablett in die Ecke, in der ich normalerweise sitze, als jemand ein Bein ausstreckt. Im selben Augenblick stößt mir jemand in den Rücken, und ich falle vorwärts.

Das Tablett fällt mir aus den Händen. Meine Pizzastücke und mein Getränk rutschen über den Boden, auf dem ich hart aufschlage. Schmerz schießt durch meine Handgelenke, und mein rechtes Knie kracht auf den Boden. Unfreiwillig stoße ich einen Schrei aus und hole zischend durch die Zähne Luft. Um mich herum ertönt Gelächter, und ich beiße wütend die Zähne zusammen.

Klar. Ich hatte fast vergessen, wie viele Arschlöcher es an dieser Schule gibt. Ich schätze, die kleine Unterhaltung meiner Mutter mit Direktor Osterhaut hat einen Scheiß gebracht.

Während ich mich auf meine Hände und Knie aufrappele, tauchen plötzlich vier Paar Füße vor mir auf. Mein Blick folgt den Beinen nach oben, und ich sehe Lincoln, Dax, Chase und River. Alle vier starren jemanden finster an, der hinter mir steht.

»Was soll der Scheiß, Savannah?«

Ich verrenke mir den Hals, um sie anzusehen, als sie antwortet.

»Was? Ich habe nichts getan. Sie ist hingefallen.« Als sich die finsteren Ausdrücke auf den Gesichtern der Jungen nicht ändern, wirft sie verächtlich die Haare über die Schulter. »Was zum Teufel kümmert dich das? Sie ist nur dein Dienstmädchen.«

»Ja«, antwortet Lincoln leise. »*Mein* Dienstmädchen. Also mach sie verdammt nochmal nicht fertig. Oder willst vielleicht *du* mein Haus putzen?«

Die rothaarige Cheerleaderin starrt ihn wütend an. Sie ist offenbar zornig, weil er sie mit einer Haushaltshilfe verglichen hat. Obwohl das alles auf eine gewisse Weise für mich beleidigend ist, kann ich nicht umhin, ihren Gesichtsausdruck zu genießen.

»Ich würde nicht … Das ist nicht …«, stottert sie schnaubend. »So was *mache* ich nicht.«

»Hab ich mir gedacht.« Lincoln schmunzelt. »Also lass das Mädchen, das es macht, verdammt nochmal in Ruhe.«

Savannah keucht und stottert einige Sekunden lang weiter. Ehrlich gesagt kann ich ihr das nicht wirklich übel nehmen. Schließlich waren es Lincoln und seine dummen Freunde, die diesen Ball ins Rollen gebracht haben. Am ersten Schultag haben sie absolut sichergestellt, dass jeder an dieser gottverdammten Schule wusste, wer und was ich war. Und jetzt – treten sie für mich ein?

Ich kann das nicht ganz einordnen. Die Cheerleaderin offensichtlich auch nicht.

Ihr Kiefer schnappt zu, als sie ihre rosafarbenen Lippen verzieht. »Du bist ein Arschloch, Lincoln Black.«

»Zur Kenntnis genommen.«

Das Mädchen, über dessen Bein ich gestolpert bin – eine Zehntklässlerin, die gerade in die Cheerleading-Mannschaft aufgenommen wurde und an jedem Wort hängt, das Savannah von sich gibt –, zieht ihre Füße unter den Tisch und starrt auf das Essen vor ihr, als würde sie sich unsichtbar machen wollen.

Lincoln ignoriert sie aber. Er wendet sich wieder mir zu und nickt in Richtung der Pfütze Cola Light mit Pizza. »Räum den Scheiß besser auf.«

Er wendet sich von mir ab, um wegzugehen. Chase

wirft mir einen Blick über die Schulter zu und grinst mich an.

Was soll der Scheiß?

Ich bin zwischen Dankbarkeit und Zorn hin- und hergerissen. Lincoln hat Savannah gerade öffentlich bloßgestellt. Weil sie mich drangsaliert hat. Dabei hat er ihr unterschwellig die Sache mit dem Auto meiner Mutter in Erinnerung gerufen. Jetzt bin ich mir sicher, dass sie dazu angestiftet hat. Aber natürlich konnte er nicht etwas Nettes tun, ohne sofort wieder ein Arschloch zu sein.

Dieser Kerl treibt mich verdammt nochmal in den Wahnsinn.

Extrem halbherzig beseitige ich das verschüttete Essen und das Getränk. Dann hole ich mir eine neue Pizza, schlage sie in eine Serviette ein und verlasse die Cafeteria. Im Moment habe ich keine große Lust, unter Menschen zu sein.

Ich gehe nach draußen in die milde Herbstluft und mache mich auf den Weg zu den Tribünen, die rund um das Sportstadion stehen. Ich setze mich nicht auf eine der Bänke, sondern ducke mich unter die Tribüne und suche mir ein ruhiges, schattiges Plätzchen. Nachdem ich mein Essen schnell verschlungen habe, rolle ich vorsichtig meine Handgelenke und atme wegen der immer noch anhaltenden Schmerzen tief durch. Nicht verstaucht, glaube ich. Nur blaue Flecken.

Aus einer der Seitentaschen meines Rucksacks ziehe ich eine kleine Plastiktüte und rolle mir einen Joint. Ich zünde ihn an und inhaliere tief den Rauch.

»Hey, Poolmädchen.«

Ich zucke zusammen, als die Stimme hinter mir erklingt. Ich drehe mich um und sehe, wie Dax und Chase am Ende der Tribüne stehen, unter der ich sitze.

Ich nehme den Joint in die andere Hand und atme den gerade inhalierten Rauch in einer Wolke aus. »Was wollt ihr?«

Sie sehen sich an, als wären sie beleidigt: Ich muss fast lachen, weil sich ihre Gesichter so verdammt ähneln. Bis hin zu ihren Gesichtsausdrücken.

»Wie kommst du darauf, dass wir etwas wollen?«, fragt Dax. Sein dunkleres kupferfarbenes Haar schimmert im Sonnenlicht.

»Keine Ahnung«, antworte ich trocken. »Schleicht ihr ständig unter den Tribünen herum?«

»Vielleicht tun wir das.« Chase grinst, als die beiden die Köpfe einziehen, um in den engen Raum unter den Bänken zu treten. »Oder wir haben zufällig gesehen, wie du aus der Cafeteria geschlichen bist, und uns gefragt, wohin du verschwunden bist.«

»Ach ja? Warum interessiert euch das?«

Er zuckt mit den Schultern, ohne die Frage zu beantworten. Seine Augen sind blau, mit nur einem Hauch von Grün, während es bei Dax genau umgekehrt ist. Die Ähnlichkeiten und winzigen Unterschiede zwischen ihnen geben mir das Gefühl, dass ich sie stundenlang anstarren könnte. Ich zwinge mich aber, wegzusehen, und räuspere mich.

»Also, was seid ihr Jungs? Eineiige Zwillinge oder so etwas?«

»Warum?« Dax grinst mich an. »Interessiert dich das?«

»Herrgott, ich versuche einfach nur, ein normales Gespräch mit euch zu führen. Ihr seid diejenigen, die mich hier unten gesucht haben.«

»Ja. Wir sind identische Zwillinge.« Chase grinst erneut. »Außer, dass ich das gute Aussehen bekam und Dax die kleinen Hände und einen winzigen Sch…«

»Halt's Maul, du Wichser.« Dax schlägt Chase heftig auf den Arm, bevor er seinen Satz beenden kann. Ich hebe die Augenbrauen. »Ich habe einen extrem großen Schwanz«, fügt er hinzu.

»Keine Ahnung. Ich habe schon Besseres gesehen«, sage ich schnippisch mit einem Blick in Richtung seines Schritts.

Ich benutze genau die Worte, mit denen er an jenem Tag im Poolhaus meine Brüste beschrieben hat. Als sein Gesicht rot anläuft, weiß ich, dass er meine Anspielung bemerkt hat.

Chase lacht bei meinem Verriss seines Bruders laut auf. Der einzige Grund, warum ich nicht auch für ihn eine spitze Bemerkung übrig habe, ist, dass ich nicht gehört habe, was er an diesem Tag über mich gesagt hat. Ich weiß aber, dass Dax nicht der Einzige war, der über mich hergezogen ist. Wie dem auch sei. Dieses Gespräch erinnert mich nur daran, warum ich mit diesen Typen nicht viel zu tun haben will.

Wenn sie wollen, sind sie offensichtlich in der Lage, charmant und lustig zu sein. Das ändert aber nichts daran, dass sie trotzdem Arschlöcher sind.

Dax sieht demonstrativ auf den Joint, den ich in der Hand halte. So, als würde ich ihm einen Zug schulden, weil ich seine Männlichkeit beleidigt habe.

Ich zucke mit den Schultern und reiche ihn an ihn weiter.

»Warum hat Lincoln Savannah zur Rede gestellt?«, frage ich ihn, während er einen langen Zug nimmt. Das beschäftigt mich seit dem Moment, als es passiert ist. Jetzt, wo die beiden nett zu mir sind, frage ich mich noch mehr, was zum Teufel los ist.

»Ach, wer weiß schon, warum dieser schrullige Wichser etwas tut.« Er zuckt mit den Schultern und reicht den Joint an Chase weiter. Die Art und Weise, wie er meinem Blick ausweicht, sagt mir aber, dass er mehr weiß, als er zugibt.

»Ernsthaft, warum?«, hake ich nach. »Ihr habt euch mir gegenüber wie Arschlöcher verhalten, als ich hier ankam. Im Grunde genommen wart ihr es, die allen gesagt habt, sie sollen mich mit Müll bewerfen. Ich hatte euch vorher nichts getan, und auch seither nicht. Was hat sich also geändert?«

»Keine Ahnung.« Chase zuckt erneut mit den Schultern. Er und Dax sehen einander an, und in ihren Gesichtern ist erneut derselbe Ausdruck zu sehen. »Vielleicht glaubt Linc, dass du nicht mehr lange da sein wirst, sodass es keinen Sinn macht, sich weiter mit dir zu befassen.«

»Was?« Ich blinzele, und mein Blick huscht zwischen den beiden hin und her. »Wie meinst du das? Warum sollte ich nicht mehr lange hier sein?«

»Mach dir nichts draus, Poolmädchen.« Dax schüttelt den Kopf. Wenn ich mich nicht immer noch mit dem beschäftigen würde, was Chase gerade gesagt hat, würde ich deswegen die Augen verdrehen, dass dieser dämliche Spitzname, obwohl sie jetzt netter zu mir sind, an mir hängen geblieben ist.

»Nein, wartet mal. Warum sollte ich nicht mehr lange hier sein?«

»Wir müssen zum Unterricht. Wir sehen uns später.« Bevor er mir den Joint zurückgibt, nimmt Chase einen letzten schnellen Zug. Dann verschwinden er und sein Bruder. Sie gehen schnell weg, und ich starre ihnen mit offenem Mund hinterher.

Was zum Teufel sollte das? Es schien fast so, als wären sie gekommen, um nach mir zu sehen. Was war aber mit der Bemerkung, dass ich nicht mehr lange hier seine werde? War das eine Warnung ... oder eine Drohung?

Ich knirsche mit den Zähnen und drücke den Joint aus, bevor ich mir den Rucksack über die Schulter werfe und ebenfalls unter der Tribüne hervorkrieche.

Verdammt. Ich schwöre bei Gott, dass ich, wenn Lincoln oder seine Freunde irgendetwas tun, um meine Mutter und mich in die Scheiße zu reiten, einen Weg finden werde, mich sofort an ihnen zu rächen.

8

Am nächsten Wochenende findet eine Party statt, zu der ich tatsächlich eingeladen werde. Eigentlich sollte ich deswegen nicht schockiert sein, aber irgendwie bin ich es doch. Nach der beschissenen ersten Woche, die ich hatte, war ich der Meinung gewesen, dass ich mein ganzes Abschlussjahr als Persona non grata verbringen würde.

Die Tatsache aber, dass einer der Könige der Schule die Kapitänin der Cheerleading-Mannschaft dafür angeprangert hat, weil sie sich mir gegenüber wie eine Schlampe verhalten hat? Das bringt alle anderen dazu, sich zweimal zu überlegen, ob sie mich ebenfalls wie Dreck behandeln sollen.

Natürlich gibt es immer noch Arschlöcher, die mir im Vorbeigehen Beleidigungen an den Kopf werfen. Gelegentlich fliegt auch noch Müll in meine Richtung. Das alles geschieht jetzt aber weniger offensichtlich und auf eine hinterhältigere Art und Weise. Nicht, weil sie Angst haben, von den Lehrern oder Mitarbeitern der

Schule erwischt zu werden. Sondern weil sie keinen Ärger mit Lincoln, River, Dax oder Chase bekommen wollen.

Das Auto meiner Mutter ist aus der Werkstatt zurück. Mr. Black besteht jedoch darauf, dass sein Sohn mich weiter zur Schule fährt, weil das für ihn nur logisch erscheint. Lincoln bietet mir aber nicht an, mich zur Party zu fahren. Obwohl ich weiß, dass er hingeht. Ich höre, wie er gegen acht Uhr geht. Ich brauche aber etwas länger, um mich vorzubereiten, meine Haare an den Enden zu einem Wellen-Look zu kräuseln und mein Make-up aufzufrischen.

Ich habe nichts Ausgefallenes oder besonders Schickes in meiner Garderobe. Also hoffe ich, dass dies nicht diese Art von Party sein wird. Ich suche mir aber ein weiches blaues T-Shirt und eine Jacke aus, die mir gefällt. Dann gehe ich zu meiner Mutter, um ihr zu sagen, dass ich jetzt losfahren werde.

Sie ist unten im Arbeitszimmer und spricht mit Mr. Black. Ich bin kurz davor, durch die offene Tür zu gehen, halte aber eine Sekunde im Türrahmen inne. Sie sitzt auf dem Sofa. Er ist gerade aufgestanden, um sich einen neuen Drink zu holen, glaube ich. Als sie mich sieht, leuchtet ihr Gesicht auf. Ich konzentriere mich jedoch auf *sein* Gesicht und den Blick, mit dem er sie ansieht, als ich eintrete.

Als würde er ... ein Auge auf sie haben.

Als er mich bemerkt, werden seine Gesichtszüge sofort glatt. Die beiden lächeln strahlend.

»Gehst du aus, Low?«, fragt meine Mutter. Sie war förmlich aus dem Häuschen, als ich ihr erzählt habe, dass ich zu einer Party eingeladen wurde. Sie weiß, dass es in der Schule besser läuft. Ich denke, sie sieht dies als ein Zeichen des Fortschritts.

»Ja. Ich komme nicht zu spät nach Hause.«

»Ich vertraue dir.« Sie lächelt.

»Das muss schön sein«, murmelt Mr. Black mit einem Lächeln, und meine Mutter wendet sich ihm zu.

»Oh, Lincoln ist auch ein guter Junge!«

»Das ist er, ja. Er ist nur ... eigensinnig.« Er schüttelt amüsiert den Kopf, als er mit seinem Drink zurück zum Sofa geht und sich neben meine Mutter setzt.

Hm. Ich wusste nicht, dass sie sich so nahestehen.

Andererseits verhält sich meine Mutter zu so ziemlich jedem umgänglich. Ich schwöre, dass sie die beste Freundin eines Felsbrockens werden könnte. Der Blick, den er ihr zugeworfen hat, hat mich jedoch ein wenig verärgert. Das ist aber nichts Neues. Meine Mutter ist ein verdammt heißer Feger, und sie weiß es nicht einmal. Ich ertappe ständig irgendwelche Typen dabei, wie sie ihr nachschauen.

»Ich klopfe bei dir, wenn ich zurückkomme«, sage ich, ohne einen von den beiden direkt anzusehen. »Äh, viel Spaß.«

»Werden wir haben! Samuel wird in ein paar Monaten auf eine Geschäftsreise nach Arizona fliegen, also gebe ich ihm einige Tipps.« Sie grinst.

Oh. Puh. Das erklärt das Gespräch. Obwohl weder meine Mutter noch ich am besten geeignet sind, um Auskünfte darüber zu geben, was es in Arizona zu sehen und zu tun gibt. Wir haben uns bedeckt gehalten und versucht, zu überleben.

Ich will ihr aber nicht den Wind aus den Segeln nehmen, sondern lasse die beiden in Ruhe, als ich in Richtung der Eingangstür laufe. Ich gehe zu der zweiten Garage im Westen und steige in das frisch gereinigte und reparierte Auto. Anstatt nach Müll riecht es stark nach Zitrusreiniger – für mich ist das die bessere der beiden Möglichkeiten.

Die Party findet in einem Haus statt, das so groß wie das der Familie Black ist. Außerdem hat es den Anschein, als wäre mindestens die Hälfte der Schüler der Linwood-Akademie anwesend. Ich bahne mir meinen Weg durch die Körper und nicke ein paar Leuten zu, die ich wiedererkenne. Ich bin auf der Suche nach den Getränken. Obwohl sich nicht mehr alle mir gegenüber wie Arschlöcher verhalten, habe ich trotzdem keine engen Freunde an der Schule. Zwar schreibe ich Hunter so ziemlich jeden Tag eine Textnachricht. Auf Partys, die Tausende von Kilometern voneinander entfernt sind, können wir der jeweils anderen nicht direkt helfen.

Deshalb: Getränke.

Ich finde die Küche und schnappe mir das erste, was ich sehe – ein schick aussehendes Bier mit einem Namen, den ich nicht aussprechen kann. Es schmeckt aber gut, ist dunkel, süß und schwer.

Als ich mir einen Weg zurück durch die Menge bahne, halte ich es wie einen Rettungsanker fest. Bis ich auf eine Gruppe Jugendlicher stoße, die ich aus dem Ökonomieunterricht kenne.

Ich will gerade zu ihnen gehen, als ich River entdecke. Er steht mit dem Rücken an die Wand gelehnt in der Nähe der geschwungenen Treppe, die in den ersten Stock führt. Lincoln, Dax und Chase sind in der Nähe. Sie sind tief in eine Diskussion verstrickt. Mir wird aber schnell klar, dass das, was meine Aufmerksamkeit erregt hat, der Schopf weißblonden Haars war, als Iris zu ihm gegangen ist. Sie hat offensichtlich bereits einige Drinks intus, denn sie schwankt etwas, als sie ihre Arme um seinen Hals wirft und ihn verführerisch anlächelt.

Ähm.

Ich ziehe eine Grimasse. Erst vor zwei Tagen haben sie und Savannah sich in der Mädchenumkleide über Trent gestritten. Beide wollen ihn, weil er der verdammte Kapitän der Footballmannschaft ist. Sie belügen und verraten sich gegenseitig, während beide versuchen, ihren Anspruch auf ihn geltend zu machen. Das hält Iris aber anscheinend nicht davon ab, sich auch anderswo anzubiedern.

Aus irgendeinem Grund stört mich der Anblick, wie sie sich an River reibt. Ich bin mir aber nicht sicher, warum. Er scheint jedoch kein Interesse zu haben. Trotzdem hört sie nicht auf, als er nicht auf ihre Annäherungsversuche reagiert. Stattdessen stellt sie sich auf die Zehenspitzen und versucht, ihre Zunge in sein Ohr zu stecken.

Da zuckt er zurück und schiebt sie grob von sich. Über den Lärm der Musik und der Partygänger hinweg kann ich nicht hören, was er zu ihr sagt. Aber es ist offensichtlich eine Ablehnung.

Die dringt zu ihrem benebelten Verstand durch, und sie sieht ihn eine Sekunde lang verblüfft an. Dann stößt sie gegen seine Brust. Sie erhebt die Stimme, bis sie so laut schreit, dass sie den Lärm um uns herum übertönt. »Fick dich, River Bettencourt! Denkst du vielleicht, dass ich nicht gut genug für dich bin? Ist es das, was du denkst?«

Als sich seine drei Freunde in ihre Richtung drehen, schüttelt er den Kopf und murmelt ihr etwas zu.

»Jeder Kerl an dieser Schule würde sich glücklich schätzen, mit mir zu schlafen, du Arschloch! Glaubst du etwa, so viel besser zu sein als ich?« Sie ist betrunkener, als ich gedacht habe. Sie lallt ein wenig, als sie schreit. »Ich hätte mir nicht einmal die Mühe machen sollen, es auf einen Verlierer wie dich abgesehen zu haben!« Sie verzieht ihre Lippen zu einem spöttischen Grinsen. »Es wäre ein Mitleidsfick gewesen, und das weißt du genau. Warum sollte irgendein Mädchen jemanden wie dich *mit einem Schaden* haben wollen?

Die letzten Worte zischt sie beinahe. Als sie von ihm weggezogen wird, schreit sie aber wieder. Dax lässt sie so schnell los, dass sie in ihren Stöckelschuhen stolpert und fast auf ihren Hintern fällt. Sie streckt aber die Arme aus, um sich festzuhalten. Währenddessen haben sich alle drei Jungs um River geschart und sich vor Iris aufgebaut. Savannah eilt herbei und greift nach dem Ellenbogen ihrer wiedergewonnenen Freundin. Dabei starrt sie die vier Jungen an, die sie ebenfalls mit harten Blicken mustern.

Verdammte Scheiße. Sie sind verdammt wütend.

Als Lincoln in der Cafeteria für mich eingetreten ist, hat seine Herausforderung von Savannah wie gelangweilte Nonchalance gewirkt. Ich schwöre aber, dass er jetzt beinahe knurrt.

»Halt dich verdammt nochmal zurück, Iris. Du bist betrunken.«

»Das bedeutet aber nicht, dass ich die Wahrheit nicht kenne«, lallt sie. »Vielleicht sollte die ganze Schule wissen ...«

Diesmal ist es Chase, der die Initiative ergreift. Ich höre nicht, was er sagt. Was immer es aber ist, es lässt Iris erblassen. Sie sieht alle vier Jungen hasserfüllt an. Dann drehen sie und Savannah sich aber auf dem Absatz um und stolzieren davon. Ihr unsicherer Gang schmälert den Effekt, den sie damit erzielen, nur unwesentlich.

Lincoln dreht sich zu River und sagt etwas, was ich wieder nicht hören kann. Der braunhaarige Junge nickt mit angespanntem Kiefer. Die anderen drei Könige widmen sich erneut ihrer Diskussion, behalten aber die Partygänger um sie herum im Auge. River verschwindet in einem Flur, der zur Rückseite des Hauses führt.

Savannah und Iris ziehen sich in eine Ecke zurück, um ihre Wunden zu lecken. Ich hingegen ändere meinen ursprünglichen Kurs. Ich biege in einen anderen Flur ab, der in Richtung der Rückseite des Hauses führt, und trete auf eine breite Terrasse hinaus.

Hier draußen ist es dunkel. Nur der Lichtschein, der durch die Fenster auf der anderen Seite des Hauses fällt, sorgt für etwas Helligkeit. River steht mit leicht gebeugtem Kopf in der Nähe einer niedrigen Einfassungsmauer der Terrasse. Er sieht ... traurig aus. Irgendwie gebrochen.

Haben die Worte von Iris ihn wirklich verletzt? Wie ist das möglich? Sie ist ein betrunkener, irgendwie schmuddeliger Cheerleader: In Sachen Macht und Status an der Schule hat er sie locker in der Hand.

»Hey, ähm, es tut mir leid, was da gerade passiert ist«, sage ich leise. Dieser Kerl hat sich mir gegenüber wie ein Arschloch verhalten. Er hat aber nichts getan, was schlimm genug wäre, dass ich es genießen würde, zuzusehen, wie ihn jemand fertigmacht.

Er reagiert nicht, sondern atmet nur tief ein und fährt sich mit der Hand durch das braune Haar. Er möchte wahrscheinlich in Ruhe gelassen werden. Ich war aber noch nie gut darin, vor Dingen davonzulaufen. Also gehe ich näher heran und strecke meine freie Hand nach seiner Schulter aus.

»Im Ernst, Iris ist ein Miststück. Ich weiß nicht, was ihr Problem ist, aber sie …«

Meine Fingerspitzen sind nur noch einige Zentimeter von ihm entfernt, als er herumwirbelt. Er unterbricht mich, indem er mit einer Hand mein Handgelenk ergreift. Seine grauen Augen wirken in dem gedämpften Licht fast silbern. Er atmet schwer und sieht mich aus zusammengekniffenen Augen an.

»Was zum Teufel willst du?«

Ich bin schockiert über die plötzliche Bewegung und den Ausdruck auf seinem Gesicht. Mein Herz stottert in meiner Brust, und ich schüttele den Kopf. »Nichts. Ich wollte dir nur sagen …«

»Ich brauche dein verdammtes Mitleid nicht. Lass mich verdammt nochmal in Ruhe.«

Er schiebt mich weg und lässt dann mein

Handgelenk los. Seinen Blick hält er aber auf mich gerichtet, während ich nur dastehe und ihn anstarre.

Was zum Teufel soll das? Ich habe nur versucht, nett zu sein.

Ich bin aber nicht Iris. Also hebe ich nur die Hände, anstatt wie sie einen Wutanfall zu bekommen.

»Ja. Mach ich gern.«

Ich drehe mich auf dem Absatz um und marschiere zurück ins Haus. Lincoln sieht, wie ich aus dem Hinterteil des Hauses auftauche, und sieht mich abwägend an. Ich ignoriere ihn aber und trinke einen großen Schluck Bier, bevor ich zu den anderen aus meinem Wirtschaftskurs gehe.

Ich verstehe diese Jungen nicht. In der einen Minute verhalten sie sich mir gegenüber wie Arschlöcher. In der nächsten verteidigen sie mich. Wenn ich dann versuche, ihnen eine helfende Hand zu reichen, verhalten sie sich wieder wie Idioten.

Vielleicht ist genau das die Lektion.

Ich sollte zu allen vier Abstand halten.

9

Während der nächsten Woche ignoriere ich Lincoln und die anderen drei Jungs so gut es geht. Da wir unter demselben verdammten Dach leben, ist es etwas schwieriger, Lincoln aus dem Weg zu gehen. Das Haus ist jedoch groß, und es fällt mir leicht, eine Ausrede zu finden, um einen Raum zu verlassen, in dem er sich befindet.

Am Freitag findet im selben Lagerhaus, in dem ich das letzte Mal war, ein weiteres Pokerspiel statt. Ich schleiche die Treppe im Westflügel hinunter – das Schlafzimmer in der Nähe des meinem ist diesmal Gott sei Dank leer – und schlüpfe durch die Vordertür hinaus. Der Geldautomat lässt mich nicht mehr als tausend Dollar abheben. Das ist bedauerlich, weil ich das Gefühl habe, dass ich heute Abend Glück haben werde. *Nun gut.* Wenn ich den Einsatz verdoppeln kann, wird es dazu beitragen, das Geld, das meine Mutter für die Reparatur ihres Autos ausgegeben hat, auszugleichen.

Als ich das Lagerhaus betrete, steigt der Adrenalinspiegel in meinem Blut und sorgt für ein angenehmes Kribbeln auf meiner Haut. Ich lebe für diesen Mist. Der Therapeut, zu dem mich meine Mutter geschickt hat, nachdem ich offiziell für krebsfrei erklärt worden war, hat gesagt, dass ein Verlangen nach Adrenalin bei Überlebenden von lebensbedrohlichen Krankheiten oder Unfällen häufig vorkommt. Genau wie das Gegenteil, wo sie sich ständig Sorgen machen und bei allem vorsichtig werden.

Er hätte mir vielleicht helfen können, das zu verarbeiten. Meine Mutter konnte es sich aber nicht leisten, mich immer wieder hinzuschicken. Außerdem bin ich mir nicht sicher, ob ich das tatsächlich verarbeiten *will*. Ich wäre beinahe gestorben, bevor mein Leben überhaupt richtig begonnen hatte. Da ich noch hier bin, will ich mein Leben auch in vollen Zügen genießen.

Carson, der Typ, der mich das letzte Mal begrüßt hat, stößt verächtlich den Atem aus, als er sieht, dass ich auf ihn zukomme. »Glaubst du wirklich, dass wir dich hier wieder spielen lassen, Poolmädchen?«

Verdammt. Ich öffne meinen Mund, um zu versuchen, ihn umzustimmen. Bevor ich jedoch etwas sagen kann, erklingt hinter mir eine Stimme.

»Sie darf spielen. Warum auch nicht?«

Als ich mich umdrehe, grinst Lincoln mich an. Dax, Chase und River sind bei ihm. Sie sehen alle verdammt selbstgefällig aus. Letztes Mal waren sie nicht hier. Also waren sie entweder an diesem Abend anderweitig beschäftigt, oder sie kommen normalerweise nicht zu diesen Spielen. Ihr Freund Ethan war aber hier, und ich habe bemerkt, dass er mich beobachtet hat. Er hat ihnen wahrscheinlich gesagt, dass er mich gesehen hat.

Wenn das der Fall ist ...

Sind sie nur gekommen, um sich mit mir anzulegen.

Der Gedanke irritiert mich. Dann entscheide ich aber, dass er das eigentlich nicht sollte. Ich kann mir ihr Geld genauso wie das von allen anderen nehmen. Um ehrlich zu sein, wäre es mir ein verdammtes Vergnügen.

»Ja, schon gut«, murrt Carson. Ich gebe ihm meine ordentlich zusammengefalteten Scheine im Austausch gegen Chips. »Sie sitzt aber an eurem Tisch.«

»Ich hätte es nicht anders gewollt«, sagt Lincoln mit einem beinahe finsteren Grinsen.

Ich frage mich, ob diese Jungs gut sind – oder ob sie wissen, wie gut ich bin. *Nun, ich schätze, wir werden es herausfinden.*

Wir nehmen Platz an einem Tisch mit zwei anderen Jungs und dem grauäugigen Mädchen vom letzten Mal. In der ersten Runde sondiere ich die Lage. Die Könige von Linwood sind hier zusammengekommen. Sie scheinen in so ziemlich allem als Team zu funktionieren. Sie spielen aber definitiv nicht alle auf demselben Niveau.

Dax und Chase sind beide gleich schlecht. Das ergibt Sinn – sie sind zu impulsiv und ausdrucksstark, zu rücksichtslos und leicht auszumachen. Lincoln ist nicht schlecht. Er hat ein gutes Pokerface, aber seine Strategie ist nicht klar. Aber River? Er ist gut. Ich denke, auch das passt. Er ist der ruhigste und aufmerksamste der Jungs. Außerdem ist er derjenige, der sich am häufigsten etwas abseits von allen anderen aufhält, beobachtet und Dinge aufnimmt.

Obwohl ich weiß, dass ich niemanden mehr davon überzeugen kann, dass ich nicht weiß, was ich tue, verliere ich absichtlich die erste Runde. Aber selbst wenn sie wissen, dass sie gegen einen fähigen Gegner spielen, stärkt ein Sieg ihr Selbstvertrauen. Und Selbstvertrauen verleitet sie zu Fehlern.

Tatsächlich schmunzelt River zufrieden, als er zwei Pärchen auf den Tisch legt und die Chips einstreicht.

Anschließend spielen wir noch einige Runden. Dank meiner Fähigkeit, Karten zu zählen und die Ticks der anderen zu lernen, schneide ich nicht schlecht ab. Ich habe mindestens tausend Dollar gewonnen, will sie aber verdoppeln.

Meine Chance bekomme ich in der nächsten Runde. Ich habe zwei Pocket-Asse und eines aus dem Flop.

Dax steigt fast sofort aus. Das ist eine kluge Entscheidung, denn ich bin mir sicher, dass er ein beschissenes Blatt hat. Chase hält ein wenig länger durch, dann folgt er dem Beispiel seines Bruders. Ich habe einen Vierling und glaube, dass River, sofern ich richtig gezählt habe, nicht viel hat. Er sieht nach unten und zur Seite. Wie jedes Mal, wenn er ein schlechtes Blatt hatte. Seine Mundwinkel sind verkniffen.

Das grauäugige Mädchen, Monica, steigt als Nächste aus. Lincoln geht einmal mit, folgt ihr aber dann. Schließlich sind nur noch River und ich übrig. Der Einsatz ist mittlerweile gewaltig.

Er gehört mir. Ich weiß, dass es so ist.

»Ich setze alles.« Ich schiebe meine mir verbliebenen Chips in die Mitte des Tisches.

Er kneift seine grau-blauen Augen zusammen, als er mich nachdenklich mustert. Anstatt mitzugehen, greift er in die Tasche seiner dunkel gewaschenen Jeans und zieht einen Vierteldollar heraus.

»Willst du den Einsatz um fünfundzwanzig Cent erhöhen?«, frage ich süffisant.

»Nein.« Er lächelt mich an. Es sieht so aus, als würde er tatsächlich Spaß haben. Das kann ich nachvollziehen. Mir geht es genauso. Weil ich im Begriff bin, sein gesamtes Geld einzustreichen. »Das ist ein Schuldschein. Er steht für einen Gefallen. Jederzeit. Überall. Ohne Hin oder Her.«

»Und du glaubst, dass er wertvoller als fünfundzwanzig Cent ist?« Ich hebe eine Augenbraue, und er schmunzelt.

»Ich schätze, das hängt vom Gefallen ab. Aber, ja. Bist du einverstanden?«

Ich zucke mit den Schultern. Ich will nur diesen verdammten Haufen Chips. Wenn ich ihn mit einem extra Vierteldollar und dem Versprechen eines Gefallens, den ich einfordern kann, wann ich will, einstreichen kann, dann soll es mir recht sein. »Sicher.«

»Also gut. Ich gehe mit und erhöhe.«

Haha. Dieses Arschloch. In Ordnung.

Ich sehe mich in der Runde um. »Hat jemand einen Vierteldollar?«

Dax grinst und greift in die Tasche. »Für dich, Poolmädchen? Jederzeit.«

Er gibt ihn mir, und ich lege ihn auf den Stapel.

Scheiße. Das ist eine Menge Geld. Nur für den Fall, dass meine Mutter ihren Kontostand überprüft und misstrauisch wird, werde ich es auf mehrere Male verteilt einzahlen müssen.

»In Ordnung. Lass sehen, was du hast!« Rivers graublaue Augen funkeln interessiert, als er mich ansieht.

Er trägt ein dunkles, langärmeliges T-Shirt, das sich eng an seinen muskulösen Körper schmiegt, ohne unanständig zu wirken. Sein braunes Haar ist wie immer in spitze Stacheln gezwirbelt. Er sieht völlig entspannt aus, und ich bekomme fast ein schlechtes Gewissen, dass ich diesen Eindruck gleich ruinieren werde.

Aber nur fast.

Ich drehe mein Blatt um und enthülle meinen Vierling.

Er richtet seinen Blick auf die Karten, die auf dem Tisch liegen, und hält einen Augenblick inne. Dann blinzelt er und nickt langsam. Er holt tief Luft und legt seine Karten eine nach der anderen ab.

Ein Bube. Eine Königin. Ein König. Ein Ass. Und eine Zehn.

Alle Herzen.

Er sieht wieder zu mir auf. Obwohl er gerade gewonnen hat, zeigt er noch immer diesen ernsten, nachdenklichen Gesichtsausdruck.

Er hat gerade. Verdammt nochmal. Gewonnen.

Alle anderen am Tisch lachen und pfeifen, als die Spannung von ihnen abfällt. Ich starre River aber immer noch an. Er erwidert meinen Blick aus diesen schönen, weichen und gefährlich geheimnisvollen Augen.

Wie ist das möglich?

Das sollte es nicht sein. Diese Hand hätte er nicht haben dürfen.

Er hat verdammt nochmal betrogen.

Mein Herzschlag verlangsamt sich zu einem dumpfen, schweren Pochen, als er die Hand ausstreckt und den Haufen Chips zu sich zieht. Alle Chips. Eintausend Dollar vom Geld meiner Mutter. Und zwei verdammte Vierteldollar.

Scheiße.

Das Spiel ist zu Ende. Alle sammeln ihre Chips ein und unterhalten sich dabei. Ich habe aber keine mehr, die ich einlösen könnte. Also stehe ich abrupt auf und mache mich auf den Weg zum Ausgang. Ich zittere vor Frustration und Wut – auf mich selbst, auf River und den idiotischen Dämon, der mir ins Ohr geflüstert hat, dass ich diesen Einsatz annehmen soll.

Ich stürze hinaus in die dunkle, stille Nacht und bin auf halbem Weg zu meinem Auto, als sich die Tür erneut öffnet und Licht auf den dämmrigen Bürgersteig fällt.

»Stimmt etwas nicht, Poolmädchen?«

Es ist Lincoln. In seiner Stimme kann ich hören, wie belustigt er ist. Er hat es gewusst. Sie müssen es alle gewusst haben. Sie haben das verdammt nochmal geplant.

Ich wirbele herum und zische: »Natürlich stimmt etwas nicht. Ihr habt mit gezinkten Karten gespielt!«

»Ja.« River zuckt mit den Schultern. Entweder hat er seine Chips bereits eingetauscht oder er kam zuerst hierher, was wahrscheinlicher ist. »Und? Du doch auch. Glaubst du, ich hätte nicht bemerkt, dass du die

Karten gezählt hast? Diesmal war ich einfach besser als du.«

»Ich werde dir keinen verdammten Gefallen tun, weil du nicht anständig gewonnen hast.«

»Wirklich? Soll ich wieder reingehen und Carson sagen, dass du nicht für deinen Einsatz geradestehen willst? Du scheinst das Spiel zu lieben. Es wäre ziemlich beschissen für dich, wenn du in Zukunft niemanden mehr finden würdest, der bereit ist, mit dir zu spielen.«

»Du bist ein Arschloch«, fauche ich. Meine Wut und Verärgerung lassen mich die ganze *Dein-Freund-könnte-mich-feuern-lassen*-Sache vergessen.

Es scheint ihm aber nichts auszumachen. Sein Grinsen wird sogar noch breiter. Vielleicht liegt es daran, dass er weiß, dass ich nur deswegen so wütend bin, weil ich kurz davor stehe, nachzugeben.

»In Ordnung.« Ich ziehe die Worte in die Länge, weil mein Körper sich weigern will, sie auszusprechen. »Einen Gefallen.«

»Jederzeit. Überall. Ohne Hin oder Her.«

»*Na gut*. Was willst du von mir?«, platzt es aus mir heraus.

Verlangen blitzt kurz in seinem Blick auf. Gegen meinen Willen macht sich auch in meinem Bauch Wärme breit. Er grinst mich an. Zum ersten Mal wird mir klar, was ich gerade getan habe. Wie erschreckend dumm mein Einsatz war.

Es gibt *so viele* Dinge, die er von mir verlangen könnte.

Wenn ich mich weigere, werde ich bei jedem Pokerspiel, in das ich einsteigen könnte, auf die schwarze Liste gesetzt. Das kann ich nicht zulassen. Vor allem nicht, weil ich das Geld, das ich heute Abend verloren habe, wieder zurückgewinnen muss.

»Das weiß ich noch nicht«, antwortet er leise. »Mir wird aber schon was einfallen.«

Ich lecke über meine plötzlich trockenen Lippen. »Fantastisch! Nun, du weißt ja, wo du mich finden kannst, wenn dir was eingefallen ist.«

Bevor die Jungs noch etwas sagen können oder bemerken, wie atemlos ich bin, drehe ich mich um und gehe schnell zu meinem Auto.

Heute gibt es auf dem Heimweg keine Musik. Kein Tanzen hinter dem Steuer. Nur Stille und ein krankes Gefühl in der Magengrube, während das Adrenalin in meinem Blut abflaut.

Das ist wahrscheinlich die Art von leichtsinnigem Verhalten, vor dem der Seelenklempner mich hätte bewahren können.

Schade nur, dass es dafür jetzt viel zu spät ist.

Ich schleiche durch den Dienstboteneingang in das Herrenhaus der Blacks und über die dunkle Treppe hinauf zu meinem Schlafzimmer. Nachdem ich ein Tanktop und Shorts angezogen habe, werfe ich einen Blick auf mein Bett. Ich bin völlig aufgedreht, weiß aber, dass ich noch nicht schlafen kann.

Also gehe ich den Flur hinunter zu der kleinen Wohnung meiner Mutter und in ihr winziges Schlafzimmer. Als ich neben ihr ins Bett krieche, gibt sie ein schläfriges Geräusch von sich und öffnet blinzelnd die Augen.

»Low? Ist alles in Ordnung?«

»Ja. Ich kann nur nicht einschlafen.« Das ist keine Lüge, aber den Grund, warum das so ist, behalte ich für mich.

»Wirklich?« Sie greift nach oben, um mir das Haar aus dem Gesicht zu streichen. Ihre braunen Augen leuchten in dem gedämpften Licht, das durch das Fenster fällt.

»Ja.« Ich nicke beruhigend. *Es wird alles wieder in Ordnung kommen. Hoffe ich wenigstens.* »Und bei dir? Du hast den ersten Monat als Hausdame überstanden. Wie gefällt es dir bisher?«

»Gut.« Sie lächelt ein wenig wehmütig, und ihre Augen werden weich. »Ehrlich gesagt ist es nicht so anstrengend, wie ich gedacht habe. Und Samuel ist nett. Audrey ist ... ein bisschen seltsam. Ich denke, sie ist aber auch in Ordnung.«

Seltsam ist eine Weise, wie man sie charakterisieren kann. Zugedröhnt vielleicht eine andere.

Wir sind jetzt seit etwas mehr als vier Wochen hier. Ich habe das Gefühl, dass ich genauso viel über Audrey Black weiß wie an dem Tag, als wir einander vorgestellt wurden. Nicht, dass ich eines der Mitglieder der Familie Black gut kennen würde. Zumindest kann ich aber Lincoln und seinen Vater einigermaßen einschätzen.

Der Blick meiner Mutter durch die rosarote Brille lässt sie all die Seltsamkeiten hier nicht sehen. Ich möchte es ihr nicht verderben, wenn sie hier glücklich ist. Trotzdem beschließe ich, an ihrer Stelle besonders paranoid, besonders wachsam zu sein. In diesem Haus und in dieser Stadt gehen einige zwielichtige Dinge vor.

Ich will nicht, dass wir darunter zu leiden haben werden.

In einem Jahr möchte ich meinen Abschluss machen und auf die Universität gehen können, ohne mir Sorgen um meine Mutter machen zu müssen. Außerdem will ich, dass sie in ein paar Jahren in der Lage ist, diesen Job aufzugeben und einen zu finden, den sie wirklich liebt. Weil sie sich dann nicht mehr darum kümmern muss, von Gehaltsscheck zu Gehaltsscheck zu leben.

»Gut. Ich freue mich, dass du dich hier wohlfühlst. Ich liebe dich, Mama.« Ich schmiege mich näher an sie und lege meinen Kopf auf ihre Schulter.

»Ich liebe dich auch, Low. Mehr als alles andere.«

Als sie diese Worte ausspricht, wird ihre Stimme bereits leiser. Einige Minuten später schläft sie wieder.

Ich rolle mich auf den Rücken und habe es nicht eilig, wieder in mein Zimmer zurückzukehren.

Stattdessen bleibe ich noch eine weitere Stunde wach und frage mich, welchen Gefallen River von mir verlangen wird.

Und wann.

10

Während der nächsten Tage habe ich das Gefühl, dass etwas über mir schwebt. Ein Amboss oder die Schneide einer Guillotine vielleicht. Etwas, was mich mit ziemlicher Sicherheit zerstören wird, wenn es schließlich über mich hereinbricht.

Das Wochenende vergeht schnell. Am Montag treffe ich mich um Punkt sieben Uhr fünfundzwanzig mit Lincoln im Foyer. Ich lege es nicht mehr darauf an, morgens zu spät dran zu sein. Das Gefühl seines Blickes auf meinem nackten Körper ist mir noch in Erinnerung. Auch wenn es mich erregt, wenn ich daran denke, will ich nicht, dass sich das wiederholt.

Auch unsere Fahrten sind mittlerweile zur Routine geworden. Ich kümmere mich um das Radio. Dabei beobachte ich sein Gesicht, bis ich einen Song finde, der ihm gefällt. Dann wechsele ich den Sender nicht mehr – vorausgesetzt, das Lied gefällt mir ebenfalls. Manchmal reden wir ein wenig miteinander. So erfahre ich, dass er sein ganzes Leben in Fox Hill verbracht hat, dass seine Großeltern väter- wie mütterlicherseits tot sind und dass er Wirtschaftswissenschaft studieren will.

Heute lande ich bei Ariana Grande. Als ich mich zurücklehne, blicke ich zu Lincoln hinüber. »Ihr seid gestern zu dieser Pokernacht gekommen, weil ihr genau gewusst habt, dass ich da sein würde, stimmt's?«

Er zuckt mit den Schultern. »Du bist nicht so gut darin, dich aus dem Haus zu schleichen, wie du denkst.«

»Ihr seid mir gefolgt?«

Er verzieht den Mund zu einem spöttischen Grinsen. »Zählt es, wenn wir bereits wussten, wohin du gehst?«

»Ja.«

»Von mir aus. Wir sind dir gefolgt.«

»Warum?«

»River wollte sehen, ob du wirklich so gut bist, wie Ethan behauptet hat.«

Ich schnaube und lehne mich in meinem Sitz zurück. »Nun, offensichtlich bin ich es nicht.«

Er lacht leise und spöttisch. »Bist du nervös?«

»Nein«, lüge ich.

»Normalerweise bluffst du besser, Poolmädchen.«

Ich zeige ihm den Mittelfinger und drehe den Kopf, um aus dem Fenster zu sehen. In seiner Nähe sollte ich vorsichtiger sein. Jetzt, da ich seit mehreren Wochen hier bin und er nichts unternommen hat, mich feuern zu lassen, bin ich ein wenig entspannter. Entspannt genug, um seinen Mist nicht einfach so hinzunehmen.

»Mach dir keine Sorgen«, sagt er nach einer Minute. »River ist klug und geduldig. Es kann eine Weile dauern, aber ich bin mir sicher, dass es sich etwas Gutes für dich einfallen lassen wird.«

»Das ist nicht hilfreich, Arschloch«, murmele ich.

Sein lautes Lachen füllt das Innere des Autos, und ich muss, trotz der Sorge, die an mir nagt, beinahe grinsen. Er scheint mich zu mögen, wenn ich meine Meinung sage. Das ist vielleicht ein weiterer Grund, warum ich aufgehört habe, um ihn herum einen Eiertanz aufzuführen.

Dennoch ...

Dieser verdammte Gefallen.

Der Rest des Tages vergeht, ohne dass River ein Wort mit mir spricht. Auch der nächste. Ich sehe ihn im Unterricht und in den Korridoren der Schule. Den Einsatz, den ich verloren habe, erwähnt er aber kein einziges Mal. Er tut so, als habe sich nichts geändert. Das macht mich noch nervöser.

Am Mittwoch bin ich einverstanden, mit Lauren und Andrea, zwei Mädchen aus dem Mathematikunterricht, abends zu einem Footballspiel zu gehen. Die beiden haben seit Beginn des Schuljahres kein Spiel verpasst. Immer wieder sagen sie zu mir, was mir alles entgeht, wenn ich nicht hingehe. Ich sehe das nicht so. Aber hey, man soll sich erst dann eine Meinung bilden, wenn man es selbst ausprobiert hat, nicht wahr?

Das Wetter ist etwas kühler geworden. Also ziehe ich eine leichte Jacke und einen Schal an, bevor ich nach Linwood zurückkehre, um mich dort mit ihnen zu treffen. Das Spiel anzusehen macht sogar irgendwie Spaß. Es fühlt sich aber etwas seltsam an, eine Mannschaft anzufeuern, die ein Spiel spielt, über das ich fast nichts weiß. Auch an meiner alten Schule bin ich nicht zu vielen Footballspielen gegangen. Es gefällt mir schlicht nicht besonders.

Als ich aber unserer Mannschaft zusehe und beobachte, wie die Cheerleader ihre Übungen zeigen, beginnen die häufigen lautstarken Auseinandersetzungen von Iris und Savannah in der Umkleidekabine etwas mehr Sinn zu ergeben. Für *sie* ist es wichtig. Ihre ganze Welt dreht sich um diese Abende. Darum, wer auf der Spitze der Pyramide steht oder wer die beste Leistung bringt. Sie leben und atmen für diesen Mist. In gewisser Weise ist das bewundernswert, auch wenn ich es nicht verstehe.

Die Linwood Lions gewinnen. Nach dem Spiel findet in einer anderen Villa ein paar Kilometer entfernt eine Party statt.

Es ist etwa so viel los wie auf der letzten Party, auf der ich war. Lincoln, River, Dax und Chase fallen mir sofort auf. Sie halten im größten der Wohnzimmer Hof. Die Zwillinge unterhalten mit ihren lauten, charmanten Stimmen ihre Höflinge, während River und Lincoln träge an ihren Getränken nippen.

Chase sieht mich und zwinkert mir zu, als ich vorbeikomme. Ich gehe aber weiter. In letzter Zeit habe ich viel zu viel an diese Jungen gedacht. Ich muss ernsthaft daran arbeiten, auf der Hut zu sein, wenn ich in ihrer Nähe bin. Den dummen Gefallen, den sie von mir verlangen werden, werde ich erbringen. Mich mit ihnen anfreunden, das will ich aber nicht.

Ich verliere Lauren und Andrea fast sofort aus den Augen, als sie kreischend zu einer Gruppe ihrer

Freunde laufen. Irgendwie fange ich an, zu bedauern, überhaupt zu dieser Party gekommen zu sein. Im Moment fühle ich mich ein wenig asozial. Ich weiß, dass es an diesem blöden Spieleinsatz liegt, der immer noch über mir schwebt und bei mir für dieses Gefühl sorgt.

Gott, ich hoffe, River bringt es bald hinter sich. Diese verdammte Warterei kann ich nicht ertragen.

Ich hole mir einen Drink, ziehe dann mein Telefon aus der Gesäßtasche und schreibe Hunter eine Textnachricht.

ICH: Hey Dummkopf. Rate mal, was ich heute Abend gemacht habe?

HUNTER: Was?

ICH: Bin zu einem Footballspiel gegangen.

HUNTER: Was????

ICH: Ich weiß. Verrückt, stimmt's? Es ist fast so, als wäre ich eine echte Schülerin an der Highschool.

HUNTER: Hat es dir Spaß gemacht?

ICH: Ähm.

HUNTER: Haha! Okay, wenigstens weiß ich jetzt, dass du kein Außerirdischer bist, der sich als Low ausgibt.

ICH: Nö. Ich wünsche mir aber, ich wäre einer.

HUNTER: Ähm, was?

Ich berichte ihr von der katastrophalen Pokerrunde und dem Ergebnis. Als ich ihr alles erzähle, fühle ich mich wie ein noch größerer Idiot.

HUNTER: Scheiße. Was glaubst du, wozu er dich zwingen wird?

ICH: Woher soll ich das wissen?

HUNTER: Was ist, wenn er will, dass du ihm einen bläst? Oder ihnen ALLEN???

ICH: Wow. Daran denkst du ZUERST?

HUNTER: Hey, ich bin eine verdammte Realistin. Du schuldest einem Kerl einen Gefallen? Es wird irgendwie mit Sex zu tun haben.

ICH: Dann werde ich es nicht tun. Sie können mir gern alle Spiele verbieten.

HUNTER: Bist du sicher? Sie sehen alle verdammt gut aus.

Sie weiß das, weil sie gedroht hat, mich umzubringen, wenn ich ihr nicht von allen Fotos schicke.

ICH: Dass ich nicht gezwungen werden will, ihnen allen einen zu blasen? Ja, ziemlich sicher.

HUNTER: Du verstehst keinen Spaß.

ICH: Nein, ich bin kein Pornostar, danke.

HUNTER: ...

Sie tippt immer noch eine Nachricht, als mich jemand von hinten anstößt und die Flüssigkeit in meinem Becher überschwappt.

»Hoppla, tut mir leid.«

Ein Junge mit kurzen braunen Haaren, dessen Namen ich nicht kenne, streckt eine Hand aus, um mich festzuhalten. Zumindest versucht er es. Er schwankt selbst. Am Ende ist er es, der sich an mir festhält.

»Kein Problem. Mach dir keine Sorgen.« Ich löse mit einer Hand seine Finger, die um meinen Arm geklammert sind, und versuche gleichzeitig, nicht noch mehr von meinem Getränk zu verschütten.

»In Ordnung, Kumpel. Lass das nette Mädchen in Ruhe«, schmunzelt Trent, als er hinter dem Jungen auftaucht, ihn an den Schultern ergreift, umdreht und einen kleinen Schubs gibt, damit er verschwindet. Der Junge stolpert etwas und geht dann in Schlangenlinien weiter. Trent grinst mich an.

»Ähm, danke«, murmele ich.

Ich weiß nicht, was ich sonst sagen soll. Es ist nicht so, dass er mich gerettet hat. Die Art, wie er mich ansieht, macht aber deutlich, dass er genau das glaubt.

»Das ist das Mindeste, was ich für ein hübsches Mädchen tun kann.«

Äh, wie bitte?

Ich mag Trent nicht besonders, finde ihn aber auch nicht abstoßend. Wir sprechen aber so gut wie nie miteinander. So offen hat er mich noch nie angemacht. Er sieht sicher gut aus, schätze ich. Seine strahlend blauen Augen stehen etwas eng beieinander, was die Proportionen seines Gesichts verzerrt. Er hat aber das klassische Aussehen eines großen blonden Mannes, das Mädchen zu lieben scheinen.

Mich interessiert er aber nicht. Er sieht bei weitem nicht so gut aus wie Lincoln und seine Freunde – nicht, dass ich mich für einen von ihnen interessieren würde.

»Ich habe dich heute auf der Tribüne gesehen«, fährt er fort und tritt etwas näher an mich heran. Gleichzeitig zieht ein Rudel Mädchen hinter ihm durch die Küche. »Ich bin froh, dass du endlich zu einem Spiel gekommen bist. Hat es dir gefallen?«

»Es war cool. Glückwunsch zum Sieg.«

»Danke.« Er grinst wieder. Als er seinen Blick von

Kopf bis Fuß über meinen Körper wandern lässt, flackert Lust in seinen Augen auf. »Vielleicht warst du mein Glücksbringer.«

Ich verdrehe die Augen. »Das bezweifle ich.«

»Nun, von jetzt an musst du zu all meinen Spielen kommen, nur für alle Fälle.« Er tritt ein wenig näher und streicht mir mit den Fingerknöcheln einer Hand über den Arm.

»Das wird nicht gehen«, antworte ich und trete einen kleinen Schritt zurück. »Ich arbeite viel, wenn ich nicht in der Schule bin. Du weißt doch, dass ich eine der Haushälterinnen der Familie Black bin.«

Ich hoffe, dass ihn das abschrecken wird, ohne dass ich ihm rundheraus eine Abfuhr erteilen muss. Alle hier sind so sehr von ihrer Stellung in der Gesellschaft besessen, dass ich mir nicht vorstellen kann, dass er dabei erwischt werden will, wie er die Hilfe anbaggert. Er beißt sich aber nur auf die Lippe und beugt sich vor, um mir etwas zu sagen.

»Vielleicht kannst du mir irgendwann deine kleine Uniform zeigen.«

Igitt. Ekelhaft! Okay, ich habe versucht, nett zu ihm zu sein. Scheiß aber drauf.

»Das glaube ich nicht«, sage ich kurz und knapp.

Dann schiebe ich mich an ihm vorbei und verlasse die Küche – nur um mit Savannah zusammenzustoßen. Ich stoße einen leisen Schrei aus, als mein Getränk in meinem Becher wieder schwappt. Diesmal gelingt es mir aber, nichts zu verschütten.

»Was zum Teufel glaubst du, was du tust, Schlampe?«, zischt sie.

»Tut mir leid. Ich habe dich nicht gesehen.«

»Das meine ich nicht.« Ihre Augen werden zu Schlitzen. »Hast du gerade verdammt nochmal Trent Calloway angemacht? Weißt du nicht, dass er nicht mehr zu haben ist?«

Langsam ziehe ich die Augenbrauen hoch. »Oh, ist er das nicht? Hat Iris endlich ihren Zug gemacht?«

Sie presst die Lippen zusammen, und ihre Nasenflügel weiten sich. Das war ein Tiefschlag, aber ich denke, sie hat ihn verdient. Ich weiß, dass Iris und sie immer noch um ihn streiten. Ich glaube aber nicht, dass diese Auseinandersetzung bereits geklärt ist.

»Nein!«, stößt sie laut krächzend aus. »Das ist nicht ... Sie hat nicht ...« Sie atmet verärgert aus. »Er ist für arme Schlampen nicht verfügbar! Damit bist du gemeint.«

»Ja, das ist für mich in Ordnung. Ich bin sowieso nicht interessiert. Ich hoffe, ihr drei werdet lange glücklich miteinander sein.«

Sie starrt mich an und klimpert mehrmals schnell mit den Augenlidern. »Wovon sprichst du? Das ist – ich werde ihn nicht *teilen*!«

Ich schmunzele. »Warum nicht? Ihr wollt ihn beide so sehr. Ihr streitet euch doch ständig um ihn. Ich bin mir sicher, dass euer Pin-up-Boy auch bei anderen gut ankommt.«

»Du bist widerlich.« Sie verzieht den Mund. »Obwohl es mich nicht überrascht, dass eine Schlampe wie du auf so eine Idee kommt.«

Ich bin ihr unter die Haut gegangen, das merke ich. Ihr gelingt aber dasselbe bei mir. *Poolmädchen* und *die*

Hilfe genannt zu werden nervt mich. Aber bei weitem nicht so sehr, wie als Schlampe beschimpft zu werden. Ich habe mit fünfzehn Jahren meine Jungfräulichkeit verloren. Einige Jahre nachdem ich begriffen hatte, dass ich tatsächlich meinen zwanzigsten Geburtstag und noch viele mehr erleben würde. Außerdem mag ich Sex. Was mich angeht, ist das eines der Highlights des Lebens.

Was ich nicht mag, sind Menschen, die Sex als Waffe oder Werkzeug benutzen, um zu bekommen, was sie wollen. Genau darum geht es Savannah und Iris aber anscheinend. Ihre Fehde um Trent dreht sich nicht um ihn als Person, sondern darum, wer von ihnen den Star-Footballspieler an Land zieht.

Ich dränge mich an Savannah vorbei und weigere mich, mit ihr in einen kleinlichen Streit, wie Iris ihn immer anzettelt, gezogen zu werden. Als ich den Raum durchquere, bemerke ich, dass Lincoln mich beobachtet.

Hat er meine Auseinandersetzung mit Savannah gesehen?

Hat er mitbekommen, was davor geschehen ist?

Er zeigt einen finsteren Ausdruck, der mich glauben lässt, dass es vielleicht so war.

Als ich am nächsten Morgen um fünf Minuten vor halb acht unten im Haus der Familie Black ankomme und feststelle, dass er ohne mich zur Schule gefahren ist, bin ich mir sicher.

Er hat gesehen, wie Trent mich angemacht hat, und das hat ihm nicht gefallen.

11

So kommt es, dass ich wieder mit dem Auto meiner Mutter zur Schule fahre. Sie fragt mich nicht, warum. Samuel Black bemerkt nicht oder kümmert sich nicht darum, dass Lincoln und ich keine Fahrgemeinschaft mehr bilden.

Anscheinend sind alle vier Könige wieder wütend auf mich. Nicht, dass wir jemals Freunde waren. Die Temperatur der üblichen Kaltfront ist aber auf weit unter den Gefrierpunkt gefallen.

Zum Glück habe ich nicht viel Zeit, um mich damit zu beschäftigen. Ich verbringe meine ganze Zeit, in der ich nicht in der Schule bin oder Hausaufgaben mache, damit, meiner Mutter bei den Vorbereitungen für die Cocktailparty zu helfen, die Samuel und Audrey am Wochenende ausrichten werden. Das Haus ist in meinen Augen bereits in tadellosem Zustand. Samuel bittet aber, alles nochmals gründlich zu putzen. Zusätzlich zur Koordination mit dem Küchenpersonal und dem Partyservice.

Am Samstagmorgen teilen meine Mutter und ich das Erdgeschoss in zwei Hälften auf. Sie nimmt sich den Westflügel und ich mir den Ostflügel vor. Ich beginne im Ballsaal, wische und poliere den Boden und staube jede Oberfläche ab. Der Raum ist riesig. Als ich fertig bin, schmerzen meine Arme. Da es in Mr. Blacks Arbeitszimmer weniger zu tun gibt, beschließe ich, mich als Nächstes um diesen Raum zu kümmern.

Die in den Wänden eingelassenen Lampen sind mit Dimmern ausgestattet, sodass in dem Raum immer ein warmes, weiches Licht herrscht. Die Möbel sind aus dunklem Holz. Das Ganze wirkt etwas altmodisch. So, als sollte damit ausgedrückt werden, dass der Mann des Hauses hierherkommt, um Zigarren zu rauchen und mit anderen Männern über die Übernahme von Eisenbahngesellschaften oder irgendeinen anderen Scheiß zu reden.

Ich beginne, alles abzustauben. Dann säubere ich mit einem Lappen die Oberflächen seiner Bücherregale und der Beistelltische seines Schreibtisches. Ich setze mich in den großen Ohrensessel, um die wenigen über den Schreibtisch verstreuten Dokumente zu einem Stapel zu ordnen. Als ich sie beiseitelege, stelle ich fest, dass die oberste Schublade des Schreibtisches einen Spaltbreit offen steht.

Ich will sie eigentlich schließen, aber etwas hält mich davon ab. Diese Schublade ist normalerweise verschlossen, was mir aber nie seltsam vorgekommen ist. Es ist schließlich der Schreibtisch eines wohlhabenden Mannes in seinem privaten

Arbeitszimmer. Jetzt, da ich einen Blick hineinwerfen könnte, kann ich mich aber nicht davon abhalten.

Ich sehe zur Tür. Den ganzen Tag über habe ich im Haus aber noch keinen der Blacks gesehen oder gehört. Als ich die flache Schublade weiter aufziehe und in dem Inhalt herumstochere, als hätte ich Angst, dass er mich beißen könnte, pocht mein Herz in meiner Brust.

Es sind mehrere Quittungen, einige Briefe, die geöffnet und dann wieder in die Umschläge gestopft worden sind. Und ein großer, brauner Umschlag, aus dem einige Papierstücke herausstehen.

Ziemlich genau das, was in einer Schreibtischschublade zu erwarten ist. Langweilig.

Ich will die Schublade gerade zuzuschieben, als mir ein Wort auf einem der Zettel in dem großen Umschlag ins Auge fällt.

Vaterschaft.

Meine Hand bleibt in der Luft hängen, als ich den Kopf zur Seite neige. Ist das ein Vaterschaftstest?

Ich versuche, das Stück Papier mit dem Finger ein wenig weiter herauszuziehen. Ich habe beinahe Angst, es zu berühren. So als würde Mr. Black, wenn er zurückkommt, als Erstes nach Fingerabdrücken suchen. Ich brauche einige Anläufe, aber schließlich gelingt es mir, das Papier etwas herauszuziehen, sodass mehr zu sehen ist.

Es ist ein Vaterschaftstest. Das Laborergebnis, aber …

In diesem Augenblick höre ich, wie die Haustür zuknallt. Ich springe so schnell auf, dass meine Knie gegen die Unterseite des Schreibtisches krachen.

»Scheiße!«, zischte ich, als der Schmerz in meinen Kniescheiben explodiert.

Meine Hände zittern, als ich das Papier eilig wieder in den Umschlag schiebe und versuche, es genau in die Position zu bringen, in der es sich befand, als ich es gefunden habe.

Ich schließe die Schublade, sodass nur ein Spalt von etwa einem Zentimeter bleibt. Dann springe ich aus dem Stuhl, als Schritte den Flur entlang in meine Richtung kommen. Ich hebe meinen Lappen auf und wische erneut ein bereits gereinigtes Bücherregal ab. Als Samuel Black den Raum betritt, versuche ich, meine Atmung unter Kontrolle zu bringen.

»Ah, Harlow. Ich suche deine Mutter. Weißt du, wo ich sie finden kann?«

»Ähm, sie war in der Küche, als ich sie zuletzt sah.« Ich werfe einen Blick über die Schulter und bin mir sicher, dass mein Schuldgefühl in meinem Gesicht zu lesen ist. Meine Stimme klingt aber normal, und Mr. Black zuckt mit keiner Wimper.

»Gut. Gut. Ich möchte nur ein paar Dinge für den heutigen Abend mit ihr durchgehen.«

Sein Blick schweift durch den Raum. Als er bemerkt, dass die Schreibtischschublade einen Spalt offen steht, weiten sich seine Augen etwas. Ich konzentriere mich auf das Bücherregal und tue so, als würde ich mich nicht darum kümmern, als er zum Schreibtisch geht, die Schublade schließt – und das Schloss einrastet.

Er weiß nicht, dass ich sie durchsucht habe. Er kann es nicht wissen, sonst hätte er sie nicht so beiläufig geschlossen.

Vielleicht glaubt er, dass ich nicht bemerkt habe, dass sie offen stand.

»Sieht gut aus hier drin.« Er schenkt mir ein breites, aufrichtiges Lächeln, und ich kann keinen Verdacht in seinem Blick entdecken. »Weiter so mit der guten Arbeit.«

Als er den Raum verlässt, um meine Mutter zu suchen, breche ich vor Erleichterung fast auf dem Sofa zusammen. Meine Hände zittern, und mein Atem stockt. Guter Gott, das war verdammt dumm. Ich hatte nicht einmal die Tür geschlossen, bevor ich damit anfing, in der Schublade herumzustöbern.

Als sich mein Herz zu beruhigen beginnt, blitzt in meinem Kopf ein Bild des Dokuments in dem Umschlag auf. Ich habe es nicht gut sehen können, aber es war auf jeden Fall ein Vaterschaftstest. Ich weiß nicht einmal genau, für wen er ist. Außerdem habe ich keine Ahnung, ob er positiv oder negativ war. Ich nehme an, dass Mr. Black Gegenstand des Tests ist. Das wirft aber die Frage auf, ob Lincoln wirklich sein Sohn ist.

Sie sehen einander sehr ähnlich – guter Knochenbau und fast schwarze Haare –, aber das muss nicht zwangsläufig etwas bedeuten. Viele Menschen sehen einander ähnlich. Besonders wenn man davon ausgeht, dass sie verwandt sind, und man dann nach Gemeinsamkeiten sucht.

Ich schnappe mir mein Putzzeug und mache mich eilig auf den Weg in die Bibliothek.

In diesem Haus geht auf jeden Fall etwas vor sich. Obwohl die Neugierde an mir nagt, sagt mir jedoch eine warnende Stimme in meinem Verstand, dass einige Geheimnisse besser verborgen bleiben sollten.

MEINE MUTTER MAG ZWAR NICHT BESONDERS GUT darin sein, ihr Privatleben zu organisieren. Wenn es aber um eine Party geht, ist sie ausgezeichnet. Während sie sich mit der Köchin, dem Partyservice, den gemieteten Kellnern und dem Hausmeisterpersonal trifft, um sicherzustellen, dass alles für den heutigen Abend bereit ist, putze ich weiter.

Es ist eigentlich ziemlich cool, sie so zu sehen. Im Chef-Modus. Ich weiß, dass sie nie eine Hausdame werden wollte. Ich sehe aber, dass die Fähigkeiten, die sie hier perfektioniert, sich irgendwann in einen Job entwickeln werden, den sie wirklich liebt.

Hoffentlich früher als später.

Wir sind seit weniger als sechs Wochen im Haus der Blacks, und ich kann es bereits jetzt kaum erwarten, hier wieder wegzukommen.

Die Aktivitäten des Hauspersonals nehmen im Laufe des Tages zu und erreichen kurz vor sieben Uhr, als die ersten Gäste eintreffen, ihren Höhepunkt. Meine Mutter öffnet die Tür und nimmt die Mäntel der Ankommenden entgegen, bevor sie sie in den Ballsaal führt. Dort herrscht ein sanfter goldgelber Lichtschein, der den Raum wunderbar in Szene setzt. Die Bar entlang einer Wand ist voll bestückt, und ein professioneller Barkeeper versieht dort seinen Dienst.

Ich wünschte wirklich, ich könnte mich nach oben

zur eigentlichen Party schleichen. Dafür bin ich aber zu erschöpft, weil ich den ganzen Tag geputzt habe. Außerdem bin ich bereits unter normalen Umständen nicht der geselligste Mensch. Das hier sind auf keinen Fall welche. Meine Mutter braucht aber Hilfe, und ich möchte sie unterstützen. Also bleibe ich unten und helfe, die Gäste einzulassen und zu begrüßen.

Die gesamte Familie Black kommt natürlich angemessen zu spät zu ihrer eigenen Party. Als sie schließlich auftauchen, geschieht das mit dem Trara einer Parade von Adeligen. Sie treffen sich auf dem Balkon im ersten Stock, als wären ihre Uhren auf die Sekunde genau synchronisiert, um dann gemeinsam die Treppe hinunterzugehen.

Mr. und Mrs. Black gehen Arm in Arm. Ich muss beinahe zweimal hinsehen, um sicher zu sein, dass sie es wirklich sind. Beide sind wie für die Oscar-Verleihung gekleidet. Samuel in einem perfekt maßgeschneiderten Smoking und Audrey in einem dunkelbraunen Abendkleid, das nur einen Träger an einer Schulter und eine zwei Meter lange Schleppe hat. Ich habe sie noch nie so herausgeputzt gesehen. Aber das ist es nicht, was meine Aufmerksamkeit erregt.

Nein, es ist die Art, wie sie einander ansehen.

Als wären sie ... verliebt.

Das sollte bei einem Ehepaar nicht überraschen. Für die beiden ist es aber definitiv ungewöhnlich. An einem normalen Tag scheint es eine Mauer zwischen ihnen zu geben. Sie küssen und umarmen sich zwar. Aber selbst diese eigentlich zärtlichen Handlungen wirken gestelzt, formell und gezwungen.

Jetzt aber? Sie sieht zu ihm auf, und ihre Augen funkeln, als sie ihn sanft anlächelt. Sie sieht auch nicht so benommen wie sonst aus. Also hat sie vielleicht ihre tägliche Dosis Fluoxetin ausgelassen. Warum sollte sie deswegen jedoch *glücklicher* wirken?

Diese Fragen wirbeln durch meinen Verstand, als die beiden von der Treppe treten und sich dem Ballsaal zuwenden. So bekomme ich freie Sicht auf Lincoln, der mehrere Schritte hinter ihnen geht.

Heilige ... Wow.

So ärgerlich es auch ist, das zuzugeben, so muss ich mir dennoch eingestehen, dass Lincoln Black ein umwerfend heißer Junge ist. Ich habe mich von der Sekunde an zu ihm hingezogen gefühlt, als ich hier angekommen bin. Trotz aller Einwände meines rationalen Verstandes. Normalerweise trägt er zwanglose Kleidung, die teuer, aber nicht auffällig oder übermäßig formell ist.

Heute Abend trägt er jedoch ebenfalls einen Smoking. Der lässt ihn lecker aussehen. Die maßgeschneiderte Jacke schmiegt sich an seine breiten Schultern und Oberarme und verjüngt sich in der Taille. Er sieht größer und kräftiger aus. Außerdem heben sich seine schockierenden bernsteinfarbenen Augen wie immer von allem ab. Er wirkt fast wie ein Panther. Geschmeidig und gefährlich.

Sein Blick fällt auf mich, und ich bemerke, dass ich nichts anderes tue, als ihn anzustarren, seit sie alle begonnen haben, die Treppe herunterzukommen. Ich bin aber nicht die Einzige – mehrere der Gäste sind ebenfalls in dem großen Foyer stehen geblieben. In der

Hoffnung, dass mein Gesichtsausdruck meine Gedanken nicht verrät, zwinge ich mich mit einem Ruck, weiterzugehen.

»Wenn Sie mir bitte folgen würden«, sage ich höflich, ignoriere Lincolns Grinsen und wende mich dem jüngsten Neuankömmling zu. Wenn ich mich recht erinnere, handelt es sich um einen hochrangigen Richter. Alexander Hollowell.

Der Mann, der mit seinen Falten auf der Stirn, einem kleinen Grübchen im Kinn und seinem grau melierten Haar ein wenig wie George Clooney aussieht, schenkt mir ein bezauberndes Lächeln und bedeutet mir, ihn in den Ballsaal zu führen.

Es kommen immer noch mehr Gäste an. Wenn niemand zusieht, tauschen meine Mutter und ich erschöpfte und verwirrte Blicke aus. Ich habe noch nie so viele reiche Leute auf einmal gesehen. Es wirkt fast so, als würde der Geruch von Geld die Luft durchwirken, die sie umgibt.

Einige der Paare haben Kinder, die auf die Highschool gehen und ebenfalls gekommen sind. Ich bin nicht besonders überrascht, dass Dax, Chase und River mit ihren Eltern auftauchen. Rivers Vater ist Anwalt. Ich bin mir aber nicht sicher, mit was die Eltern der Zwillinge ihren Lebensunterhalt verdienen.

Alle Jungs sehen genau wie Lincoln wie aus dem Ei gepellt aus. Ich muss mich bemühen, sie nicht mit offenem Mund anzustarren. Keiner von ihnen würdigt mich eines Blickes. Das sollte mich aber nicht überraschen. Unser Verhältnis in der Schule ist bestenfalls als schwierig zu bezeichnen. In diesem festlichen Rahmen sind die Grenzen zwischen uns noch deutlicher. Sie haben bereits deutlich gemacht, dass sie mich nur als Hilfe betrachten. Von ihnen zu erwarten, dass sie mich begrüßen, als würden wir uns kennen und damit einzuräumen, dass wir gemeinsam zur Schule gehen, ist offenbar zu viel verlangt.

Sobald sich alle Gäste im Ballsaal eingefunden haben, verschwindet meine Mutter in die Küche, um sich dort um das Personal zu kümmern. Ich wandere umher, um den Kellnern zu helfen. Als ich durch eine dicht gedrängte Gruppe von Menschen gehe, fühle ich, wie eine Hand über meinen Hintern streift. Ich zucke unwillkürlich zusammen und komme ins Stocken. Als ich aufsehe, schenkt mir ein blonder Mann in einem dunkelgrauen Anzug ein kleines Lächeln, während sein Blick über meinen Körper wandert.

Igitt.

Ich blinzele ihn angewidert an und schlängele mich dann in dem Versuch schnell durch die Menge, mehr Abstand zwischen uns zu schaffen. Das spielt aber kaum eine Rolle. Mehr als ein lüsterner reicher Mann nutzt den überfüllten Raum als Vorwand, um mich zu begrabschen, als ich vorbeigehe. Dazu gehört auch das Ebenbild von George Clooney, Richter Hollowell. Er streicht mir mit der Hand den Oberschenkel hinunter, während er einige der Partygäste mit einer anscheinend urkomischen Anekdote unterhält.

Mein wachsender Zorn macht es mir schwer, mich zu konzentrieren. Ich muss den Drang unterdrücken, mir mit den Ellenbogen einen Weg durch die Menge zu bahnen.

Die jüngeren Gäste haben sich zumeist in einer Ecke versammelt. Dort sprechen sie miteinander und lachen. Ich sehe aber weder Lincoln noch seine drei Freunde.

Gut. Zumindest ist er nicht hier, um dies zu sehen. Ich bin sicher, dass er einen Weg finden würde, mir *die Schuld dafür zu geben, dass diese widerlichen Männer versuchen, mich zu begrabschen.*

»Hey, Low. Alles in Ordnung, Liebling?« Meine Mutter ergreift meinen Ellenbogen und beugt sich zu mir, um mir ins Ohr zu flüstern. »Du siehst aus, als würdest du jemand umbringen wollen.«

Scheiße. Ich atme tief durch und versuche, mein Temperament zu zügeln. »Ja. Ich bin nicht an solche Gäste gewöhnt. Kann ich kurz Pause machen? Ich komme bald zurück, um wieder zu helfen.«

Sie nickt mir aufmunternd zu. »Ja, natürlich. Besorg dir etwas zu essen. Hol dir ein Stück Krabbenpastete aus der Küche, bevor es keine mehr gibt.«

»Danke, Mama.«

Sie gibt mir einen kleinen Schubs in Richtung Tür. Das ist die einzige Ermutigung, die ich brauche. Ich verlasse den Ballsaal und gehe in Richtung der Küche im Westflügel. Gwen, die Köchin, schenkt mir ein nachsichtiges Lächeln, als ich einige Krabbenpasteten von einem Tablett nehme und sie in eine Serviette wickele. Dann gehe ich auf der Suche nach etwas frischer Luft durch die Hintertür auf die Terrasse hinaus.

»Schleichst du dich schon so früh weg, Poolmädchen?«

Dax' Stimme, die zu meiner Rechten erklingt, sorgt dafür, dass ich zusammenzucke. Ich bin bereits nervös, weil ich mich im Ballsaal nicht mehr zusammenreißen konnte, und die Krabbenpasteten fallen mir aus der Hand und landen auf dem weißen Marmorboden der Terrasse.

»Scheiße!«, zischte ich und lege mir die Hand auf das Herz. »Hängt ihr Jungs immer im Dunkeln herum und wartet darauf, andere Leute zu erschrecken?«

»Nein«, antwortet Lincoln gedehnt. »Wir sind hierhergekommen, um Menschen zu meiden.«

Er lächelt mich an, als er den Joint, den er zwischen den Fingern hält, an River weiterreicht.

»Ihr habt Glück, dass ihr das könnt«, fahre ich ihn an. »Nicht alle von uns können sich das leisten.«

»Was machst du dann hier draußen?«

»Ich schnappe nur etwas Luft. Und ich *wollte* etwas essen«, füge ich spitz hinzu und deute auf meinen ruinierten Snack.

»Gib nicht mir die Schuld. Ich habe dir dein Essen nicht aus der Hand geschlagen«, sagt Dax und grinst. Er nimmt den Joint von River entgegen und inhaliert tief. Ein zufriedener Ausdruck macht sich auf seinem Gesicht breit. Sie haben ihre Jacken ausgezogen und ihre Fliegen geöffnet. Die Ärmel von Dax sind hochgekrempelt. Aus irgendeinem Grund sehen sie alle so noch besser aus; lässig und ein wenig wild.

»Nun, du kannst es wiedergutmachen.« Ich strecke meine Hand aus. »Gib her.«

Er hält den Joint hoch und zur Seite, als würde er einen wertvollen Schatz schützen. Ich ziehe aber eine

Augenbraue hoch und halte die Hand weiter ausgestreckt. »Erinnerst du dich an die Tribüne? Du schuldest mir was.«

»Unter der Tribüne?« Lincoln kneift die Augen zusammen, als er einen Blick auf Dax und Chase wirft. Ich frage mich, ob er weiß, dass sie an diesem Tag zu mir gekommen sind und mit mir gesprochen haben. Er sieht fast so aus, als wäre er wütend oder ...

Ist er eifersüchtig?

Die Zwillinge ignorieren seinen starren Blick. Schließlich zuckt Dax mit den Schultern und reicht mir den Joint. »Prima. Fair ist fair.«

Ich nehme einen langen Zug. Es ist gut, und ich spüre die Wirkung sofort. Auch wenn ich mich mit Febreze einsprühen muss, bevor ich wieder zu der Party stoße, ist es das wert. Während ich gegen die Leukämie behandelt wurde, habe ich Marihuana auf Rezept bekommen, und meine Mutter hatte mir immer Hasch-Brownies gebacken. Ich kiffe nicht mehr oft, aber es entspannt mich immer noch. Im Augenblick ist es genau das, was ich brauche. Sogar noch mehr als Krabbenpasteten.

Ein zufriedenes Geräusch kommt über meine Lippen, und Dax' Blick wird freundlich, als er mir den Joint wieder abnimmt. Unsere Fingerspitzen berühren einander. Es liegt wahrscheinlich an dem High, das ich in meinem Körper aufkommen spüre, aber ich möchte mehr von ihm berühren. Ich will seine Hand ergreifen und mit den Fingerspitzen über seine Handfläche streichen. Als dieser Drang durch meinen Körper pulsiert, weiche ich jedoch schnell zurück und räuspere mich.

Lincolns Blick huscht zwischen uns beiden hin und her, und ich kann in seinem Gesicht deutlich ausmachen, dass ihm nicht gefällt, was er sieht.

Aber egal. Scheiß auf ihn. Wenn er ein Problem damit hat, dass seine Freunde gelegentlich nett zu mir sind, dann muss er damit klarkommen.

Sie reichen den Joint weiter herum. Als Dax ihn schließlich an mich weiterreicht, scheue ich nicht vor den Funken zurück, die zwischen uns überspringen. Wir berühren einander lange genug, dass deutlich wird, dass wir voneinander angezogen sind. Als ich einen tiefen Zug nehme, sehen mich alle vier Jungen an.

Dann gebe ich den Joint mit einem zufriedenen, übermütigen Lächeln an Dax zurück. »Danke. Das sollte mich durch ein paar weitere Stunden dieses Schwachsinns bringen.«

Ich bin mir nicht ganz sicher, aber als ich mich umdrehe und wieder in das Haus gehe, glaube ich, hinter mir leises Gelächter zu hören.

12

Die restliche Party verläuft ohne Zwischenfälle. Die Versuche, meinen Hintern zu begrabschen, hören zwar nicht auf, aber es gelingt mir immer besser, ihnen auszuweichen. Dabei sehe ich aus, als würde ich versuchen, meine Arbeit zu erledigen – indem ich mich am Rande außer Reichweite bewege oder mich vorbeischiebe, um ein leeres Glas aufzusammeln.

Ich werde das wohl perfektionieren müssen. Anscheinend feiern die Blacks gerne und viele Partys. *Hurra!*

Nach dem Ende der Party veranstalten meine Mutter und ich in ihrer Wohnung eine eigene in unseren Pyjamas. Im Grunde sitzen wir in unsere Schlafanzüge gekleidet auf ihrem kleinen Sofa, essen Eiscreme und sehen uns alte Folgen von *The Twilight Zone* an. Zu mehr haben wir beide keine Kraft, aber es ist genau richtig.

»Es ist verrückt, wenn man darüber nachdenkt,

nicht wahr?« Ich nuschele, weil mein Mund voller Minz-Schokoladeneis ist. Den Bildschirm betrachte ich nur mit einem halben Auge. »Ich wette, heute Abend wurden Millionen-Dollar-Deals abgeschlossen. Oberflächlich betrachtet, war es eine Party. Hinter den Fassaden wird aber über pure Scheiße verhandelt. Es gibt Menschen, die sich anbiedern und sich in die richtigen Kreise einschleichen.«

Meine Mutter lacht lauthals, rollt sich auf dem Sofa auf den Rücken und stößt mir mit dem Fuß in die Rippen. »Guter Gott, Low. Das sind reiche Leute und nicht die Mafia.«

»Das ist doch irgendwie das Gleiche, oder?«, halte ich ihr entgegen.

Sie kneift die Augen zusammen. »Hast du zu viel *Denver-Clan* gesehen?«

Ich kitzele ihren Fuß, um es ihr heimzuzahlen. »Nein. Dafür habe ich keine Zeit. Ich sage ja nur, dass ich mir sicher bin, dass heute Abend unter dem Tisch einige Geschäfte gemacht worden sind. Es ist einfach seltsam, daran zu denken.«

»Meine Tochter, die Verschwörungstheoretikerin.« Meine Mutter grinst mich liebevoll an, bevor sie ihre Aufmerksamkeit wieder auf den Fernseher richtet.

Als die Episode dreißig Minuten später endet, schnarcht sie bereits leise. Ich schalte den Fernseher aus, lege eine Decke über sie und verschwinde in mein Zimmer.

Während der nächsten Tage weigert sich meine Mutter, dass ich im Haus viele Arbeiten verrichte. Sie besteht darauf, dass ich Zeit brauche, um meine Hausaufgaben zu machen. Damit hat sie nicht ganz unrecht. Das Unterrichtspensum an der Linwood-Akademie ist fordernd, und ich habe mein Wochenende fast vollständig mit den Vorbereitungen und dem Aufräumen nach der Party verbracht.

Außerdem wird sie ab Mittwoch für fünf Tage mit Mr. und Mrs. Black die Stadt verlassen. Die Blacks haben anscheinend einen Zweitwohnsitz im Hinterland von New York. Samuel ist auf dem Weg dorthin, um sich um einige Angelegenheiten zu kümmern. Er hat meine Mutter gebeten, ihn zu begleiten, um sich dort während ihres Aufenthaltes um den Haushalt zu kümmern. Ich war etwas schockiert, dass auch Audrey mitkommen wollte. Normalerweise interessiert sie sich kaum für die Arbeit ihres Mannes.

Vielleicht ist das, was zwischen den beiden während der Cocktailparty geschehen ist, ja gar nicht gespielt. Vielleicht sind sie auf ihre eigene, äußerst seltsame Art, wahnsinnig ineinander verliebt.

Wie dem auch sei. Sie werden alle für ein paar Tage weg sein. Also werde ich hier mehr als sonst erledigen müssen. Als ich bemerke, dass meine Mutter sich Sorgen macht, weil sie mich allein lassen will, verspreche ihr ich, dass ich damit klarkomme. Es ist erstaunlich, dass sie, nach allem, was sie mit mir durchgemacht hat, nicht zu einer Glucke geworden ist. Es sind aber Zeiten wie diese, in denen mir klar wird, wie sehr sie sich immer um mich sorgt.

Sie fahren am Mittwochmorgen los, während Lincoln und ich in der Schule sind. Obwohl das Haus immer ruhig ist, fällt es mir auf, dass es leer ist, als ich am späten Nachmittag zurückkomme. Ich erledige meine Reinigungsarbeiten und verbringe dann den größten Teil der Nacht in meinem Zimmer, um Hunter von einem großen Streit mit Kevin abzulenken. Ich glaube, sie stehen kurz vor einer Trennung. Ich dränge sie aber nicht in diese Richtung, um ihr Zeit zu geben, allein zu dieser Entscheidung zu kommen.

Am Donnerstag ist es ungefähr dasselbe – zumindest bis neun Uhr abends, als plötzlich Lärm im Haus ausbricht.

Laute Musik dröhnt unten, und ich höre von meinem Schlafzimmer aus den Klang der Stimmen, die immer lauter werden.

Oh. Klar. Die wenigen Partys, die ich seit meiner Ankunft hier besucht habe, fanden in Villen statt, in denen die Eltern entweder auf Reisen oder abwesend waren. Da seine Eltern in New York sind, schätze ich, dass Lincoln an der Reihe ist, den Gastgeber zu spielen.

Ich wünschte allerdings, er hätte es mir verdammt nochmal gesagt. Hat er gedacht, ich würde ihn verraten?

Außerdem hat er sich nicht die Mühe gemacht, mich einzuladen. Obwohl ich schon auf anderen Partys mit Schülern der Linwood-Akademie war und ohnehin schon in dem verdammten Haus bin.

Was für ein Arsch.

Die pulsierenden Rhythmen der Musik schallen

während der nächsten Stunden die Treppe herauf. Ich versuche, sie zu ignorieren, indem ich meine Shorts und mein Tanktop anziehe und mich zum Lesen auf das Bett lege. Dank dieser Scheiße werde ich aber auf keinen Fall einschlafen können.

Schließlich, kurz nach Mitternacht, ist mein Ärger auf dem Siedepunkt angekommen. Ohne einen Plan zu haben, stürme ich aus dem Schlafzimmer. Ich kann es nicht ertragen, noch eine Minute länger mit einem Kissen über dem Kopf an die Wand zu starren.

Ich gehe den abgedunkelten Korridor hinunter in Richtung der Treppe des Westflügels. Bevor ich sie erreiche, fällt mir aber etwas auf. In dem Zimmer, das von meinem Zimmer aus gesehen auf der anderen Seite der Waschküche liegt, bewegen sich Gestalten auf dem Bett. Es brennt kein Licht im Inneren, sodass ich nicht viel sehen kann. Ich bemerke aber, dass sich dort Menschen aufhalten.

Ist Mr. Black schon zurück? Dies ist derselbe Raum, in dem ich ihn gehört habe, als ich zum ersten Mal aus dem Haus geschlichen bin, um Poker zu spielen. Das ergibt aber keinen Sinn.

Ich schaffe es nicht, mich davon abzuhalten, und schleiche näher heran. Dann spähe durch den Türrahmen, da die Tür einige Zentimeter offensteht.

Oh mein Gott.

Es sind Dax und Chase, mit einem Mädchen zwischen sich.

Mein Herz schlägt schneller und pocht laut in meinem Brustkorb. Das sollte ich nicht sehen. Ich sollte mich zurückziehen und so tun, als hätte ich nichts mitbekommen.

Aber ich kann nicht aufhören, zuzuschauen.

Die Oberkörper der Jungen sind nackt, und ihre definierten Muskeln werfen im gedämpften Licht harte Schatten. Ihre Hände bewegen sich synchron, so, als würden sie sich ein Gehirn teilen, während sie mit ihnen das Mädchen zwischen sich erforschen. Sie trägt ein Kleid, und Dax hat eine Hand zwischen ihren Beinen. Chase ist hinter ihr. Seine Finger tauchen unter den Rand ihres Ausschnitts, um ihre Brüste zu streicheln.

Ich weiß nicht, wer das Mädchen ist – ich glaube nicht, dass sie die Linwood-Akademie besucht –, aber sie sieht aus, als wäre sie im verdammten siebten Himmel.

Ich erröte von Kopf bis Fuß und atme nicht mehr, weil ich glaube, dass ich im Moment keine Luft holen kann, ohne zu keuchen.

Warum finde ich das ... so heiß?

Warum wünsche ich mir irgendwie, an ihrer Stelle zu sein?

Ich mag Dax und Chase nicht einmal. Sie sind reiche, verwöhnte Idioten. Obwohl sie unbestreitbar gut aussehen, habe ich außerdem noch nie daran gedacht, mit zwei Jungs gleichzeitig zusammen zu sein. Ich hätte nie gedacht, dass mich so etwas antörnen würde.

Scheiße. Ich sollte nicht hier sein. Ich wünsche mir, ich hätte nicht hingesehen.

Ich kann meinen Blick noch immer nicht von dem

verbotenen aber erregenden Anblick vor mir abwenden. Trotzdem gelingt es mir, meine Füße in Bewegung zu setzen. Meine Lungen brennen, während ich mich langsam zurückziehe ...

Und gegen eine kräftige Brust pralle.

Mein überraschter Aufschrei wird durch eine Hand, die sich über meinen Mund legt, erstickt. Lippen streichen über den Rand meines Ohres, während mein Puls zu rasen beginnt.

»Es gehört sich nicht, herumzuschnüffeln, Poolmädchen. Hat dir das nie jemand beigebracht?«

Es ist Lincoln. Seine Stimme klingt rau und kehlig, kaum lauter als ein Atemzug. Er hat direkt unterhalb meiner Brüste einen Arm um meinen Brustkorb geschlungen, und sein Griff wirkt wie ein Band aus Stahl, das mich einschnürt. Er drückt mich dicht an seinen Körper, und ich spüre jeden Zentimeter von ihm hinter mir. Er ist ein bisschen hart, und das Gefühl seines Schwanzes, der sich in mein Kreuz drückt, wühlt schnell eine verwirrende Mischung aus Erregung und Angst in mir auf.

Obwohl das nicht die Antwort auf seine Frage ist, schüttele ich den Kopf. Ich kann mich kaum noch erinnern, wie sie gelautet hat.

»Spionierst du gerne anderen Leuten nach?« Er bringt unsere Körper in eine Position, dass wir beide durch den kleinen Spalt in der Tür sehen können, hinter der Dax und Chase das sich windende Mädchen zwischen sich haben. Lincolns Fingerspitzen streichen leicht wie eine Feder über meine Rippen, als seine andere Hand meinen

Mund verlässt und er sie tief auf meinem Bauch ausbreitet. So nahe an der Stelle meines Körpers, wo sich ein pochender, verlangender Schmerz aufbaut.

Ich bin nicht mehr in der Lage, meine Emotionen einzuordnen. Kann nicht mehr zwischen dem unterscheiden, was mich ärgert und was mich erregt. Ich weiß aber, dass eine der drei Personen in diesem Raum jederzeit zur Tür blicken und uns sehen könnte. Der Korridor ist zwar dunkel, aber wir sind nicht unsichtbar.

Ich stemme die Füße in den Boden, drücke mich gegen Lincoln und versuche, ihn nach hinten und von der Tür wegzuzwingen. Das bringt unsere Körper aber einander nur noch näher. Er atmet tief aus, und sein Griff um mich wird fester.

»Willst du Dax, Harlow? Ist das so? Oder Chase? Willst du sie beide gleichzeitig haben?« Er spricht so leise, dass es wirkt, als würden seine Worte direkt in meinem Verstand materialisieren. Als würde er in meine Gedanken eindringen. »Was willst du? Wen willst du? Sag es mir.«

Mein Körper reagiert auf eine Art und Weise auf seine Worte, die ich nicht verstehe. Als würde er nicht verstehen oder sich nicht darum kümmern, was Lincoln sagt, sondern nach mehr verlangen.

Mein Verstand weiß es aber. Der winzige Teil meines Verstandes, der noch zu rationalem Denken fähig ist, der Teil, der mich warnt, seit meine Mutter und ich in diesem Haus angekommen sind, weiß es besser, als Lincoln zu antworten.

Dieser Teil weiß, dass ich dem Jungen diese Macht über mich nicht geben darf.

Stattdessen stemme ich mich erneut gegen ihn, und dieses Mal tritt er von der Tür weg. Als ich Dax und Chase nicht mehr sehe, wird mein Verstand ein wenig klarer. Ich schlinge meine Hände um Lincolns Unterarm und spüre, wie sich seine angespannten Muskeln unter meinem Griff bewegen.

»Ich will niemanden. Außerdem habe ich nicht herumgeschnüffelt, du Arschloch. Sag deinen verdammten Freunden, sie sollen das nächste Mal die beschissene Tür zumachen«, flüstere ich.

Er schnaubt leise und stößt ein enttäuscht klingendes, leises Lachen aus. »Du bluffst viel besser, wenn du am Pokertisch sitzt, Poolmädchen. Hat dir auch nie jemand gesagt, dass du nicht lügen solltest?«

Ich stoße spöttisch den Atem aus. »Ausgerechnet von einem Typen, der in einem Haus wohnt, das im Grunde auf Lügen gebaut ist.«

Bevor ich begreife, was passiert, wirbelt er mich herum. So schnell, dass mir schwindlig wird. Seine bernsteinfarbenen Augen glühen, als er auf mich herabblickt. »Wovon sprichst du?«

Oh Scheiße. Das hätte ich nicht sagen sollen.

Wenn ich es wollte, könnte ich ihn jetzt verletzen. Gleichgültig, ob er etwas über den Vaterschaftstest seines Vaters weiß oder nicht, es wäre immer noch ein Schlag für ihn, es von mir zu erfahren. Denn selbst wenn er bereits etwas davon weiß, bin ich mir sicher, dass er nicht will, dass *die Hilfe* von dem Drama weiß, das sich in seiner Familie abspielt.

Aus irgendeinem Grund halte ich aber den Mund.

Vielleicht liegt es daran, dass trotz all der dummen Kommentare, Spötteleien und Streiche, die er und seine Freunde mir zugedacht haben, sich nichts davon so schädlich oder *echt* angefühlt hat wie dies.

»Nichts. Ich bin mir nur sicher, dass du deinen Eltern nicht gesagt hast, dass du diese kleine Party veranstaltest«, werfe ich ihm an den Kopf und versuche, meinen Worten genug Biss zu verleihen, um glaubhaft zu klingen.

Er mustert mich aus zusammengekniffenen Augen. »Du bist eine beschissene Lügnerin. Was hast du wirklich gemeint?«

»Nichts anderes!«, behaupte ich beharrlich mit einem leisen Flüstern. »Und jetzt entschuldige mich bitte. Ich will zurück in mein Bett ...«

Ich winde mich aus seinem Griff und fange an, den Flur entlangzugehen. Ich schaffe es aber nicht weiter als einige Meter, bis er leise und schnell wie eine verdammte Katze wieder bei mir ist.

»Oh nein. Das wirst du nicht«, murmelt er und hält mich mit einer Hand am Arm fest. »Du willst mir nicht die Wahrheit sagen? In Ordnung. Die Sache ist aber die, Poolmädchen: Ich weiß nicht, ob du es bemerkt hast, aber ich gebe eine kleine Party. Ich bin sicher, dass es unten ein wenig unordentlich geworden ist. Du bist im Augenblick das einzige Hauspersonal hier.«

Ich blinzele ihn an. Mein Zorn sorgt vielleicht dafür, dass ich etwas schwer von Begriff bin. »Was? Du willst, dass ich ... putze? Jetzt?«

Ein müdes Lächeln umspielt seine Lippen, und ich

weiß, dass er das nur tut, um sich an mir zu rächen. »Ja. Ich möchte meinem Vater nicht sagen müssen, dass du deine Arbeit nicht getan hast, während er weg war. Oder dass du während seiner Party Gras geraucht hast.«

Ich werde blass, und meine Haut kribbelt. Verdammt nochmal. Meint er das ernst?

»In Ordnung.« Ich stoße die beiden Worte aus, obwohl ich vor Wut zittere. »Lass mich mich meine Uniform holen ...«

»Nein.« Er nimmt die Hand nicht von meinem Arm. »Es ist schon in Ordnung, wie du angezogen bist. Niemand da unten steht auf formelle Kleidung.«

Mein Blick schweift für eine Sekunde nach unten. Ich trage samtige rosa Shorts und ein dazu passendes Tanktop. Ich habe keinen BH an, und das Tanktop ist nicht durchsichtig, aber er ist anschmiegsam und dehnbar genug, um nichts der Fantasie zu überlassen. Will er, dass ich so gekleidet nach unten gehe?

»*Sofort*, Poolmädchen«, flüstert er leise, als hätte er meine Gedanken gelesen. »Zwinge mich nicht, dich feuern zu lassen. Ich weiß, dass du diesen Job behalten willst. Zumindest das glaube ich dir.«

Ich will ihn schlagen. Ich will meine freie Hand heben und ihn so fest schlagen, dass sein Kopf von der Wand abprallt. Ich tue es aber nicht. Aus mehreren Gründen. Erstens würde dabei auf jeden Fall genug Lärm entstehen, dass Dax und Chase es hören würden. Und zweitens hat er nicht unrecht. Ich will diesen Job behalten. Er hat mich verdammt nochmal in der Hand, und das weiß er genau.

Als er mein fast nicht wahrnehmbares Nicken sieht,

lässt er meinen Arm los und treibt mich nach unten in das Erdgeschoss, wo die Party weiter in vollem Gang ist.

Es ist verdammt demütigend. Er folgt mir wie ein Hundetrainer, der seine preisgekrönte Hündin vorführt, und zwingt mich, von Zimmer zu Zimmer zu gehen, leere Becher einzusammeln und Verschüttetes aufzuräumen. Savannah und Iris halten sich in einer Ecke des Ballsaals mit einer Gruppe anderer Cheerleader auf. Sie brüllen vor Lachen, bis Lincoln sie anstarrt.

Er versucht aber nicht, mich zu beschützen, da bin ich mir sicher. Er hasst sie einfach.

Während ich noch in meinem Schlafanzug putze, tauchen Dax und Chase schließlich ebenfalls wieder auf. Sie werfen mir neugierige Blicke zu, während ich den Kopf gesenkt halte und arbeite.

Sie können mich mal. Es ist ihre Schuld, dass ich das hier tun muss. Ihre und die von Lincoln.

Ich hätte ihm die Wahrheit sagen sollen.

Egal, wie sehr ich ihn damit auch verletzt hätte.

13

Als meine Mutter am Sonntagabend mit Lincolns Eltern zurückkommt und fragt, wie das Wochenende war, sage ich ihr, dass es gut lief.

Was soll ich auch sonst sagen? Würde ich erzählen, was passiert ist, würde sie aus Protest kündigen. Das wäre genauso schlimm wie wenn sie entlassen würde. Schlimmer noch, denn sie könnte nicht einmal Arbeitslosengeld beantragen, wenn sie so handelt. Also halte ich den Mund und frage sie, wie *ihr* Wochenende war.

»Es war in Ordnung.« Sie gähnt, als sie sich auf das Sofa in ihrer Wohnung fallen lässt. »Etwas seltsam, aber die Arbeit war einfach.«

»Inwiefern seltsam?« Ich setze mich neben sie.

Sie wackelt mit dem Kopf, als wüsste sie nicht, wie sie antworten soll. »Es fühlte sich ein wenig so an, als wäre ich das dritte Rad am Wagen, das mit einem

Ehepaar unterwegs ist. Aber auch so, als wäre ich irgendwie eine Art *Puffer*, wenn das Sinn macht.«

Ich schüttele den Kopf, denn das ist nicht der Fall. Nicht, dass ich erwarten würde, dass irgendetwas Sinn ergibt, wenn es um diese Familie geht.

»Äh, nein.« Sie zuckt mit den Schultern. »Vielleicht ist das bei verheirateten Paaren so. Sie sind seit, ich weiß nicht, mindestens siebzehn oder achtzehn Jahren oder so zusammen. Vielleicht ist das nach einer Weile einfach so.«

»Da bist du wohl gerade nochmal davongekommen«, scherze ich. Nach allem, was meine Mutter mir über meinen Vater erzählt hat, bin ich verdammt froh, dass sie ihn nicht geheiratet hat. Nachdem sie schwanger geworden war, hatte er ihr einen Antrag gemacht, sich dann aber bis nach meiner Geburt geziert und war ein Jahr später verschwunden. Kein großer Verlust, meine ich.

Der einzige Lichtblick des ganzen Wochenendes war, dass ich am Freitag zu einem anderen Pokerspiel gegangen bin. Dieses Mal habe ich abgeräumt. Es ist mir gelungen, das Geld, das ich an River verloren habe, zurückzugewinnen. Jetzt fühle ich mich wieder besser – auch wenn dieser verdammte Gefallen wie das Schwert des Damokles über mir hängt.

Außerdem denke ich ständig daran, was ich am Donnerstagabend im Gästezimmer gesehen habe ... Aus irgendeinem Grund verwandelt sich, wann immer ich mir vorzustellen versuche, worum River mich bitten könnte, das immer in etwas Sexuelles. Ich hasse, hasse,

hasse es, wie mein Körper bei diesem Gedanken reagiert.

»Low? Wo bist du gerade?«

Die Worte meiner Mutter dringen zu mir vor und reißen mich aus meiner Grübelei.

»Nirgendwo. Tut mir leid.« Ich schüttele den Kopf. »Ich muss schlafen gehen. Ich bin froh, dass die Reise gut verlaufen ist. Außerdem bin ich froh, dass du wieder da bist.«

Ich stehe vom Sofa auf und beuge mich über die Rückenlehne, um sie kopfüber zu umarmen.

»Ich liebe dich, Kleines«, murmelt sie.

»Ich dich auch.«

NUN, DA ICH IN DEN KORRIDOREN DER SCHULE NICHT mehr belästigt werde, verbringe ich meine Zeit hier meist mit Hausaufgaben und langen, langweiligen Referaten. Ich komme in den meisten meiner Kurse gut zurecht, obwohl der Ökonomieunterricht beschissen ist. Irgendwie überrascht es mich nicht, dass dies an einer Schule wie dieser ein Pflichtkurs ist. Ich habe aber nicht viel Interesse oder Begabung dafür. Es gelingt mir aber zumindest, eine Zwei minus zu behalten. Solange die Note nicht schlechter wird, bin ich zufrieden.

An diesem Montag schreiben wir in diesem Fach eine Klausur. Als ich meine einreiche und hinausgehe, macht sich ein schlechtes Gefühl in meiner Brust breit. Das ... hätte besser laufen können. Über das Wochenende hatte ich etwas gelernt. Lincolns verdammte Party, das Pokerspiel, zu dem ich gegangen war, und mich um die üblichen Aufgaben meiner Mutter im Haus zu kümmern, hatten mich aber abgelenkt. Außerdem bin ich seit der Party gedanklich an einem so seltsamen Ort, dass es mir schwergefallen ist, mich zu konzentrieren.

Nicht, dass Mr. Arndt diese Ausreden gelten lassen würde, selbst wenn ich sie vorbrächte.

Der Rest der Woche vergeht wie im Flug. Als wir am Donnerstag unsere Klausuren zurückbekommen, werden meine Augen groß, als ich die in der rechten oberen Ecke eingekreiste Zahl sehe.

100.

Verdammte Scheiße. Wie ist das möglich? Ich meine, ich habe auf jeden Fall mein Bestes gegeben, war aber bei einigen Fragen völlig ratlos gewesen. Habe ich einfach gut geraten?

Eine kleine Woge der Erleichterung bricht über mir herein. Ich hatte erwartet, dass ich mich anstrengen müsste, um meinen Notendurchschnitt wieder nach oben zu bringen. Dank dieser Klausur ist meine Gesamtnote jetzt eine solide Zwei. Damit kann ich auf jeden Fall leben.

Als am Ende des Unterrichts die Glocke läutet, schiebe ich die Klausur in meine Tasche und will mit den anderen Schülern das Klassenzimmer verlassen. Mr. Arndt winkt mich aber mit zwei Fingern zu sich nach vorne. »Miss Thomas? Kann ich Sie bitte kurz sprechen?«

Ich gehe in Richtung seines Schreibtisches und blicke dabei auf die Uhr an der Wand. »Ähm, ja. Sicher.

In zehn Minuten habe ich aber Mathe, und Mrs. Watson wird …«

»Machen Sie sich keine Sorgen. Ich lasse ihr von einer Aufsicht ausrichten, dass Sie etwas später kommen werden.«

»Okay«, antworte ich gedehnt und frage mich, warum zum Teufel er mich so dringend sprechen will. Nicht, dass ich es hasse, den Mathematikunterricht zu verpassen. Aber trotzdem.

»Ich möchte, dass Sie mit mir zu Direktor Osterhaut gehen«, sagt Mr. Arndt milde. In meinem Magen macht sich Nervosität breit.

»Weshalb?«

»Wir werden mit ihm darüber sprechen.« Seine Stimme ist immer noch beherrscht, fast beruhigend, aber das hilft nicht. Zum Schulleiter zu gehen hat meiner Meinung nach nie etwas Gutes zu bedeuten.

»Okay, sicher.«

Wir gehen gemeinsam den Korridor entlang. Vorbei an Schülerinnen und Schülern, die laut miteinander reden und scherzen, ihre Sachen aus den Schließfächern holen oder zu einer Klasse auf der anderen Seite des Gebäudes eilen. Das Gebäude der Linwood-Akademie ist drei Stockwerke hoch. Das Büro des Direktors und andere Verwaltungsbüros befinden sich alle im ersten Stock. Ich folge Mr. Arndt schweigend die Treppe hinunter. Als er mich in den Verwaltungstrakt führt und an die offene Tür von Mr. Osterhaut klopft, kämpfe ich darum, mir meine Nervosität nicht anmerken zu lassen.

»Ah, Miss Thomas.« Mr. Osterhaut hat dünne Beine und einen fetten Bauch, der wie eine Art seltsames

Haustier auf seinem Schoß liegt. Sein Stuhl ist von seinem Schreibtisch zurückgerollt. Er steht aber nicht auf, als wir eintreten, sondern bedeutet uns, dass wir uns setzen sollen.

»Ähm, was gibt es?«, frage ich und zerbreche mir den Kopf darüber, für was ich mich vielleicht verantworten muss. Letzte Woche habe ich unter der Tribüne einen Joint geraucht. Außer Dax und Chase hat mich aber niemand gesehen. Ich schwöre, dass diese beiden Kerle einen verdammten sechsten Sinn für so etwas haben.

»Wir haben uns gefreut, Sie an der Linwood-Akademie aufzunehmen, und Ihre akademischen Leistungen sind bisher sehr gut«, beginnt der Direktor. »Wir nehmen unseren Ruf als akademische Institution jedoch sehr ernst, Miss Thomas. Dazu gehört auch, dass wir Betrug nicht tolerieren. Wenn Universitäten den Namen Linwood auf einer Bewerbung sehen und die Noten durchgehen, die ein Schüler erreicht hat, ist es für uns wichtig, dass sie wissen, dass diese Noten *verdient* wurden. Wir beschönigen nichts und vergeben nicht so einfach Bestnoten. Wenn ein Schüler hier brilliert, dann deshalb, weil er Zeit und Arbeit investiert hat, um gute Noten zu erreichen.

»Okay.« Ich ziehe die Stirn kraus und blicke von ihm zu Mr. Arndt.

Der dunkelhaarige Lehrer schnalzt mit der Zunge. »Harlow, niemand hat bei der Klausur einhundert Punkte erreicht – außer Ihnen.«

»Nun, die Klausur war schwer.«

»Das war sie.« Er stützt die Ellenbogen auf die

Armlehnen des Stuhls und legt die Hände zusammen. »Bei allen bisherigen Klausuren haben Sie nie mehr als neunundsiebzig Punkte erreicht.«

»Ich habe viel gelernt«, sage ich, obwohl das nicht stimmt. Ich beginne zu verstehen, worauf er hinauswill, aber das ergibt keinen Sinn. »Ich habe nicht betrogen.«

»Ich sage nicht, dass Sie das getan haben …«

»Doch, das haben Sie«, unterbreche ich ihn. »Deshalb haben Sie mich hierhergebracht, nicht wahr?«

Er sieht weg, und ich weiß, dass ich recht habe. Er sagt aber nur: »Ich wollte nur ein offenes Gespräch mit Ihnen und Direktor Osterhaut führen.«

»Nun, ich habe nicht geschummelt. Offener kann ich es nicht sagen.«

Er seufzt, und Mr. Osterhaut schiebt seinen Stuhl ein wenig nach vorne.

»Zum jetzigen Zeitpunkt können wir nicht beweisen, dass Sie die Klausur manipuliert haben, Miss Thomas. Wir werden der Sache aber nachgehen. Sollten wir Beweise dafür finden, dass Sie betrogen haben … Nun, es wäre besser, wenn Sie jetzt reinen Tisch machen würden.«

»Da gibt es nichts zu bereinigen«, bleibe ich stur, und meine Wangen erwärmen sich. »Ich habe nicht betrogen.«

»In Ordnung.« Mr. Osterhaut nickt, aber ich weiß, dass er mir nicht glaubt. »Nun, Mr. Arndt wird ein Auge auf Ihre zukünftigen Hausarbeiten und Prüfungen behalten. Wenn Sie sich entscheiden, diesem Gespräch etwas hinzufügen zu wollen, können Sie jederzeit mit ihm oder mir sprechen. Sollten unsere

Nachforschungen etwas ergeben, werden wir Ihre Eltern kontaktieren müssen.«

»Meine Mutter«, korrigiere ich ihn.

»Ja. Nun gut.« Er lehnt sich zurück. »Danke, dass Sie mit uns gesprochen haben. Ich denke aber, Sie sollten wissen, dass wir an dieser Schule Betrug absolut nicht tolerieren. Denken Sie künftig daran.«

Ich blinzele und blicke dann zu Mr. Arndt hinüber. Sein Gesichtsausdruck ist betont neutral. Ich weiß, dass er mich auch für schuldig hält. Er will es aber nicht offen zugeben. Er mag mich oder hat mich zumindest früher gemocht. Hoffentlich geht er nicht davon aus, dass ich bei jedem meiner zukünftigen Projekte betrügen werde.

Ich verstehe aber nicht, wie das überhaupt geschehen konnte. Ich habe noch nie geschummelt in der Schule. Das hatte ich noch nie nötig gehabt. Ich bin klug und arbeite hart genug, um die Art von Noten zu bekommen, mit denen ich leben kann, ohne auf unlautere Mittel zurückgreifen zu müssen.

»Ja, danke. Das werde ich«, murmele ich, schnappe mir dann meinen Rucksack und verlasse den Raum.

Ich komme zu spät in den Matheunterricht. Miss Becker sagt aber nichts. Sie muss die Nachricht erhalten haben, die Mr. Arndt ihr geschickt hat. Vom Mathematik- und dem anschließenden Geschichtsunterricht bekomme ich nicht viel mit. Ich starre auf meinen Schreibtisch und versuche herauszufinden, wie ich in der Klausur, für die ich nicht genug gelernt hatte, so gut habe abschneiden können. Meiner Meinung nach ist es immer noch möglich, dass ich mit meinen Vermutungen einfach verdammt viel Glück hatte. Aber weder der Schulleiter noch mein Lehrer scheinen davon überzeugt zu sein.

Als ich kurz nach drei Uhr nachmittags die Eingangstreppe der Schule hinuntergehe, ist mein Magen wie zugeschnürt, und ich fühle mich krank.

»Herzlichen Glückwunsch zu deiner perfekten Klausur«, kräht eine kränklich-süße Stimme links von mir. Als ich aufsehe, erblicke ich Savannah, die mich anlächelt. Sie lehnt an einer niedrigen Ziegelmauer, die den Bürgersteig auf dieser Seite der Schule begrenzt. Ihr Gesicht ist zu einer selbstgefälligen Maske verzogen.

Verdammte Scheiße.

Natürlich.

Ich habe beim Test nicht geschummelt, aber jemand hat es getan – in meinem Namen. Wahrscheinlich in der Gewissheit, was passieren würde, wenn die Punktzahlen berechnet werden. Seit sie Trent bei dem Versuch erwischt hat, mich anzumachen, ist sie stinksauer auf mich. Anstatt meine Klausur zu sabotieren, hat sie lieber dafür gesorgt, dass ich *zu* gut abgeschnitten habe. Was noch schlimmer ist. Eine schlechte Note hätte ich verkraften können. Das hier könnte aber dazu führen, dass ich aus der Schule geworfen werde.

Ich bleibe wie angewurzelt stehen und drehe mich langsam zu ihr um. Ihre übliche Rückendeckung in Form der anderen Cheerleader und Iris fehlt heute – vielleicht sind sie sich diese Woche wieder einmal spinnefeind. Was auch immer der Grund ist, ich bin froh, dass sie allein ist.

Weil ich ihr gleich den Hintern versohlen werde.

In einen Faustkampf war ich noch nie verwickelt gewesen. Ich bin kein gewalttätiger Mensch. Nach all dem Mist, der in den letzten Wochen passiert ist, und meiner Erschöpfung, weil ich ständig wachsam sein muss, den Hirnficks und dem ganzen anderen Scheiß, stehe ich aber kurz davor, zusammenzubrechen. In mir ist Energie wie ein flüssiger Blitz aufgestaut, die nur darauf wartet, auf jemanden gerichtet zu werden.

Warum nicht auf diese Schlampe?

»Ich wusste, dass sie herausfinden würden, dass es ein Betrug war, wenn du in deinem Wirtschaftskurs gut abschneidest.« Sie lächelt boshaft. »Meine Freundin Megan ist in dieser Klasse, und sie sagt, dass du nie die richtige Antwort weißt, wenn Mr. Arndt dich aufruft. Warum bin ich nicht über ...«

Der Rest des letzten Wortes verwandelt sich in einen schrillen Schrei, als ich meine Faust seitlich in ihr Gesicht treibe. Ich habe nicht viel Schwung aufnehmen können, also war es nicht der härteste Schlag der Welt. Savannah ist aber kein zäher Knochen. Ihr Kopf peitscht seitwärts, und sie reißt eine Hand hoch, die sie auf ihre Wange legt. Mit der anderen stützt sie sich an der Wand ab, damit sie nicht zu Boden geht, als sie taumelt.

Dann richtet sie sich wieder auf und blinzelt mehrmals schnell, während sie mich anstarrt. »Du ... du ...«

Ich lasse ihr nicht die Zeit, über eine perfekte Beleidigung nachzudenken. Stattdessen lasse ich meinen Rucksack auf den Bürgersteig fallen und stürze mich auf sie. Sie hebt die Arme, und es gelingt ihr, meinen nächsten Schlag abzuwehren. Ich hake aber ein Bein hinter eines der ihren und drücke gegen sie. Dann gehen wir beide zu Boden. Ich lande auf ihr und benutze die Position, um an ihrem knallroten Haar zu zerren – stark. Sie kreischt versucht, mir ihre Fingernägel ins Gesicht zu krallen.

Während wir kämpfen, dringen die Geräusche aus der Umgebung zu mir durch. Ich bin mir vage bewusst, dass sich eine Menschenmenge versammelt, die pfeift und johlt. Aber das ist mir egal. Zumindest so lange, bis zwei große Hände auf meinen Schultern landen und mich von dem kreischenden Cheerleader wegzerren. Ich rappele mich auf blicke in Mr. Arndts wütendes Gesicht.

»Miss Thomas.« Seine Mund wird zu einem Strich. »Ich denke, wir müssen nochmal zu Mr. Osterhaut gehen.«

SAVANNAH UND ICH WERDEN ZUSAMMEN IN DAS BÜRO des Direktors verfrachtet. Ihre Lippe ist geplatzt und ihre Haare sind durcheinander. Sie weint sehr viel, und es gibt mehrere Zeugen, die bestätigen können, dass ich als Erste zugeschlagen habe. Ich sage Osterhaut, dass sie im Grunde zugegeben hat, meine Klausur manipuliert zu haben. Er hört aber nicht zu und es scheint ihm egal zu sein.

Ich muss nachsitzen, und Savannah wird nach Hause geschickt.

Von heute an muss ich während der nächsten zwei Wochen jeden Tag nach der Schule bleiben. Außerdem werden sie meine Mutter anrufen, um zu berichten, was geschehen ist.

Großartig.

Begleitet von Mr. Arndt, stampfe ich den Korridor entlang. Er wünscht sich wahrscheinlich, er wäre jetzt zu Hause und würde ein kaltes Bier trinken, anstatt einen mürrischen Teenager zu seiner Bestrafung zu begleiten.

Er setzt mich in dem großen Saal ab, und der Hilfslehrer meldet mich an.

Als ich mich umdrehe, um mir einen Platz zu suchen, zögere ich eine Sekunde lang. River sitzt an einem Schreibtisch in der hinteren Reihe und sieht mich mit einem überraschten Gesichtsausdruck an. Es ist nicht so, als wären wir Freunde. Dennoch gehe ich nach hinten und setze mich auf den Platz neben ihm. Warum, weiß ich selbst nicht genau.

Als ich mich auf den Stuhl setze, dreht er sich zu mir um. Sein Blick ist immer noch auf mein Gesicht gerichtet.

»Warum bist du hier?«, flüstert er mir zu.

»Ich habe Savannah verprügelt.«

Einen aufrichtigeren Ausdruck als das Grinsen, das er mir zuwirft, habe ich bei ihm noch nie zuvor gesehen.

14

Meine Mutter ist nicht gerade glücklich, dass ich einen Streit mit einem anderen Mädchen angezettelt habe. Sie hört sich aber zumindest meine Version der Geschichte an. Sie scheint sich damit zufriedenzugeben, die zwei Wochen Nachsitzen als meine einzige Strafe durchgehen zu lassen, und brummt mir nicht noch zusätzlich Hausarrest oder so etwas auf.

Ich denke, ihre Nachsicht ist zum Teil darauf zurückzuführen, dass sie gut gelaunt ist, weil sie eine Verabredung hat. Sie will mir aber nicht sagen, mit wem. Sie behauptet, sie wolle es nicht verschreien, bis sie sicher ist, ob es sich überhaupt lohnt, mehr zu investieren. Trotzdem ist sie vor Aufregung ganz aus dem Häuschen.

Ich freue mich.

Nicht so sehr, weil sie mich gnädig behandelt, sondern weil sie schon lange nicht mehr mit jemandem ausgegangen ist. Außerdem gefällt es mir, wenn sie glücklich ist. Ich wünsche mir aber, sie würde mir sagen, wer der Clown ist, damit ich verdammt nochmal im Internet Nachforschungen über ihn anstellen kann.

Nun gut. Wenn sie noch einmal miteinander ausgehen, werde ich dafür sorgen, dass sie auspackt. Normalerweise ist sie ohnehin nicht gut darin, Geheimnisse zu bewahren.

Am Samstagabend, zwei Tage nach meinem kleinen Gerangel mit Savannah, kommt meine Mutter in mein Zimmer, um sich von mir zu verabschieden, bevor sie ausgeht. Sie sieht hinreißend aus. Ihr dunkelbraunes Haar ist in einem lockeren, lässigen Stil hochgesteckt. Sie trägt ein teegrünes Top, das stilvoll und zugleich schmeichelhaft ist.

Ich merke, dass sie aufgeregt und nervös ist. Also gebe ich *Ohs* und *Ahs* von mir, als ich sie sehe. Dann küsse ich sie auf die Wange und schicke sie auf den Weg. Ich ringe ihr das Versprechen ab, bis Mitternacht wieder zu Hause zu sein und ein Kondom zu benutzen. Ich muss sie schließlich ein bisschen necken, nicht wahr?

Sobald sie weg ist, ziehe ich meinen Schlafanzug an und lege mich aufs Bett, um zu lesen. Lauren hat mir von einer Party erzählt, die heute Abend stattfindet. Im Augenblick bin ich aber nicht in der Stimmung dafür. Ich verdaue immer noch die letzte Party, an der ich *teilgenommen* habe.

Ich beginne gerade ein neues Kapitel, als es an meiner Tür klopft. Überrascht blicke ich auf. Es ist erst etwas mehr als eine Stunde vergangen. Wenn meine

Mutter schon zurück ist, muss das die schlimmste Verabredung der Geschichte gewesen sein.

»Ja?«, rufe ich. »Komm rein!«

Die Tür geht auf, aber es ist nicht meine Mutter, die eintritt.

Es ist Lincoln.

Ihm folgen Dax, Chase und River.

Das ist so seltsam und kommt so unerwartet, dass ich sofort auf den Beinen bin. Lincoln war seit dem Morgen, an dem er hereingeplatzt ist, als ich nackt war, nicht mehr in meinem Zimmer. Die anderen noch nie. Sie tragen alle dunkle Kleidung, und ihre Mienen sind ernst.

»Was?«, platzt es aus mir heraus. Ist meiner Mutter etwas zugestoßen? Aber warum sollten dann ausgerechnet sie diejenigen sein, die zu mir kommen und es mir sagen?

»Wir brauchen dich«, sagt Lincoln einfach.

Ich blinzele. »*Was?*«

»Der Gefallen, den du mir schuldest«, stellt River klar. »Ich fordere ihn jetzt ein.«

Oh.

Scheiße.

Ich schlucke, werfe mein Buch aufs Bett und verschränke die Arme vor der Brust. Dabei bin ich mir wieder bewusst, dass ich erneut mit nichts außer einem dünnen Tanktop und kurzen Shorts vor den Jungen stehe.

»Ach ja? Was willst du?«

Meine Worte klingen beinahe herausfordernd. Aber nur, weil ich sie aus meinem Mund zwingen muss, der sich vor Panik schließen will. Ich bin mir nicht sicher, ob ich mir anhören will, was er sagen wird.

»Hier. Zieh das an.« Er wirft ein kurzes, schwarzes Kleid auf das Bett. Ich starre es aber an, als wäre es eine Schlange, die dabei ist, zuzuschlagen. Er verdreht die Augen. »Komm schon. Wir haben nicht die ganze Nacht Zeit.«

Nein. Auf gar keinen Fall.

Ich hebe mein Kinn höher und fixiere ihn mit einem festen Blick. Ich werde überhaupt nichts tun, bis die Jungen mir sagen, was los ist. »Was passiert, *nachdem* ich das da angezogen habe?«

River scheint nicht geneigt zu sein, mir zu antworten. Chase tritt jedoch vor und bringt seinen Charme voll zur Geltung. »Nicht viel. Du musst dich nur als Kellnerin in einem Stripklub ausgeben.«

»*Was?*« Meine Augen werden groß.

»Was ist? Glaubst du, dass dir das niemand abkaufen wird?« Er sieht mich an und schmunzelt. »Glaub mir, Poolmädchen. Das wird man.«

»Warum?«, frage ich krächzend.

»Weil Trent Calloway heute Geburtstag hat, und er ihn dort feiern wird. Du musst dich nach oben schleichen und Videos machen, wenn er einen privaten Lapdance bekommt.«

Jedes kleine bisschen Information, das sie hinzufügen, verwirrt mich nur noch mehr. »Warum?«, wiederhole ich.

Chase seufzt, als müsste er es jemandem erklären, der nicht der Hellste ist. »Er ist in letzter Zeit etwas größenwahnsinnig geworden. Wir brauchen nur ein kleines Druckmittel, um ihn bei der Stange zu halten, wenn das nötig werden sollte.«

»Ihr wollt ihn erpressen?«

»Sie hat's kapiert!« In einer übertriebenen Geste der Erleichterung hebt er die Hände über den Kopf. Dann grinst er mich an. »Ja, so ist es.«

»Ihr wollt also, dass ich ihn filme, während er einen Lapdance bekommt.«

»Ja. Er ist der Kapitän der Footballmannschaft. Das widerspricht seinem Image eines braven Jungen. Außerdem sind seine Eltern erzkonservativ. Er wird auf keinen Fall wollen, dass die Aufnahmen veröffentlicht werden.«

»Was erhofft ihr euch davon?«, frage ich misstrauisch. Ich bin nicht daran interessiert, diesen Typen zu helfen, das Leben von jemandem zu zerstören. Auch wenn Trent ein ziemliches Arschloch ist. Genau wie sie.

»Um ihn von unserem Territorium fernzuhalten, das ist alles. Er hat sein Football. Er braucht nicht die ganze Schule.« Chase legt den Kopf zur Seite, als wäre er von meiner moralischen Stärke beeindruckt, dass ich das nicht tun will. »Wir werden es nur veröffentlichen, wenn es unbedingt notwendig ist. Wahrscheinlich wird die einzige Person, die das Video zu sehen bekommt, er selbst sein. Das wird reichen.«

»Ohne Hin oder Her«, sagte River leise.

Ich richte meinen Blick auf ihn.

Klar. Das waren die Bedingungen des verdammten Einsatzes.

Nun ja. Zumindest hat Chase beschlossen, mir

etwas zu sagen. Das ist dumm und unreif. Auf der anderen Seite ist es aber nicht annähernd so schlimm wie einige der Szenarien, die ich mir vorgestellt habe.

»Prima. Gebt mir zwei Minuten.« Ich schnappe mir das Kleid und gehe ins Badezimmer.

»Lass dir Zeit«, ruft Lincoln mir nach, und ich kann geradezu hören, wie er dabei grinst.

Diese Idioten. Ich bin mir sicher, dass es hier wirklich darum geht, Trent in eine Falle zu locken. Ich bin mir aber auch sicher, dass sie es verdammt genießen, dass es ihnen gelungen ist, für mich eine kleine zusätzliche Demütigung einzubauen.

Das Kleid passt perfekt. Ich weigere mich, darüber nachzudenken, woher sie wussten, welche Größe ich trage. Es ist aufreizend und eng geschnitten, unten kurz und oben tief ausgeschnitten, sodass mein Dekolleté gut sichtbar ist. Ich ziehe alles zurecht und lege etwas zusätzliches Make-up auf. Dann ziehe ich meine Haare zu einem hoch sitzenden Pferdeschwanz.

Als ich das Badezimmer verlasse, bin ich darauf vorbereitet, dass sie lachen und mir Witze an den Kopf werfen könnten.

Sie tun aber weder das eine noch das andere.

Sie sehen mich alle ernst an. Ihre Blicke bewegen sich in einer viergeteilten Woge an meinem Körper auf und ab. Ich spüre, wie ich rot werde und sich eine erregte Wärme in meiner Brust ausbreitet, als sie mich langsam mustern.

Dann nickt Lincoln einmal. »Gut. Schuhe?«

Ich schüttele den Kopf und versuche, wieder klar zu denken. »Ähm, ja. Ich habe ein Paar.«

Ein schlichtes Paar schwarzer Stöckelschuhe steht in meinem Schrank. Nichts Ausgefallenes, aber sie passen gut zum Kleid. Ich ziehe sie an, greife mir meine Jacke und schiebe meine Brieftasche und mein Telefon in deren Taschen. Ich werde zumindest so lange bedeckt bleiben, bis wir unser Ziel erreichen. Es ist Ende Oktober, also ist es draußen nicht gerade warm.

Der Klub liegt am anderen Ende der Stadt. Als wir vorfahren, strecke ich meinen Hals, um an Chases kräftiger Schulter vorbeisehen zu können. Irgendwie ist es dazu gekommen, dass ich zwischen den beiden Zwillingen gelandet bin. »Hier? Hier feiert Trent seinen Geburtstag?«

»Es ist der einzige Ort in der Nähe von Fox Hill, an dem keine Alterskontrollen stattfinden. Hier könnte auch ein Zwölfjähriger einen Lapdance bekommen«, informiert mich Lincoln vom Fahrersitz aus.

»Oh, toll.«

Der Klub befindet sich auf der gegenüberliegenden Seite der breiten, leeren Straße. Viel mehr gibt es hier nicht. Einige andere Gebäude, die wie Lagerhäuser wirken, sind am Ende der Straße zu sehen. Sie sind aber dunkel – entweder für die Nacht geschlossen oder verlassen.

Verdammt nochmal. Ich kann nicht glauben, dass ich, wie eine Cocktail-Kellnerin gekleidet, im Begriff bin, in einem schäbigen Stadtteil in einen schäbigen Stripklub zu gehen. Seit ich in Fox Hill angekommen bin, habe ich viel seltsamen Mist erlebt. Das hier wird auf jeden Fall unter die Top fünf kommen.

»Okay, was soll ich tun?«, frage ich.

»Geh einfach rein. Das ist der einfache Teil. Wie ich schon sagte, lassen sie jeden rein. Dann schnapp dir ein Tablett oder so etwas und warte, bis Trent für einen Lapdance in die Privaträume im zweiten Stock geht. Sie haben keine Türen, sondern nur Vorhänge – wegen der Sicherheit der Tänzerinnen und Tänzer. Es sollte also leicht sein, den Vorhang beiseitezuschieben und ein Video aufzunehmen. Wir brauchen mindestens dreißig Sekunden. Wenn sein Schwanz aus der Hose ist, umso besser.«

Mir dreht sich der Magen um, aber ich nicke. Ich werde mich nicht drücken können. Je früher ich es also hinter mich bringe, desto besser. Ich ziehe die Jacke aus, behalte mein Telefon und meine Brieftasche bei mir und drücke Chase dann gegen die Schulter. Bevor er die Tür öffnet und aus dem Auto steigt, um mich herauszulassen, grinst er mich an und zwinkert mir zu.

Als er wieder einsteigt und die Tür zuschlägt, gehe ich zu Lincoln, der das Fahrerfenster heruntergelassen hat. »Wo werdet ihr sein?«

»Um die Ecke.« Er nickt in Richtung einer Seitenstraße. »Wir werden ein Stück in sie einbiegen und dort warten. Ruf an, wenn du etwas brauchst.«

Er rasselt seine Nummer herunter. Ich beeile mich, sie in mein Telefon zu speichern. Ich will sie nicht haben, aber ihn erreichen können, falls etwas schiefgeht.

»In Ordnung. Wir sehen uns bald wieder.«

Ich warte nicht auf eine Antwort, drehe mich auf dem Absatz um und gehe schnell auf das Gebäude zu.

Es ist kalt hier draußen. Das Kleid, das ich trage, schützt mich nicht vor den Elementen.

Sie hatten recht damit, wie einfach es ist, hineinzukommen. Der Typ an der Tür inspiziert meine Brüste sehr gründlich, verlangt aber keinen Ausweis von mir.

Ein offensichtlicher Haken an dem Plan der Jungs, auf den keiner von ihnen näher eingehen wollte, ist, dass Trent weiß, wer ich bin. Wenn er mich sieht und erkennt, wird es viel schwerer werden, mich während seines Lapdances an ihn anzuschleichen. Zum Glück ist der Klub nur schwach beleuchtet. Außer auf der Bühne, wo gelangweilt aussehende Frauen mit Nippelquasten und G-Strings um Stangen kreisen.

Mein Herz pocht in meiner Brust, während ich mich an den Rand des Raumes zurückziehe und versuche, mir die Gäste anzusehen, ohne selbst aufzufallen. Trent ist leicht auszumachen. Er trägt eine Plastikkrone und ist von mehreren großen Kerlen umgeben, von denen ich weiß, dass sie ebenfalls Footballspieler sind. Es sieht so aus, als wären sie schon eine Weile hier. Ich hoffe, dass er seinen Geburtstags-Lapdance noch nicht bekommen hat.

Sie sitzen nahe an der Bühne. Er wedelt der Frau, die ihm am nächsten ist, mit einem Geldschein zu. Sie kriecht zu ihm, dreht sich um und drückt ihm ihren Hintern entgegen, während er ihr den Dollar in den String steckt. Der aktuelle Song endet, und ein neuer beginnt. Mir kommt zum ersten Mal der Gedanke, dass das hier eine Weile dauern könnte. Auf einem Tisch in der Nähe sehe ich ein Tablett. Ich schnappe es mir, lehne mich dann an die Wand und hoffe, dass mich hier niemand tatsächlich mit einer Kellnerin verwechselt und versucht, ein Getränk zu bestellen.

Vier Songs vergehen, bis die Meute der Jungs um Trent laut johlt und in Jubel ausbricht. Sie klatschen ihm auf den Rücken und zwingen ihn aus seinem Sitz, als einer von ihnen eine Frau herbeiwinkt, die gerade von der Bühne kommt. Sie nickt und geht nach oben.

Na endlich.

Ich richte mich auf und drücke mich von der Wand ab. Ich sollte ihm einen kleinen Vorsprung geben, damit er mich nicht sieht. Ich muss nur sicherstellen, dass ich mitbekomme, in welchen Raum er geht. Gott bewahre, dass ich den falschen Mann filme, wie er einen privaten Lapdance bekommt.

Bevor Trent jedoch die Treppe erreicht, tönt ein lauter Schrei über die Musik im Klub hinweg.

»Du verdammtes Arschloch!«

Ich drehe den Kopf in Richtung der Tür und blinzele überrascht.

Iris? *Was zum Teufel soll das?*

Sie stürmt wütend und aufgebracht auf Trent zu. Ihre Wimperntusche ist ein wenig verschmiert, und es sieht aus, als hätte sie geweint.

»Deshalb konntest du mich heute Abend nicht treffen? Fick dich!« Ihre Stimme ist schrill und rau. Ich bemerke, wie einige der Tänzerinnen verärgert in ihre Richtung sehen. Ich bin sicher, dass sie solche Szenen schon mehr als einmal erlebt haben.

Trent erstarrt eine Sekunde lang und wirkt wie ein Reh im Scheinwerferlicht. Dann streckt er seine Hände aus und geht auf Iris zu, die in seine Richtung stürmt. »Baby, ich …«

Den Rest seiner Antwort kann ich nicht hören, weil er nicht so laut schreit wie sie. Was immer er sagt, beschwichtigt sie aber nicht. Sie stößt ihm beide Hände vor die Brust, und eine Sekunde später steht der Türsteher zwischen ihnen. Er spricht eindringlich zu beiden und zeigt auf die Tür.

Trent winkt seinen Freunden zu, die sich zurückhalten. Sie haben sich offensichtlich entschieden, sich nicht einzumischen. Dann stürmt er mit Iris auf den Fersen in Richtung des Ausgangs.

Scheiße. Das war es dann wohl mit einem Lapdance.

Sind Iris und Trent zusammen? Ich dachte, sie und Savannah würden immer noch um ihn streiten. Ich habe nicht gewusst, dass sich eine von ihnen tatsächlich an ihn herangemacht hat. Ich frage mich, ob Savannah davon weiß.

Es hat keinen Sinn, in diesem beschissenen Klub zu bleiben, wenn Trent nicht mehr hier ist. Also schleiche ich mich zum Ausgang und nach draußen. Er und Iris sind vor der Tür nach links abgebogen und gehen schnell den rissigen Bürgersteig entlang. Ich husche hinter eines der auf der Straße geparkten Autos.

»Was hast du hier zu suchen, Iris?«, fährt er sie an. »Wie bist du überhaupt hierhergekommen?«

»Ich habe ein Taxi genommen«, wirft sie ihm an den Kopf, als wäre das ein vernichtender Beweis gegen ihn. »Ich musste einfach wissen, ob ich recht hatte. Und so ist es, verdammt nochmal! Deshalb hast du mich versetzt? Um Dollarnoten in die Fotze einer Hure zu stopfen?«

Igitt. Iris benutzt, wenn sie wütend ist, offensichtlich eine blumige Ausdrucksweise.

»Nein, Baby. So war es nicht. Einige der Jungs …«, setzt Trent in einem verteidigenden Tonfall an.

»Ich will keine Ausreden, Trent!«, schreit sie. »Verstehst du das? Ich will eine aufrichtige Beziehung. Das. Hier. Ist. Ernst.« Sie hält einen Augenblick inne. Als ich einen Blick um das alte Auto werfe, sehe ich, wie sie ihn einige Meter von mir entfernt mit zusammengekniffenen Augen anstarrt. »Du bist nicht der Einzige, der sich für mich interessiert. Du kannst mich nicht haben, wann du willst, und mich abservieren, wenn es dir gefällt. Ich brauche einen *richtigen* Mann. Jemanden, der für mich da ist. Jemanden, der sich um mich kümmert. Wenn du das nicht kannst, dann werde ich jemanden finden, der es kann!«

Ich kann das Gesicht des blonden Footballspielers nicht sehen, bemerke aber, wie sein Rücken steif wird. »Prima. Dann such dir einen anderen. Ich habe diese Scheiße satt. Verdammt nochmal. Ich gehe nach Hause.«

Er reißt sich die Plastikkrone vom Kopf, wirft sie auf den Boden, dreht sich um und beginnt, in meine Richtung zu marschieren. Für einen Moment gerate ich in Panik. Sein Auto ist aber zwei Plätze vor demjenigen geparkt, hinter dem ich mich verstecke. Als ich höre, wie er seine Tür öffnet und wieder schließt, kauere ich an der hinteren Stoßstange nieder. Eine Sekunde später heult der Motor auf, und der Wagen fährt schnell davon. Ich verrenke mir den Hals, um ihm nachzusehen.

»Auf Nimmerwiedersehen, du verdammtes Arschloch«, schreit Iris den Rücklichtern nach, als sie immer kleiner werden. Dann greift sie nach einer leeren Colaflasche, die auf dem Bordstein liegt, und schleudert sie ihm hinterher.

Ich sinke wieder hinter das Auto und lehne mich kurz mit dem Hinterkopf an die glatte Metalloberfläche. Dabei versuche ich, das Geschehene zu verarbeiten. Iris ist der letzte Mensch, den ich hier zu sehen erwartet habe. Da die Jungs von Trents Geburtstagsplänen erfahren haben, glaube ich aber, dass es keinen Grund gibt, dass sie es nicht ebenfalls mitbekommen hat. Offensichtlich gefiel ihr das überhaupt nicht.

Wenn sie mich hier sieht oder herausfindet, dass ich gerade Zeuge ihres Ausbruchs mit Trent geworden bin, wird sie wahrscheinlich Savannah anheuern, um mir das Leben zur Hölle zu machen. Also bleibe ich tief hinter die Autos geduckt, während ich mich in die entgegengesetzte Richtung aufmache. Mit Absätzen und einem hautengen Kleid ist das ziemlich unangenehm. Mir geht es aber darum, dass mich niemand sieht.

Als ich weit genug weg bin, riskiere ich es, aufzustehen und durch die Dunkelheit in Richtung der Seitenstraße zu eilen, in der Lincoln parken wollte. In diesem Teil der Stadt gibt es praktisch keine Straßenlaternen. Vor dem Klub selbst steht nur eine große, blinkende Leuchtreklametafel, sodass das bisschen Mondlicht ein Segen ist.

Das Auto, das einige Meter entfernt in der Seitenstraße geparkt ist, sehe ich fast nicht. Als ich die schmale Straße hinuntergehe, bekomme ich Angst, dass sie abgehauen sind und mich hier zurückgelassen haben. Dann entdecke ich es aber.

Als ich die Tür an Chases Seite aufziehe, nehme ich mir nicht die Zeit, zu warten, dass er aussteigt. Ich gebe ihm einen Schubs. Als er zur Seite rutscht, steige ich neben ihm ein.

»Also?« Lincoln dreht den Kopf und blickt zu mir nach hinten. »Hast du es?«

»Nein.«

Er wirft mir in der Dunkelheit einen finsteren Blick zu. »Was? Warum nicht? Verdammt, Poolmädchen, du schuldest River …«

»Scheiße, ich hab's versucht«, sage ich gereizt. »Ich konnte nicht filmen, weil Iris aufgetaucht ist.«

Chase runzelt die Stirn. »Was?«

»Ich hab's dir gerade gesagt.« Ich zucke mit den Schultern. »Sie ist in den Klub gestürmt und hat ihn nach draußen gezogen. Anscheinend hat er sie für die Stripperinnen versetzt.«

»Wusstest du, dass sie zusammen sind?«, fragt Dax. Ich bin mir nicht sicher, an wen er sich wendet, aber niemand antwortet mit Ja.

»Wie auch immer«, fahre ich fort, »Trent ist gegangen. Wenn ihr belastendes Filmmaterial von ihm bekommen wollt, müsst ihr es euch ein anderes Mal besorgen.«

»Scheiße!« Lincoln schlägt mit der Faust gegen das Lenkrad. »Das glaube ich einfach nicht.«

»Du kannst es ruhig glauben.« Ich beuge mich über Chase und ignoriere, wie der Geruch nach Bergamotte, der von ihm ausgeht, in meiner Nase kitzelt. »Sieh mal. Das ist Iris. Da drüben.«

Ich zeige mit dem Finger durch die Windschutzscheibe in Richtung der größeren Straße an der nächsten Kreuzung. Einige Meter vor uns wandert dort Iris herum und sieht auf ihr Telefon.

»Scheiße.« Lincoln schüttelt den Kopf. »Tja, ich schätze, dass wir …«

Plötzlich erklingt das Geräusch eines laut aufheulenden Motors. Eine dunkle Limousine rast wie aus dem Nichts heran und kracht mit hoher Geschwindigkeit in sie hinein. Erst dann bremst der Fahrer.

Der Körper von Iris fliegt fast aufrecht in einem hohen Bogen durch die Luft.

Sie schlägt hart auf dem Boden auf und bleibt zusammengesunken still liegen.

So still.

Viel zu still.

15

Lincoln bleiben die restlichen Worte im Hals stecken, als wäre auf der ganzen Welt der Ton abgeschaltet worden.

Im Auto scheint kein Sauerstoff mehr vorhanden zu sein.

Ich kann nicht atmen.

Ich kann nicht glauben, dass das, was ich gerade gesehen habe, tatsächlich geschehen ist. *Es hat nicht echt ausgesehen*.

Die Fahrertür der schwarzen Limousine öffnet sich, und eine schwarz gekleidete Gestalt steigt aus. Ich glaube, es ist ein Mann. Er sieht sich um und wirft einen Blick die Straße hinauf und hinab. Erst dann geht er zu der unbeweglichen Gestalt, die vor seinem Auto liegt.

Seine Bewegungen wirken geschmeidig und kontrolliert, als er sich zu Iris' Körper beugt, eine Hand nach ihr ausstreckt und sie für einen Moment dort lässt. Dann sucht er die Straße erneut ab. Obwohl sein Blick nicht auf uns landet, drücke ich mich unwillkürlich an

Chase und suche bei ihm Schutz vor dem fremden, viel zu ruhigen Mann.

Und dann sehe ich sie.

Die Maske.

Er trägt eine schwarze Skimaske, die seinen Kopf außer Augen und Mund verdeckt. Weil das Licht so schwach ist und mein Verstand versucht hat, zu viele Dinge auf einmal zu verarbeiten, habe ich sie zunächst nicht bemerkt.

Was?

Warum?

Ich bin vor Entsetzen erstarrt. Mein Brustkorb zieht sich zusammen, als der Mann aufsteht und zu seinem Fahrzeug zurückkehrt. Aus den Augenwinkeln nehme ich eine Bewegung wahr, die, dafür sorgt, dass ich zusammenzucke. Mein Herz schlägt mir bis an den Hals, als Lincoln sein Telefon hebt und in schneller Folge einige Fotos macht.

Der Teil meines Verstandes, der in Panik ausgebrochen ist, erwartet, dass der Blick des maskierten Mannes auf uns fallen wird. Wie eine Art robotischer Mordmaschine, die von dieser winzigen Bewegung angezogen wird. Der Mann steigt aber wieder in sein Auto, schließt die Tür, fährt um den Klumpen auf der Straße herum und rast in die Nacht davon. Ich bemerke, dass seine Scheinwerfer nicht eingeschaltet sind.

Das waren sie nie.

Sekunden verstreichen. Mit jeder Sekunde, die vergeht, schlägt mein Herz schneller. Als ich gesehen habe, wie der Mann sich über den Körper von Iris gebeugt hat, hatte sich mein Herz angefühlt, als würde es kaum noch schlagen. Jetzt rast es aber in meiner Brust, galoppiert in einer halsbrecherischen Geschwindigkeit, als wüsste es, dass sein eigenes Ende naht.

Meine Augen brennen, aber mir kommen keine Tränen.

Ich kann das nicht glauben.

Plötzlich bewegt sich mein Körper wie von allein und überrascht selbst mich. Ich greife nach dem Türgriff und ziehe mit tauben, zitternden Fingern daran. Chase hält mich aber zurück, bevor ich die Tür öffnen kann, indem er seine Arme um mich schlingt.

»Was zum Teufel machst du da, Poolmädchen?«

»Ich muss ... Wir müssen ...« Ich taste erneut nach dem Griff. Panik steigt wie eine Flutwelle in meiner Brust auf. Ich weiß nicht einmal, was wir tun sollen. Nur, dass wir etwas tun müssen. Irgendetwas.

»Nein.« Lincolns Stimme ist rau wie Kies. »Es gibt nichts, was wir tun können. Sie ist verdammt nochmal tot.«

»Aber wir müssen ...«

Meine Stimme überschlägt sich und meine Bewegungen werden noch verzweifelter, als Lincoln den Motor anlässt.

Nein. Nein, nein, nein. Das ist nicht richtig. Nichts von alldem ist richtig.

Der Motor läuft mit leisem Geräusch im Leerlauf. Erneut erwartet der irrational verängstigte Teil meines Verstandes, dass der Mann in Schwarz um die Ecke schießt. Dass er die ganze Zeit auf uns gewartet oder das leise Rumpeln von Lincolns Motor gehört hat.

Auf der Straße vor uns verändert sich aber nichts, als Lincoln langsam die kleine Seitenstraße hinunterfährt. Chases Arme sind immer noch wie ein Schraubstock um meinen Körper geschlungen. Er drückt mich fest an sich und hält mich davon ab, aus dem Auto zu springen.

»Wir müssen etwas tun!«, kreische ich. Ich weiß, dass ich nicht so laut sein sollte, weil der Mann in Schwarz uns hören könnte, kann mich aber nicht davon abhalten.

»Ja, das müssen wir.« Rivers Stimme hat die gleiche dunkle und hohle Qualität wie die von Lincoln. »Wir müssen von hier verschwinden. Sofort. Wenn dieser Wichser merkt, dass wir ihn gesehen haben, wird er als Nächstes hinter uns her sein.«

»Aber Iris ...«

»Kannst du sie retten, Harlow?«, knurrt Lincoln über die Schulter und biegt schließlich in eine kleine Seitenstraße ein. »Sie ist tot. Du kannst nichts mehr für sie tun. Du würdest nur dein eigenes Leben aufs Spiel setzen.«

»Das ist nicht ...«, setze ich an, beende den Satz aber nicht, weil ich nicht weiß, was ich sagen soll. Ich weiß nicht, was ich tun soll.

Was ich gesehen habe, kommt mir immer noch wie ein unwirklicher Traum vor. Ein Alptraum im Wachzustand oder eine gemeinschaftliche Halluzination, aus der wir alle bald erwachen werden. Etwas, was in Filmen geschieht oder anderen Menschen zustößt. Aber nicht hier. Nicht im wirklichen Leben.

Mein Herz schlägt immer noch zu schnell, und mein Verstand funktioniert in Zeitlupe. Mein Körper fühlt sich wie ein seltsames Gefäß an. Wie ein unbekanntes *Ding*, in dem ich mich plötzlich gefangen fühle. Ich bin mir vage bewusst, dass Chases Arme um mich geschlungen sind, dass wir beide über den Sitz rutschen, als Lincoln um Kurven jagt. Ich kann aber nichts davon verarbeiten.

Als er auf den Parkplatz auf dem Anwesen seiner Familie einbiegt und in eine der beiden Garagen fährt, keuche ich. Ich höre die Geräusche, die dabei entstehen, merke aber nicht, dass sie von mir stammen. Lincoln dreht sich zu mir um. Seine fast unmenschlich bernsteinfarbenen Augen blitzen besorgt.

»Scheiße! Wir müssen sie reinbringen. *In aller Stille*. Verdammt, ihre Lippen werden blau.«

»Was stimmt mit ihr nicht?«, erklingt Chases Stimme hinter mir.

»Wahrscheinlich ein Schock. Scheiße. *Scheiße!*« Er schlägt wieder mit der Faust auf das Lenkrad. Der Klang seiner Stimme sorgt dafür, dass sich mein Magen so fest zusammenzieht, dass die Gefahr besteht, dass ich alles, was ich gegessen habe, von mir geben werde. Vorhin hat er beinahe ruhig geklungen. Das ist er aber nicht.

Keiner von ihnen ist es.

Keiner von uns hat hier die Kontrolle.

Seitdem ich Lincoln oder einen dieser Jungs kenne, waren immer sie diejenigen gewesen, die das Ruder in der Hand hatten.

»Wir ... wir ...«

Mehr kommt mir nicht über die Lippen. Jetzt zittere ich so heftig, dass mein Körper bebt und meine Muskeln zu schmerzen beginnen.

Lincoln sieht mich an, und ein wenig der Panik verschwindet aus seinem Gesichtsausdruck. So, als würde es ihm helfen, wenn er sich auf etwas konzentrieren kann. »Bringt sie nach oben. In mein Zimmer. Ich gehe zuerst rein und vergewissere mich, dass niemand wach ist. Gebt mir ein paar Minuten, und ich schicke euch eine Textnachricht.«

Schnell steigt er aus dem Auto und verschwindet durch die Tür ins Haus. Weniger als eine Minute später vibriert Rivers Telefon. Er sieht auf den Bildschirm und nickt. »Alles in Ordnung. Los geht's.«

Ich habe meine Versuche, den Türgriff auf meiner Seite des Autos zu erreichen, aufgegeben. Iris ist jetzt zu weit entfernt, als dass wir ihr noch würden helfen können. Außerdem glaube ich nicht, dass ich im Augenblick meine Muskeln dazu bringen könnte, irgendetwas zu tun. Ich höre, wie sich die Tür auf der anderen Seite öffnet. Dann zieht mich Chase rückwärts über den Sitz. Einer meiner Stöckelschuhe rutscht mir vom Fuß. Er lässt ihn aber einfach liegen und hebt mich mit einem festen Griff um meine Schultern und unter den Knien in seine Arme. Meine Jacke liegt auf dem Boden des Autos. Ich klammere mich immer noch so fest an mein Telefon und meine Brieftasche, dass meine Knöchel weiß sind. Als würde ich sterben, wenn ich sie fallen ließe.

Im Haus ist es dunkel. Das gefällt mir nicht. Es erinnert mich zu sehr an diese Straße, diesen Mann und die dunkle Masse von Iris' Körper. Ein leises Stöhnen kommt mir über die Lippen, und Dax murmelt: »Beeil dich, Alter.«

Ich drücke meinen Körper gegen den von Chase, als er schnell die Treppe hinaufeilt. Das Nächste, was ich weiß, ist, dass wir in Lincolns Schlafzimmer treten. Es ist groß. Doppelt so groß wie das meine. Obwohl ich schon einmal hier war, um zu putzen, erkenne ich es in diesem Augenblick kaum wieder.

Die Lampe auf dem Nachttisch ist eingeschaltet und erhellt das Zimmer mit einem schwachen, warmen Lichtschein. Ich versuche, in Richtung des Lichtes zu kriechen, als Chase mich auf dem Bett absetzt. Ich brauche es. Ich brauche die Sicherheit, die es bietet. Die Wärme, die von ihm ausgeht.

»Was zum Teufel macht sie da?«, fragt Dax.

»Sie weiß nicht, was sie tut. Ich sagte doch, dass sie unter Schock steht«, antwortet Lincoln. »Helft ihr. Ich muss etwas erledigen.«

Chase zieht mich wieder zurück. Ich stemme mich gegen seine Brust und Arme, als ich versuche, mich aus seinem Griff zu befreien.

»Hey, langsam, Poolmädchen. Beruhige dich. Es ist alles in Ordnung.«

Er hält mich fest und ergreift meine Handgelenke in einem festen, aber sanften Griff. Ich liege auf Lincolns großem Bett. Mein Kleid ist an den Hüften nach oben gerutscht, und jetzt fehlt auch mein anderer Schuh. Chase kniet auf der Matratze neben mir und beugt seinen Oberkörper über mich. Seine blauen Augen sind vor Sorge getrübt.

Obwohl ich nicht weiß, wovor und wohin ich fliehen will, versuche ich immer wieder, mich aus seinem Griff zu winden, zu treten oder mich freizukämpfen.

»Harlow.«

Dieses eine Wort lässt mich innehalten. *Er nennt mich nie so.*

Er nutzt den kurzen Moment meines Zögerns, lässt meine Handgelenke los und umfasst mit seinen großen Händen mein Gesicht.

»Harlow. Atme, Baby. Atme einfach. Sieh mich nur an und atme.«

Meine Luftröhre ist immer noch wie zugeschnürt. Sie schmerzt und fühlt sich rau an, als ich versuche, zu tun, was er mir sagt, und nach Luft schnappe. Von der anderen Seite des Raums dringen gemurmelte Stimmen zu mir. Ich kann mich aber nicht auf sie konzentrieren. Ich sehe nur Chases Augen. Sie sind so klar, leuchtend blau und sprühen vor Humor. Jetzt gibt es da aber noch etwas anderes. Eine Intensität, die ich noch nie zuvor gesehen habe. Er legt sich neben mich aufs Bett. Sein himmelblauer Blick ist immer noch mit dem meinem verbunden.

»Gut«, flüstert er. »Atme weiter.«

Die Matratze bewegt sich, und hinter mir taucht ein weiterer Körper auf, der sich in meinem Rücken warm und fest anfühlt.

»Es ist in Ordnung. Alles wird wieder gut.«

Es ist die Stimme von Dax. Während er spricht, legt er eine Hand auf meine nackte Schulter. Ich zucke bei dem Kontakt zusammen, und er zieht sie sofort zurück. Als ich mich jedoch ein wenig an ihn drücke, legt er sie mir wieder sanft auf und streicht zärtlich mit dem Daumen über meine Haut.

Seine Hand ist warm, und ich empfinde ihr Gewicht als tröstlich. Genau wie das Gefühl von Chases Händen auf meinem Gesicht. Die kombinierte Wärme ihrer Körper lässt einen Teil des Eises in mir schmelzen. Der Schauder, der meinen Körper zum Zittern bringt, lässt ein wenig nach.

In dieser Blase, dieser winzigen Blase, die sich zwischen ihnen gebildet hat, kann ich endlich wieder richtig atmen.

Ich tue es, und es ist, als würde ein Ertrinkender nach Luft schnappen. Meine Lungen füllen sich mit so viel Sauerstoff, dass meine Rippen gegen die Enge meines Kleides drücken.

Chase lacht leise, und seine Augen nehmen einen wärmeren Farbton an. Ein Anflug von Humor kehrt in sie zurück. »So ist es gut. Genau so.«

Seine Hände beginnen zu wandern, streichen mir die Haare aus dem Gesicht, wischen mir die Nässe meiner Tränen von den Wangen. Ich erinnere mich nicht einmal daran, dass ich geweint habe. Dax streicht mit seiner Handfläche meinen Arm hinauf und herunter. Das ist genau das, was ich jetzt brauche. Es ist das Einzige, was ich brauche. Das Einzige, was mich vor dem dunklen Chaos bewahrt, das meinen Verstand zu überwältigen droht.

Ich weiß nicht, warum ich es tue, aber ich bin mir kaum bewusst, wie sich mein Körper bewegt. Das Nächste, was ich weiß, ist, dass ich meine Lippen auf die von Chase drücke und meine Zunge in seinen Mund gleitet. Vielleicht liegt es an dem, was ich am Abend dieser Party gesehen habe. An dem Bild, das ich nie aus meinen Erinnerungen habe löschen können.

Sie sah aus, als wäre sie im Himmel gewesen.

Das Mädchen zwischen den beiden Jungen hatte ausgesehen, als wäre sie in ihrer Ekstase verloren. Das ist genau das, was ich jetzt will. Mich verlieren.

Chase zuckt überrascht zusammen. Genau wie ich, als Dax mich zum ersten Mal berührt hat. Er weicht aber nicht zurück. Seine Zunge spielt mit der meinen. Er lässt sich auf meine heftigen und verzweifelten Bewegungen ein, als er mich an sich zieht. Dax drückt sich auf meine andere Seite näher an mich. Ich spüre seine Lippen, die von meiner Schulter hinauf bis zum Nacken über meine Haut streichen.

Ich zittere jetzt nicht mehr, und mein Körper fühlt sich endlich wieder wie mein eigener an. Meine Muskeln sind aber schwach. Ich bin erschöpft, weil ich sie immer und immer wieder angespannt habe. Aber ich kann wenigstens meine Fingerspitzen wieder spüren. Ich fahre mit den Händen über den weichen Stoff von Chases Hemd und kralle meine Finger in ihn, als ich ihn noch näher an mich ziehe.

»Was soll der Scheiß?«

Lincolns Stimme erklingt am Fußende des Bettes und lässt die Blase, den zerbrechlichen, hauchdünnen Schild platzen, der den Rest der Welt draußen gehalten hat.

Die Realität stürzt wieder auf mich ein. Mit ihr kommt die Erkenntnis dessen, was ich tue.

Ich war gerade Zeuge geworden, wie jemand

gestorben ist. Ich habe gesehen, wie jemand *ermordet* wurde. Und jetzt liege ich ausgestreckt auf einem Bett und mache mit zwei Typen herum. Ich setze mich ruckartig auf und stoße Chase weg. Er und Dax wälzen sich von mir weg und setzen sich ebenfalls auf. Meine Wangen beginnen zu glühen, als Verlegenheit und Schuld mich innerlich zu zerreißen beginnen.

Trotz dieser Gefühle und des zurückkehrenden Schreckens darüber, was wir heute Abend gesehen haben, kann ich sagen, dass mein Körper nicht in den Zustand der Dissoziation zurücksinkt, in dem er sich zuvor befunden hatte. Ich kann etwas klarer denken.

»Sie stand unter Schock. Wir haben sie beruhigt«, sagt Chase. Seiner Stimme hängt ein verteidigender Unterton an.

Lincoln kneift die Augen zusammen, als er uns ansieht, und ein Muskel zuckt in seinem Kiefer. River steht hinter ihm und beobachtet uns schweigend. Im Augenblick kann ich ihre einschätzenden Blicke nicht ertragen. Also stehe ich vom Bett auf und ziehe dabei das zu kurze Kleid nach unten. Ich bin barfuß, und mein Telefon und meine Brieftasche liegen auf der Matratze, wo ich sie schließlich losgelassen habe.

»Wir müssen die Polizei anrufen«, sage ich mit einer Stimme, die kaum wie meine eigene klingt.

»*Du* musst gar nichts tun.« Lincoln verschränkt die Arme vor der Brust und sieht mich mit einem eindringlichen Blick an.

»Machst du Witze?«, stammele ich. »Wir sind die einzigen verdammten Zeugen für das, was passiert ist! Wir sind die Einzigen, die wissen …«

»Was weißt du, Poolmädchen?«, unterbricht er mich und schüttelt den Kopf. »Weißt du, wie der Typ aussieht? Hast du sein Nummernschild gesehen? Wohin er gefahren ist?«

Ich lecke mir die Lippen. »Nein. Aber ich kann sein Auto beschreiben.«

»Kannst du das? Was für eines war es?«

»Es war ... es war schwarz und ...«

»Bist du sicher? Vielleicht war es dunkelblau oder grau.«

Mein Magen schnürt sich zusammen, und meine Wut verbindet sich mit den anderen Gefühlen, die in mir toben.

»Warum versuchst du, mich davon zu überzeugen, dass ich nichts weiß? Wir haben etwas gesehen. Wir müssen zur Polizei gehen ...«

Er kommt so schnell auf mich zu, dass ich nicht einmal Zeit habe, rückwärts davonzustolpern, bevor er bereits direkt vor mir steht.

»Hör zu, Poolmädchen. Ich weiß, dass du neu hier in der Gegend bist. Also werde ich dir einige Dinge erklären, okay? Wer immer das getan hat, hat das nicht zum Spaß getan. Die Bullen stehen bei der Hälfte der reichsten Familien in Fox Hill auf der Gehaltsliste. Zur Polizei zu gehen wird also nichts bringen, außer uns zu einem Ziel zu machen. Verstehst du das? Ich weiß, dass du dich wie ein braves kleines Mädchen an die Regeln halten und das Richtige tun willst. Hier gibt es aber kein Richtig. *Richtig* gewinnt diesmal nicht. Verstehst du das?«

Ich sehe ihn langsam blinzelnd an und mustere seine

gutaussehenden finsteren Gesichtszüge, als hätte ich ihn noch nie zuvor gesehen.

Auf eine gewisse Weise fühlte es sich auch an, als wäre das der Fall.

Ich hatte gedacht, dass ich in Sicherheit wäre. Hatte geglaubt, mich und meine Mutter zu beschützen, indem ich es mir nicht zu einfach mache und jedem hier gegenüber misstrauisch bin.

Es hat sich aber herausgestellt, dass ich nicht misstrauisch genug war.

Diese verdrehte Welt, in die ich geraten bin, ist noch beschissener, als ich es mir je hätte vorstellen können.

16

Lincoln und ich starren uns noch eine Minute lang an. Letztlich bin ich aber diejenige, die den Blickkontakt unterbricht. Ich wende mich von ihm ab, schnappe mir mit einer Hand mein Telefon und meine Brieftasche vom Bett und stürme in Richtung der Tür.

Ich schließe sie nicht, weil ich mir nicht sicher bin, sie nicht hinter mir zuzuschlagen. Das Licht aus dem Inneren des Zimmers fällt in den Flur hinter mir, während ich schnell auf die Nordseite des Hauses zuschreite, wo sich mein Schlafzimmer befindet.

»Harlow, warte.«

Das ist erst das zweite Mal, dass mich heute Abend einer von ihnen bei meinem Namen ruft. Genau wie beim ersten Mal sorgt es dafür, dass ich innehalte. Als würde dem Wort eine Macht anhaften, die nur sie ausüben können. Als wäre es ein Befehl und nicht nur mein Name.

Lincolns Stimme klingt sanft, aber der Griff um

meinen Ellenbogen, mit dem er mich dazu zwingt, stehen zu bleiben, ist hart. Er dreht mich zu sich um. Seine Augen brennen in der Dunkelheit, als er zu mir herabblickt.

»Du kannst mir nicht sagen, was ich tun soll!«, flüstere ich wütend.

»Nein.« Sein Gesichtsausdruck verhärtet sich. »Aber ich *kann* dir sagen, dass ich mich um die Menschen kümmere, die mir etwas bedeuten. Ich würde alles tun, um zu verhindern, dass ihnen etwas zustößt. Ich habe dir gesagt, dass wir nicht zur Polizei gehen können. Bisher bin ich deswegen nett geblieben, aber das muss nicht so bleiben. Überlege es dir also gut, bevor du jemandem etwas erzählst.«

Ich runzele die Stirn und wehre mich gegen den unangenehm festen Griff, mit dem er mich an der Schulter festhält.

Eine Warnung schwingt in seiner Stimme mit. Aber da ist noch etwas anderes.

Eine Bitte.

Er meint, was er sagt. Und ganz gleich, was ich sonst noch von Lincoln Black halten mag, ich glaube nicht, dass er ein schlechter Mensch ist. Heute Abend wurde das Leben von uns fünf auf den Kopf gestellt. Ehrlich gesagt glaube ich, dass er versucht, das Beste zu tun, was er im Augenblick zu tun vermag. Er macht sich Sorgen um seine Freunde. Das kann ich in seinem Blick erkennen. Vielleicht sogar um mich – obwohl das weniger Sinn ergibt. Man muss jemanden gernhaben, um sich Sorgen um diese Person machen zu können.

Seine Hände bewegen sich meine Schultern hinauf.

Eine gleitet um meinen Nacken und hinauf in mein Haar. Mit der anderen streicht er über meinen Kiefer. Ich erstarre und blinzele ihn an, während sein Daumen sanft über meine Unterlippe streicht. Er starrt sie an, aber ich bin mir nicht sicher, ob er sie wirklich sieht. In Gedanken scheint er eine Million Kilometer entfernt zu sein.

»Es wird alles gut werden, Harlow«, murmelt er. »Niemand wird dir wehtun. Du musst mir aber vertrauen.«

Von den Stellen, an denen er mich berührt, strömt Wärme durch meinen Körper, und ich muss schlucken. Was zum Teufel stimmt mit mir nicht? Vor zwei Sekunden habe ich seinen Freund geküsst, und jetzt reagiere ich auf seine Berührung, als würde sich mein Körper seit Wochen danach sehnen.

Es muss am Schock liegen. Das muss so sein!

Ich fühle mich schutzlos und verletzlich, exponiert und roh wie eine offene Wunde. Meine Gefühle wirbeln im Kreis, und mein Körper sucht überall dort Trost, wo er welchen finden kann.

Meine Hand wandert nach oben, und ich streiche über den Rücken der seinen. Dabei spüre ich, wie sein Griff etwas fester wird.

Dann erstarrt er, als hätte er gerade erst bemerkt, dass auch er am falschen Ort Trost sucht. Als er seine nächsten Worte flüstert, klingt seine Stimme härter.

»Alles, was du tun musst, ist, *nichts* zu tun. Lass die Polizei sich um die Sache kümmern. Das ist wichtig, Poolmädchen. Du bist die Hilfe – also hilf.«

Ich presse die Lippen zusammen und ziehe mein

Kinn aus seinem Griff. Verdammt nochmal. Jedes Mal, wenn ich denke, dass er eine andere Seite von sich gezeigt hat, erinnert er mich wieder daran, dass es die gleiche dumme Seite ist. Egoistisch. Anspruchsvoll. Herablassend. Wann werde ich aufhören, nach mehr zu suchen? Wann höre ich endlich auf, ihn meinen Schutzwall umgehen zu lassen, nur um meine Gefühle durcheinanderzubringen?

Ich schlage seine Hand weg und trete einen Schritt zurück. »Ja, ich hab's kapiert, *Sir*. Ist zur Kenntnis genommen. Keine Sorge, ich werde ein gutes braves Dienstmädchen sein.« Meine Nasenflügel sind geweitet. »Ich werde dein verdammtes Geheimnis für mich behalten. Ich will aber nichts mehr mit dir, deinen Freunden oder deiner verrückten und verkorksten Welt zu tun haben. Lasst mich von jetzt an bei euren bescheuerten Plänen außen vor. Und was mich betrifft, so habe ich den *Gefallen,* den ich River geschuldet habe, eingelöst. Von jetzt an schulde ich euch einen Scheißdreck.«

Ohne auf seine Antwort zu warten, drehe ich mich um und gehe den Flur hinunter in Richtung des Flügels, den ich mir mit meiner Mutter teile. Ich wische die neuen Tränen weg, die mir kommen, und entferne die Wimperntusche, die dort verschmiert ist.

Bevor ich in mein Zimmer gehe, schaue ich um die Ecke in der Wohnung meiner Mutter vorbei. Ich drücke auf einen Knopf an der Seite meines Telefons, und auf dem Bildschirm erscheint die Uhrzeit: Sechs Minuten vor Mitternacht. Sie ist wahrscheinlich bereits von ihrer Verabredung zurück. Aus irgendeinem Grund habe ich aber das verzweifelte Bedürfnis, sicher zu sein. Ich muss mir Gewissheit verschaffen, dass meine Mutter sicher in ihrem Bett liegt und nicht da draußen in der dunklen Nacht ist, wo ein Mann mit einer schwarzen Skimaske durch die Straßen streift.

Also schleiche ich mich in ihre Wohnung und stapfe in Richtung ihrer Schlafzimmertür. Sie steht einen Spalt weit auf. Als ich ins Innere sehe, drücke ich sie etwas weiter auf.

Sie liegt ausgestreckt auf der rechten Seite ihres Bettes. Ihr Haar ist unordentlich und sie hat einen friedlichen Ausdruck auf dem Gesicht.

Als ich erleichtert leise aufatme, bewegt sie sich. Der sechste Sinn meiner Mutter, den sie seit meiner Kindheit hat, sorgt dafür, dass sie aufwacht und mich verschlafen anblinzelt.

»Hey, Low«, murmelt sie und sieht mit zusammengekniffenen Augen in der Düsternis zu mir. »Ist alles in Ordnung, Süße?«

»Ja.« Das Wort kommt mir ein wenig erstickt über die Lippen. In dieser einen Sekunde geht es mir aber tatsächlich gut. Weil es ihr gut geht.

Sie blinzelt erneut. »Was hast du da an?«

Oh. Ich sehe nach unten auf das kurze schwarze Kleid, das die Jungs mir gegeben hatten. Es hängt immer noch etwas verdreht an meinem Körper und sitzt zu hoch auf meinen Hüften.

»Es ist ein ... Halloween-Kostüm. Ich war heute Abend auf einer Party.«

»Ah.« Das Wort kommt halb geseufzt, als sich ihre

Augen wieder schließen. »Ich hoffe, du hast Spaß gehabt.«

»Ja«, lüge ich. »Hatte ich.«

Ihre Atmung wird gleichmäßig. Ich gehe vorsichtig durch den Raum und ziehe die Decken enger um sie, bevor ich ihr einen Kuss auf die Stirn drücke.

»Ich liebe dich, Mama.«

»Ich ... hab dich auch lieb ... Low.«

Als ich in mein eigenes Schlafzimmer zurückkehre, schalte ich alle Lichter an. Dann ziehe ich schnell das Kleid aus und werfe es in den Wäschekorb, bevor ich in die Dusche springe. Ich drehe das Wasser auf, bis es so heiß ist, dass ich es gerade noch ertragen kann. Dann steige ich in die Kabine. Ich mache mir nicht die Mühe, Seife zu benutzen, sondern tauche unter den Strahl kochenden heißen Wassers.

Als meine Haut rosa und fast taub ist, trete ich schließlich aus der Dusche und ziehe einen weichen Schlafanzug an, bevor ich ins Bett krieche.

Schlafen kann ich aber nicht.

17

Den größten Teil des Sonntags verbringe ich im Bett. Obwohl ich gestern Abend nichts getrunken habe, fühle ich mich, als hätte ich einen Kater. Ich bin erschöpft, ausgelaugt, und mein Körper fühlt sich wund an, als wäre ich einen Marathon oder so gelaufen. Auch das Zittern kehrt eine Zeit lang zurück.

Meine Mutter besteht darauf, meine Temperatur zu messen. Obwohl ich kein Fieber habe, sieht sie ständig nach mir. Daher weiß ich, dass ich scheiße aussehe. Ich glaube, dass sie jedes Mal, wenn ich krank werde, besorgt ist, dass der Krebs zurückgekehrt sein könnte. Normalerweise versteckt sie das aber gut. Ich sage ihr aber, dass ich nur Schlaf brauche. Und das stimmt auch. Ich habe wirklich Schlaf nötig.

Ich wünschte mir nur, ich könnte welchen bekommen.

Die ganze letzte Nacht habe ich wach gelegen und an die Decke gestarrt. Sämtliche Lichter waren eingeschaltet gewesen. Ich fühle mich noch nicht bereit, mich der Dunkelheit zu stellen. Jedes Mal, wenn ich die Augen schließe, blitzen hinter meinen Lidern Bilder auf, die mir das Gefühl geben, mich übergeben zu müssen.

Wo Lincoln ist, weiß ich nicht. Oder River, Dax und Chase. Ich gehe davon aus, dass die anderen drei irgendwann gestern Abend gegangen sind. Ich versuche aber, an keinen von ihnen zu denken. Das bringt meine Gefühle zu sehr durcheinander. Ich habe mich immer zu ihnen hingezogen gefühlt. Auch wenn sie sich mir gegenüber wie Arschlöcher verhalten haben. Jetzt fühle ich mich aber mit ihnen auf eine Weise *verbunden*, von der ich nicht sicher bin, ob ich das je wieder rückgängig machen kann.

Wir können nicht ungeschehen machen, was wir getan haben. Wir können nicht leugnen, was wir gesehen haben. Diese Verbindung wird jetzt immer zwischen uns bestehen. Wegen dem gemeinsamen Geheimnis, das wir teilen und bewahren.

Ich hasse das.

Meine Hausaufgaben, die sich in meinem Rucksack befinden, habe ich noch nicht angerührt. Den ganzen Tag über trinke ich kaum etwas und esse nichts. Meine Mutter fährt in den Supermarkt und kommt mit Ginger Ale und Salzcrackern zurück. Aber nicht einmal die vertrage ich.

So beschissen ich mich körperlich auch fühle, so sehr nagen auch meine Schuldgefühle an mir. Mein Magen ist wie zugeschnürt, und mein Herz pocht schmerzhaft in meiner Brust. Meine Haut fühlt sich abwechselnd kalt und heiß an – aber ich fühle all diese Dinge nur, weil ich noch lebe. Ich bin nicht diejenige, die letzte Nacht gestorben ist. Ich habe überlebt.

Und ich bin weggerannt. Wie wir alle.

Am Montagmorgen bin ich wegen des Mangels an Schlaf deliriös. Ich bin während der Nacht zwar mehrmals kurz eingenickt, aber jedes Mal haben mich zusammenhangslose Träume geplagt, bis ich die Augen wieder geöffnet habe.

Meine Mutter will nicht, dass ich zur Schule gehe. Ich bestehe aber darauf, dass alles nur halb so wild ist. Ich brauche ... etwas Normalität. Ich muss wissen, ob die Welt da draußen noch existiert. Ob einige Dinge so geblieben sind, wie sie waren. Auch wenn sich für mich nichts mehr so anfühlt wie zuvor.

Lincoln wartet unten auf mich. Obwohl ich nicht mit ihm fahren will, habe ich nicht die Kraft, mich mit ihm zu streiten. Wir fahren schweigend, und ich fummele nicht mehr wie früher am Autoradio herum. Spannung füllt den Raum zwischen uns und dehnt sich innerhalb des Autos aus, bis ich schwören kann, dass ich fühle, wie sie wie eine physische Kraft auf mir lastet.

Einmal blickt er zu mir herüber. Dabei hat es den Anschein, als wolle er etwas sagen. Er tut es aber nicht. Nur seine Hände spannen sich fester um das Lenkrad, und die Muskeln in seinen Unterarmen stehen wie Taue hervor.

Sobald wir durch die großen, weißen Eingangstüren der Linwood-Akademie gehen, wünsche ich mir, ich wäre dem Rat meiner Mutter gefolgt und zu Hause geblieben. Ich weiß nicht, wer schließlich die Polizei gerufen hat. Iris' Leiche wurde aber gefunden, und alle reden darüber.

Niemand scheint viel zu wissen. Ich höre aber von mehreren Leuten, dass sie von einem betrunkenen Fahrer überfahren wurde. Das ist wahrscheinlich die Theorie der Polizei.

Die Cheerleading-Mannschaft steht zusammengedrängt im Flur. Die jüngeren Mitglieder schluchzen, und die älteren – Mädchen wie Savannah – trösten sie leise und zeigen schockierte Gesichtsausdrücke. Savannah und Iris hatten die seltsamste Freundschaft, die ich je gesehen habe. Die Rothaarige hat dunkle Ringe unter den Augen und ist zurückhaltender, als ich sie je erlebt habe.

Trent sieht ... krank aus.

Er sieht genau so aus, wie ich mich fühle. Als würde er sich wünschen, er könnte alles ungeschehen machen, die Welt niederreißen und sie wieder zu etwas machen, was Sinn ergibt.

Ich stehe meine erste Unterrichtsstunde in Politikwissenschaft durch und starre die Schreibwandtafel an, ohne sie wirklich wahrzunehmen. Kaskaden von Selbstzweifeln jagen durch meinen Kopf.

Hätten wir mehr tun können? Hätten wir sie irgendwie retten können?

War sie vielleicht noch gar nicht tot? Der Mann in Schwarz schien das geglaubt zu haben, als er ihren

Körper untersucht hat. Vielleicht hatte er sich aber geirrt. Wenn wir sofort Hilfe gerufen hätten ...

Als diese Gedanken durch meinen Kopf wirbeln, steigt Galle in meiner Kehle auf. Als die Glocke läutet, schnappe ich mir meinen Rucksack und renne zur Toilette. Ich schaffe es gerade noch in eine der Kabinen, als mir auch schon Erbrochenes in die Kehle steigt.

Es gibt kaum etwas, was ich erbrechen könnte – ich habe seit anderthalb Tagen so gut wie nichts gegessen. Das hindert meinen Körper aber nicht daran, es trotzdem zu versuchen. Kalter Schweiß bedeckt meine Haut, als ich zitternd würge. Als ich mich wieder aufrichte, wackeln meine Knie. Trotzdem fühle ich mich ein wenig besser. Die Leere hilft.

Ich überstehe die nächsten beiden Stunden, bekomme aber nichts von ihnen mit. Im Sportunterricht gebe ich vor, Periodenschmerzen zu haben. Ich sitze an der Seitenlinie, während die anderen in der Sporthalle ihre Runden laufen. In der Mittagszeit mache ich mir nicht die Mühe, in die Cafeteria zu gehen. Mein Körper fühlt sich schwach und lethargisch an. Allein der Gedanke an Essen sorgt bereits dafür, dass sich mein Magen wieder verkrampft.

Stattdessen gehe ich ins Freie und suche mir den Weg unter die Tribüne. Ich ducke mich, um mich an meinem Lieblingsplatz niederzulassen. Die Luft Ende Oktober ist kühl. Ich habe nicht einmal eine Jacke mitgebracht. Das ist mir im Augenblick aber völlig egal. Ich schließe die Augen, atme tief ein und versuche, mein pochendes Herz zu beruhigen, damit nicht jeder Schlag so sehr schmerzt.

Das funktioniert nicht wirklich. Also ziehe ich meinen Rucksack von der Schulter, krame am Boden einer der Seitentaschen herum und hole eine kleine Plastiktüte heraus, die ich dort aufbewahre. Ich rolle mir einen Joint und zünde ihn an. Der erste Zug trifft mich hart. Mein Körper ist so ausgepumpt und leer, dass es sich anfühlt, als hätte ich keine Abwehrmechanismen oder Barrieren mehr.

Ich lege den Joint auf eine horizontale Strebe des Tribünengerüsts und greife erneut in den Rucksack, um mein Telefon zu holen. Meine Finger zittern. Aus irgendeinem Grund brennen erneut Tränen in meinen Augen, als ich eine Textnachricht tippe.

ICH: Hey Dummkopf. Du fehlst mir. Das wollte ich dir nur sagen.

Sie ist wahrscheinlich gerade im Unterricht, also erwarte ich keine Antwort. Einen Augenblick später kommt aber eine.

HUNTER: Scheiße, du fehlst mir auch. Wie läuft es in Fox Hill?

Ich beginne, ein halbes Dutzend verschiedene Antworten zu tippen, lösche sie aber alle wieder. Schließlich schreibe ich das, was der Wahrheit, die ich ihr schreiben kann, am nächsten kommt.

ICH: Ich glaube, ich hasse es hier.

HUNTER: Nein! Warum? Ich dachte, der neue Job deiner Mutter ist toll?

ICH: Ist er auch. Ich freue mich für sie. Es ist nur ... Mir fehlt Bayard. Und du.

HUNTER: Ja :(Du mir auch.

HUNTER: Aber hey! Es ist nur ein Jahr, und dann

ist Uni! Wir sollten uns an den gleichen Unis bewerben. Nur damit wir die Möglichkeit haben. Wir könnten Zimmergenossinnen sein LOLOL.

Ihre Antwort zaubert ein kleines Lächeln auf meine Lippen, auch wenn es schnell wieder verfliegt. Ich greife den Joint und nehme einen weiteren Zug, während ich eine Antwort tippe. Ich wünsche mir, ich könnte ihr sagen, was wirklich mit mir los ist. Ich bin fast geneigt, Lincolns Warnungen und Drohungen einfach zu ignorieren und ihr mein Herz über alles auszuschütten.

ICH: Ja, die Idee gefällt mir.

Eine der Metallstangen des Tribünengerüsts klappert leise, und ich sehe auf, bereit, einen der Schulverwalter vor mir zu sehen, der mich anstarrt.

Aber es sind nur Dax und Chase.

Sie sehen anders aus. Ich bin mir aber nicht sicher, ob sie sich tatsächlich verändert haben oder ob ich sie nur anders wahrnehme.

Als ob ich jetzt *noch mehr* von ihnen sehen könnte. Irgendwie kann ich durch die Schichten von Scheiße, die sie äußerlich tragen, hindurchsehen, bis zu dem, was darunterliegt.

Keiner von beiden lächelt. Als der Blick von Dax auf meinem Telefon landet, verengen sich seine Augen.

»Ich schreibe keine Nachricht an die Bullen, falls du dich das fragst«, sage ich dumpf.

Ich sehe auf den Bildschirm und bemerke, dass Hunter auf meine vorherige Nachricht geantwortet hat. Ich schreibe ihr aber, dass ich in den Unterricht muss, dass ich sie liebe und vermisse und ihr später noch einmal schreiben werde. Dann halte ich Dax mein

Telefon einen Moment lang entgegen, um es ihm zu zeigen, bevor ich es wieder in die Tasche stecke.

Er brummt und zuckt mit den Schultern. »Ich habe nie behauptet, dass du das würdest. Wer ist Hunter?«

»Mein bester Freund zu Hause.«

»Vermisst du ihn?«

»Sie. Und ja.«

Als ich ihn korrigiere, entspannen sich seine Gesichtszüge etwas. Plötzlich erinnere ich mich wieder an das Gefühl seiner Lippen auf der nackten Haut meiner Schulter. Daran, wie sich sein starker, männlicher Körper schützend um den meinen geschmiegt hat. Ich räuspere mich, fahre mir mit der Hand durchs Haar und sehe weg.

Chase duckt sich unter die Tribüne und krabbelt in meine Richtung, bis er sich mir gegenüber hinsetzt. Als sein Zwilling zu uns stößt, greift er sich, ohne zu fragen, den Joint und nimmt einen tiefen Zug.

Wir sitzen einige Minuten lang schweigend da und lassen den Joint in unserem kleinen Kreis wandern.

Das Gras hilft – ich weigere mich, zu glauben, dass es die Anwesenheit von Chase und Dax sein könnte, die mich beruhigt. Als ich den Joint ausdrücke, habe ich das Gefühl, dass ich vielleicht doch etwas essen kann. Ich habe sogar ein wenig Hunger.

»Was wollt ihr?«, frage ich, und mein Blick wandert zwischen den Zwillingen hin und her. Wenn mich die Erfahrung mit den Königen von Linwood etwas gelehrt hat, dann ist es, dass sie immer etwas wollen.

»Geht es dir gut?«, fragt Chase, anstatt zu antworten. Seine kantigen Züge wirken ernst, und seine

Stirn ist leicht gerunzelt. »Neulich Abend ging es dir gar nicht gut.«

Ich will nicht an Samstagabend denken oder darüber reden. Ich will nicht anerkennen, dass ich ihn geküsst habe, will nicht, dass sie mir *noch einmal* sagen, dass ich den Mund halten soll.

»Ja.«

Er und Dax werfen sich einen Blick zu. Wortlos kommunizieren sie mit ihren viel zu ähnlichen Gesichtern. Dann überbrückt Chase den letzten Rest Abstand zwischen uns und legt mir eine Hand aufs Knie. »Du musst uns nicht anlügen, Harlow. Wir waren dabei.«

Das Gewicht seiner warmen Hand fühlt sich gut an. Mein Körper quält mich mit Lügen darüber, was diese Berührung zu bedeuten hat. Darüber, was das alles bedeutet. Er versucht, mich davon zu überzeugen, dass diese beiden Jungen gut für mich sein könnten. Dass sie mich retten könnten.

Das kann aber nicht die Wahrheit sein.

Sie können nicht gleichzeitig meine Zerstörung und Rettung sein.

Ich weiche vor seiner Berührung zurück und lasse meine Stimme so schroff klingen, wie ich kann. »Dann weiß ich nicht, warum du mich das überhaupt fragst. Wie du schon gesagt hast ... ihr wart dabei. Natürlich geht es mir verdammt nochmal nicht gut.«

Schmerz flackert in seinen Augen auf, und er streckt erneut die Hand nach mir aus. Ich stehe aber schnell auf und bücke mich, damit ich mir nicht den Kopf stoße. Dann schnappe ich mir meinen Rucksack, komme geduckt unter der Tribüne hervor und laufe schnell zur Schule zurück.

Ich habe um nichts von alldem gebeten. Nicht um dieses vernichtende Geheimnis. Nicht um das Band, das ich anscheinend nicht abschütteln oder ignorieren kann und das mich zu diesen vier gefährlichen, überwältigenden Jungen hinzieht.

Die Cafeteria schließt gerade, als ich es ins Innere schaffe. Also hole ich mir eine Tüte Gummibärchen aus dem Automaten. Ich kann nur wenige essen. Der Zucker hilft aber, meine Energie für eine Weile zu steigern. Ich bringe den Rest des Tages wie ferngesteuert hinter mich und stapfe von einer Klasse zur nächsten, bis die Glocke ertönt, die das Ende des Schultags verkündet.

Natürlich ist mein Tag aber noch nicht zu Ende. Ich muss immer noch zu diesem dummen Nachsitzen. Auf dem Weg zu dem großen Raum im zweiten Stock komme ich an Savannah und einigen anderen Cheerleadern vorbei. Als ich sie passiere, kommen sie gemeinsam auf mich zu, und Savannah schubst mich. »Viel Spaß beim Nachsitzen, du Schlampe.«

Ihre Stimme ist ein wütendes Zischen. Sie sieht immer noch wie ein Wrack aus. Ihre Augen sind blutunterlaufen. Ihr normalerweise perfekt gestyltes Haar wirkt ungepflegt, als hätte sie es seit ein paar Tagen nicht mehr gewaschen.

Ich bin hin- und hergerissen zwischen dem Wunsch, sie ebenfalls zu schubsen, und dem Wunsch, sie ... ich weiß nicht ... zu umarmen oder so. Ich weiß aber, dass sie mein Mitgefühl nicht akzeptieren würde. Diese Art von Beziehung haben wir sowieso nicht. Also ignoriere ich sie und gehe weiter.

Die Hilfskraft des Lehrers vermerkt, dass ich anwesend bin. Ohne hinsehen zu müssen, weiß ich genau, wo River sitzt. Ich spüre seinen Blick, den er aus dem hinteren Teil des Klassenzimmers auf mich richtet. Diesmal ignoriere ich ihn aber und setze mich auf einen Platz ganz vorne.

Das hält ihn aber nicht davon ab, mich anzustarren.

18

Als meine Stunde Nachsitzen zu Ende ist, folgt River mir aus der Schule, vor der Lincoln bereits auf mich wartet. Als er mir heute Morgen angeboten hatte, mich zu fahren, hatte ich ehrlich gesagt nicht darüber nachgedacht, wie ich wieder nach Hause kommen würde. Dass er gewartet hat, freut mich trotzdem nicht.

Klar ist es eine nette Geste.

Sie bringt aber auch etwas anderes zum Ausdruck.

Kontrolle.

Er und River bleiben an meinen Seiten, als wir zum Parkplatz gehen. Dann nickt River kurz, bevor er sich von uns trennt. Er trifft sich mit Dax und Chase, die aus irgendeinem Grund ebenfalls noch hier sind und an Dax' Auto lehnen. Sobald ich angeschnallt bin und Lincoln den Motor angelassen hat, werfe ich ihm einen wütenden Blick zu.

»Ich stelle verdammt nochmal kein Fluchtrisiko dar. Außerdem habe ich dir bereits gesagt, dass ich niemandem etwas sagen werde. Warum glaubst du mir nicht?«

»Vielleicht deswegen, weil ich mehrere Hände brauchen würde, wenn ich an meinen Fingern abzählen wollte, wie oft du mich angelogen hast«, antwortet er und schnaubt dabei leise.

»Vielleicht habe ich das getan, um mich selbst zu schützen, Arschloch.«

»Und vielleicht ist das hier dasselbe«, stößt er hervor und sieht mich dabei an.

Um nicht zu antworten, beiße ich mir auf die Zunge. Ich weiß bereits, dass es ihm darum geht, sich selbst zu schützen. Dafür würde ich ihm am liebsten einige ausgewählte Beleidigungen an den Kopf werfen. Aber er versucht ebenfalls, seine Freunde zu schützen. Das muss ich widerwillig anerkennen.

Als er mir gesagt hat, dass er mir nicht glaubt, hat er anscheinend aber nicht gescherzt.

Während der nächsten Woche habe ich das Gefühl, unter ständiger Beobachtung zu stehen. Lincoln fährt mich zur Schule und wieder nach Hause. Zusätzlich bilden die Jungs in den Korridoren von Linwood abwechselnd ein Sicherheitskommando um mich. Entweder setzen sie sich beim Mittagessen zu mir – oder, wenn es mir gelingt, mich unter die Tribüne zu schleichen, finden Dax und Chase mich dort und bleiben bei mir, bis die Glocke läutet. Ich wünsche mir, dass ich ihre Gesellschaft genießen und für einen Augenblick glauben könnte, dass sie tatsächlich mit mir zusammen sind, weil sie mich als Mensch mögen. Das kann ich aber nicht.

Sie wollen mich nur nicht allein lassen. Sie beobachten mich, um sicher zu sein, dass ich nicht zusammenbreche, dass die Belastung mich nicht übermannt. Dass ich nicht das Falsche zu einer falschen Person sage. Beim Nachsitzen lungert River vor dem Raum herum und wartet auf mich. Er entscheidet sich erst für einen Platz, nachdem ich mir meinen ausgesucht habe. Immer für den direkt neben mir.

Ich verstehe nicht, warum das notwendig ist. Hat er vor, mir das Telefon aus der Hand zu schlagen, wenn ich versuche, unter dem Schreibtisch eine Textnachricht zu tippen? Es ist schließlich nicht so, dass die vier mich tatsächlich die ganze Zeit im Auge behalten können. Meine Mutter weiß bereits, dass etwas mit mir nicht stimmt. Sie denkt aber, dass es nur die abklingenden Nachwirkungen meiner *Darmgrippe* sind. Wenn aber Lincoln in mein Zimmer platzen und sich weigern würde, es zu verlassen, oder mich nicht allein duschen lässt, würde sie das verdammt nochmal bemerken.

Daher erscheint mir ihre fast ständige Überwachung in der Schule sowohl sinnlos als auch ärgerlich. Es ärgert mich, dass keiner von ihnen den gewaltigen Fehler in ihrem Plan erkannt hat.

»Macht ihr das nur, um mich zu quälen?«, fahre ich Lincoln am Freitag auf dem Weg nach Hause an. Diese Woche hat sich angefühlt, als hätte sie ein Jahr gedauert. Jeder Tag ist wie im Schneckentempo vergangen. Ich habe immer noch mehrmals in der Nacht Alpträume über schattenhafte Gestalten und kreischende Bremsen, gesichtslose Männer und eine weinende Iris. Sie sorgen dafür, dass ich nervös, erschöpft und schlecht gerüstet bin, um mit dieser plötzlichen und unerbittlichen Aufmerksamkeit der Könige von Linwood klarzukommen.

Er wirft mir aus dem Augenwinkel einen Blick zu und hebt eine Augenbraue. »Denkst du das wirklich?«

»Sag du es mir.«

Er stößt verärgert die Luft aus. »Nein.«

»Warum also? Warum vertraust du mir nicht? Warum magst du mich nicht?«

Diese Frage wollte ich schon seit dem verdammten Tag stellen, an dem ich ihn zum ersten Mal gesehen habe. Damals hat er einen Schalter in seinem Kopf umgelegt, und ich habe gesehen, wie sich Hass wie tropfende Farbe über sein Gesicht ausgebreitet hatte.

Er biegt in die lange Einfahrt zu dem imposanten Haus seiner Eltern ein, antwortet aber nicht. Ich verdrehe die Augen und lehne mich in meinem Sitz zurück. Ich weiß nicht, warum ich geglaubt habe, dass er mir eine Antwort geben würde.

Als er den Wagen in der Garage abstellt und den Schlüssel aus dem Schloss zieht, überrascht er mich jedoch, indem er sich zu mir umdreht.

»Normalerweise wechseln unsere Dienstmädchen einmal pro Jahr.«

Überrascht hebe ich die Augenbrauen. Das war ganz und gar nicht das, was ich von ihm zu hören erwartet hatte. Was das jedoch mit mir zu tun hat, verstehe ich nicht. Außerdem wusste ich nicht, dass der Personalumschlag hier so hoch ist. Trotzdem hoffe ich, dass meine Mutter und ich nicht mehr lange hier sind. Vielleicht ging es allen anderen auch so.

»Als du und deine Mutter hier ankamt, dachte ich, ihr wärt wie alle anderen«, fährt er fort. Dann fährt er sich mit der Hand durchs Haar. »Mein Vater hat – nun ja, er stellt normalerweise eine bestimmte Art von Frau ein. Du und deine Mutter schienen dieser Typ zu sein. Nur wart ihr zu zweit, und das hat es noch schlimmer gemacht.«

Die Garage ist nur schwach beleuchtet. Seine bernsteinfarbenen Augen glänzen aber noch immer. Zum ersten Mal begreife ich, dass seine Wut nicht nur mir gilt.

»Was für einen Typ meinst du?«, frage ich mit einem misstrauischen Unterton in der Stimme. Er mag zwar gerade Farbe bekennen. Trotzdem habe ich das Gefühl, dass er mich gleich beleidigen wird.

Er hält meinem Blick stand. »Jung. Heiß. *Interessiert.*«

»Interessiert an was? Sex mit deinem Vater zu haben?« Ich kann den Ekel, der bei diesem Gedanken in mir aufkommt, nicht ganz verbergen. Meine offensichtliche Abneigung sorgt aber dafür, dass Lincolns Mundwinkel tatsächlich etwas nach oben zucken. »Wie kommst du darauf?«

»Es wäre nicht das erste Mal.« Seine Stimme klingt jetzt härter. »Als ich dich das erste Mal traf, konnte ich sehen, wie sich das alles wiederholen würde. Da wart ihr beide. Deine Mutter ist jung, ihr seid verdammt hübsch, und alles, was ich sah, war eine Falle. Mein Vater ist ein verdammter Idiot, der seinen Schwanz nicht in der Hose behalten kann. Das lässt sich leicht ausnutzen.«

»Also hast du gedacht, dass wir ihn verführen wollten? Wir beide?« Jetzt bin ich *wirklich* beleidigt.

Lincoln seufzt und fährt sich erneut mit der Hand durchs Haar. »Ich weiß nicht, was ich gedacht habe, okay? Ich habe dir nicht vertraut. Im Nachhinein betrachtet lag ich damit wahrscheinlich falsch.«

»*Wahrscheinlich*?«, krächze ich.

Er verdreht die Augen. »Eindeutig falsch. Zufrieden?«

»Nein.«

Ich starre ihn finster an und versuche, zu verarbeiten, was er mir gerade offenbart hat. Das erklärt den Blick, den Mr. Black meiner Mutter zugeworfen hat, als ich sie damals in seinem Arbeitszimmer überrascht habe. Und andere Blicke, die er ihr im Laufe der Zeit zugeworfen hat und die mir nicht entgangen sind. Vielleicht erklärt das auch sein übertrieben freundliches Auftreten ihr gegenüber ... Und mir. Zum Teufel, war das der Grund, warum er sie auf die Reise in ihre zweite Heimat mitgenommen hat?

Scheiße. Hat er sich an diesem Wochenende an meine Mutter herangemacht? Hat er das jemals getan?

Auf keinen Fall. Das hätte sie mir bestimmt gesagt.

Mir wird übel.

Das würde sie, oder? Ich habe meiner Mutter nie etwas verheimlicht. Dafür waren wir füreinander viel zu lange der Fels in der Brandung gewesen. Manchmal ist sie für mich fast wie eine Schwester – und nicht wie meine Mutter. Seit wir aber in Fox Hill angekommen sind, haben sich Lügen und Geheimnisse wie ein Haufen Socken im Schrank angesammelt. Dabei spielt es keine Rolle, dass ich ihr Dinge vorenthalten habe, um sie zu schützen. Es waren trotzdem Lügen. Was wäre, wenn sie dasselbe getan hat? Wenn sie irgendwelche widerlichen Annäherungsversuche von Samuel Black vor mir verheimlicht, weil sie mich nicht beunruhigen will oder zu viel Angst hat, ihren Job zu verlieren?

»Du hättest mir sagen können, dass dein Vater ein verdammter Lustmolch ist«, flüstere ich barsch. Als würde ich glauben, dass der Mann, über den wir sprechen, uns irgendwie belauschen könnte. »Ich hätte meine Mutter gewarnt!«

Lincoln schüttelt den Kopf. Die Art und Weise, wie er meinen Einwand so beiläufig abtut, sorgt dafür, dass ich Lust habe, ihm auf den dicken Schädel zu schlagen. »Es ist nichts passiert. Wenn doch, wüsste ich davon. Außerdem ist er kein Vergewaltiger. Deine Mutter müsste ein gewisses Maß an Interesse zeigen, damit er ihr nachzustellen beginnt.«

»Okay, schon gut.« Ich bin immer noch wütend und verschränke die Arme vor der Brust. »Meine Mutter ist für ihr eigenes verdammtes Wohl viel zu nett. Außerdem ist sie ein Mensch, der anderen *vertraut*. Vielleicht hättest du mir das alles von Anfang an sagen sollen, anstatt davon auszugehen, dass sie und ich wie ein verdammtes Gespann deinen Vater verführen wollen.«

Er setzt sich aufrechter hin. »Ich habe nicht …« Er hört zu sprechen auf, presst die Lippen zusammen und nickt. »Du hast recht. Es tut mir leid.«

Das bringt mich zum Schweigen.

Lincoln Blacks Haltung mir gegenüber hatte von offen feindselig bis hin zu verwirrend intensiv variiert. Ich glaube aber nicht, dass ich jemals gehört habe, dass er sich bei mir entschuldigt hat ... Oder bei jemand anderem. So *aufrichtig* hat er sich mir gegenüber noch nie gezeigt. Das führt jetzt dazu, dass ich meine Verteidigungswälle werde stärken müssen, um mich und mein Herz besser zu schützen. Wenn er mich so ansieht, wie er es jetzt tut, fällt es mir schwer, mich an all die Gründe zu erinnern, warum ich ihm nicht vertrauen sollte.

Ich beiße mir fest genug auf die Unterlippe, um einen stechenden Schmerz zu erzeugen. »Nun, beim nächsten Mal solltest du vielleicht nicht nur einen Haufen Vermutungen über jemanden anstellen, den du nicht kennst. Vielleicht wird dich dieser Mensch überraschen.«

Seine Mundwinkel zucken nach oben, und der Anflug von Humor in seinen Augen lässt ihn menschlicher, fast jungenhaft, aussehen. »Oh, du hast mich auf jeden Fall überrascht, Harlow.«

Er beugt sich etwas zu mir. Aus dem Augenwinkel nehme ich eine rasche Handbewegung wahr: Als hätte er beinahe nach mir gegriffen, sich im letzten Augenblick aber davon abgehalten. Als ich bemerke, dass ich es ihm unbewusst gleichgetan und mich ihm entgegengebeugt habe, zucke ich ebenfalls zusammen.

Ich lehne mich zurück und beschäftige mich mit meinem Sicherheitsgurt. Keiner von uns beiden spricht wieder, bis wir aus dem Auto gestiegen sind. Als wir über den Parkplatz zum Seiteneingang des Herrenhauses gehen, sagt Lincoln: »Die Jungs kommen später vorbei. Komm um halb acht zu uns ins Poolhaus. Wir müssen reden.«

Ich muss putzen und habe einige Hausaufgaben, an denen ich arbeiten sollte. Ich bin mir aber nicht sicher, ob ich mich darauf konzentrieren kann, sie zu erledigen. Außerdem hat sein Befehl in mir einen Nervenkitzel und Neugierde ausgelöst. Beide Emotionen nagen jetzt an mir. Worüber müssen wir reden? Haben die Jungs die ganze Woche ohne mich geheime Treffen wie dieses abgehalten?

Vielleicht öffnet mir Lincoln endlich einen Zugang zu ihrer Welt.

Ich weiß offen gesagt nicht, ob das gut ist. Da ich aber gezwungen bin, dieses Geheimnis zu wahren, es an meinem Geist und meiner Seele fressen zu lassen, will ich wenigstens nicht im Dunkeln gelassen werden.

Ich begrüße meine Mutter, die mich fragt, wie ich mich fühle. Genau wie sie es heute Morgen getan hat. Sie bietet an, meinen Teil der Putzarbeit zu übernehmen. Ich nehme ihr Angebot aber nicht in Anspruch. Monotones Schrubben hilft mir, mich abzulenken.

Um sechs Uhr gehe ich nach oben, um wieder meine normale Kleidung anzuziehen. Dann essen meine Mutter und ich in ihrer kleinen Wohnung zu Abend. Die Blacks essen immer unten im formellen Speisesaal. Dabei werden sie von Gwen, der Küchenchefin des Hauses, bedient. Wir sind aber nicht für die Vorbereitung von oder dem Aufräumen nach den Mahlzeiten verantwortlich.

Ich warte genau bis halb acht und gehe dann hinunter ins Poolhaus. Ich will nicht, dass Samuel oder Audrey mich dort allein finden und sich fragen, was ich dort zu suchen habe. Also lasse ich den Jungen genug Zeit, vor mir dort einzutreffen.

Als ich eintrete, sind sie auf den großen, bequemen Liegen an einem Ende des Pools. Ich habe plötzlich das Gefühl, ein Déjà-vu zu erleben. Hier habe ich Dax, Chase und River zum ersten Mal gesehen. Hier habe ich gehört, wie sie Mist über mich geredet haben. Und hier habe ich Rivers Telefon in den Pool getreten, um mich dafür zu rächen.

Mein Verhältnis zu allen vieren hat sich seitdem sehr verändert. Egal, ob ich mir das eingestehen will oder nicht. Meine Gefühle für sie haben sich geändert.

Vielleicht haben sich auch die ihren mir gegenüber gewandelt. Als ich eintrete, blitzt in ihren Augen so etwas wie Erleichterung auf.

Sie tragen alle Straßenkleidung. Es ist offensichtlich, dass sie wegen der Privatsphäre und Abgeschiedenheit und nicht wegen des Pools hierhergekommen sind. Auf der einen Seite des Kreises steht eine freie Liege, und ich gehe auf sie zu.

»Also, was gibt's?«, frage ich, als ich mich auf das weiche Kissen sinken lasse und ängstlich in ihre Gesichter blicke.

»Wir haben versucht, herauszufinden, wer der Typ mit der Maske war«, antwortet Lincoln unverblümt.

Ich setze mich aufrechter hin, und meine Augen werden groß. »Was? Ich dachte, du hättest gesagt, dass wir nichts sagen sollen.«

»Haben wir auch nicht.« Er senkt den Kopf und mustert mich mit einem stahlharten Blick, als hätte ich irgendwie seine *zehntausend* Warnungen vergessen, meinen verdammten Mund zu halten. »Wir gehen der Sache nach. Wir haben niemanden sonst in die Sache einbezogen oder jemandem etwas erzählt.«

Ich blinzele. »In Ordnung. Was habt ihr herausgefunden?«

Dax fährt mit der Hand durch sein dunkles Kupferhaar. »Leider nicht viel. Hast du ihr die Bilder gezeigt, Linc?«

Ich richte meinen Blick wieder auf Lincoln. Jetzt, wo sie es erwähnen, erinnere ich mich, dass er sein Telefon hochgehalten hatte, um mehrere Fotos von dem Mann mit der Maske zu machen, bevor der mysteriöse Fremde wieder in sein Auto gestiegen und davongefahren war. Panik und Schock lassen einige der Erinnerungen an diese Nacht etwas verschwommen, fast traumartig wirken. Ehrlich gesagt, hatte ich die Bilder auf seinem Handy bis jetzt vergessen.

Lincoln zieht sein Telefon aus der Gesäßtasche, tippt sein Passwort ein und streicht einige Male über den Bildschirm, bevor er es an mich weiterreicht.

Ich sehe den kleinen Bildschirm genau an. Die Bilder sind nicht besonders gut. Es war dunkel, sowohl im Auto als auch draußen. Außerdem hat er den Blitz nicht verwendet – vielen Dank auch –, sonst wären wir wahrscheinlich bereits alle tot. Also sind die Dinge, die deutlich sichtbar waren, auf den Fotos nur körnig und schattig zu erkennen.

Iris' Leiche liegt auf der Straße. Wenn ich nicht wüsste, was es ist, wäre ich aber nicht sicher, ob ich es erraten könnte. Das Auto des Angreifers stand fast genau in einem rechten Winkel zu unserem. Also ist das

Nummernschild nicht zu sehen. Außerdem hatte Lincoln recht – selbst auf dem Bild kann ich die Farbe des Wagens nicht genau bestimmen. Es sieht aus, als wäre es schwarz, genau wie fast alles andere auf dem Bild. Er hatte in schneller Folge mehrere Aufnahmen gemacht, also wische ich schnell durch sie hindurch. Einige sind wegen des schwachen Lichtes – und weil er sich dabei etwas bewegt hat – verschwommen. Am Ende ist aber eines, das den Mann deutlich zeigt.

Seine Skimaske ist heruntergerollt, sodass ich keine Merkmale ausmachen kann, anhand deren er identifiziert werden könnte. Aber ich sehe deutlich die Maske und kann sogar den blassen Schimmer der Haut um seine Augen und die Form seines Mundes ausmachen.

Das beweist aber nicht, wer Iris getötet hat. Das Bild liefert jedoch zumindest handfeste Beweise dafür, dass die Person, die für ihren Tod verantwortlich ist, dies mit kaltblütigem Vorsatz getan hat.

Das Bild des großgewachsenen Mannes wirkt auf mich wie ein Schlag in die Magengrube, und Galle steigt in meiner Kehle auf. Ich war nicht darauf vorbereitet, wie instinktiv ich beim Anblick dieser Bilder reagieren würde. Es fühlt sich fast so an, als würde ich die Geschehnisse dieser Nacht erneut erleben.

Lincoln greift herüber und nimmt mir das Telefon aus den steifen Fingern. Dax und Chase stehen auf und setzen sich zu beiden Seiten von mir auf die Liege. Irgendwie ist das zu ihrer inoffiziellen Aufgabe geworden – mich zu beruhigen, wenn ich kurz davor bin, die Nerven zu verlieren.

Ich liebe und hasse es, dass sie das ohne zu zögern tun, und dass ihre Nähe mich sofort beruhigt.

Lincoln drückt auf einen Knopf seines Telefons und steckt es wieder in die Tasche. Mein Magen dreht sich um, aber ich atme tief ein und langsam wieder aus. »Und, hat euch das auf eine Spur geführt? Gibt es irgendetwas, das hilft, ihn zu identifizieren? Ich habe nichts gesehen, aber …«

Vielleicht habe ich etwas übersehen. Bitte, lasst mich etwas übersehen haben.

»Nein. Bis jetzt noch nichts. Nun, abgesehen von dem Offensichtlichen. Wer auch immer Iris getötet hat, war männlich.« Chase zuckt mit den Schultern und legt eine Hand auf mein Knie.

»Der logischste Ort, den wir uns als Ausgangspunkt vorstellen können, ist, mehr über Iris und ihre Familie in Erfahrung zu bringen. Um zu sehen, ob wir herausfinden können, was sie tun und ob ihnen das möglicherweise Feinde eingebracht hat«, sagt River vorsichtig. Er mustert mich eindringlich, als ich antworte.

»Ihr haltet Beweise zurück. Das wisst ihr, nicht wahr? Im Moment geht die Polizei davon aus, dass Iris von einem betrunkenen Fahrer angefahren wurde – dass ihr Tod ein Unfall war. Diese Bilder könnten ihnen bei ihren Ermittlungen helfen.«

»Ja.« River zuckt mit den Schultern. »Oder sie könnten verschwinden und nie wieder das Tageslicht erblicken, während der Killer plötzlich weiß, dass es Zeugen gibt. Wenn wir mehr Informationen haben, können wir immer noch darüber nachdenken, zur

Polizei zu gehen. Aber selbst dann wird das ein Risiko sein. Im Moment wäre es schlicht verdammt gefährlich.«

Vielleicht habe ich nur zu viel Zeit mit den Königen verbracht. Was er sagt, beginnt aber Sinn zu ergeben. Mein Leben war bisher nicht in geraden Bahnen verlaufen. Was diese Typen machen, ist nur ein weiterer Umweg. Ich bin irgendwie beeindruckt, dass sie nicht nur versuchen, die Sache hinter sich zu lassen und so zu tun, als wäre sie nie geschehen, sondern selbst etwas unternehmen wollen.

Natürlich kann ich nicht umhin, mich zu fragen, wie viel davon auf Selbstschutz zurückzuführen ist.

Wir glauben nicht, dass der Mann mit der schwarzen Skimaske uns gesehen hat. Ich entsinne mich nicht, dass sein Blick auf unserem Auto haften geblieben ist. Wir hatten ein gutes Stück die Straße hinunter in der Dunkelheit gestanden.

Sicher können wir uns aber nicht sein.

Es ist möglich, dass er unseren Wagen bemerkt hat. Vielleicht ist ihm erst in dem Augenblick, als er vom Tatort weggerast ist, in den Sinn gekommen, dass er möglicherweise beobachtet wurde – und möglicherweise tut er jetzt genau dasselbe wie wir.

Herausfinden, wer in jener Nacht dort war.

19

Die Beerdigung von Iris findet am Mittwoch der folgenden Woche statt.

Ich bin nicht eingeladen. Das hat Sinn, da sie und ich nie eng befreundet waren. Außerdem weiß niemand, dass ich über unsere Begegnungen in der Schule hinaus eine Verbindung zu ihr habe. Ihre Eltern wissen nicht, dass ich ihre letzten Momente miterlebt habe. Selbst wenn sie es wüssten, glaube ich nicht, dass sie mich deshalb zum Gottesdienst eingeladen hätten.

Sie würden mich hassen.

Die vier Jungs sind eingeladen, und alle vier gehen hin. Ich verbringe den Abend in der Wohnung meiner Mutter und schaue mir mit ihr alte Filme an. Ich versuche, meine Gedanken davon abzuhalten, zur Kirche in der Innenstadt zu wandern, wo Iris' Familie und Freunde trauern.

Um kurz nach zehn Uhr abends umarme ich meine Mutter und gehe um die Ecke in mein Zimmer. Als ich die Tür öffne, bemerke ich, wie Audrey aus dem

Schlafzimmer am Ende des Flurs kommt. Ich tue so, als würde ich sie nicht sehen, wende meinen Kopf ab und betrete schnell mein kleines Heiligtum. Ich habe keine Ahnung, was sie dort gemacht hat – es ist derselbe Raum, in dem Mr. Black einmal Sex hatte –, beschließe aber, dass ich das gar nicht wissen will. Mein Verstand ist mit Geheimnissen überladen. Selbst meine normalerweise neugierige Natur könnte mit einem weiteren nicht umgehen.

Außerdem kann man, wenn man erst eines kennt, es nicht wieder vergessen.

Ich putze mir die Zähne und schlüpfe in meinen Schlafanzug. Als ich gerade dabei bin, ins Bett zu kriechen, klopft es leise an der Tür. Ich bin in diesen Tagen so nervös, dass selbst dieses leise Geräusch dafür sorgt, dass ich zusammenzucke. Ich wünsche mir wirklich, es gäbe einen verdammten Türspion. Ich will wissen, was mich auf der anderen Seite der Tür erwartet, bevor ich mich dem stelle.

Es gibt aber keinen. Also atme ich tief durch, öffne die Tür einen Spalt breit und blicke in den Flur hinaus.

Es ist Lincoln.

Und er ist betrunken.

Zumindest nehme ich das an. So zerzaust wie jetzt habe ich ihn noch nie gesehen. Sein dunkles Haar ist immer etwas unordentlich, aber jetzt steht es in seltsamen Winkeln von seinem Kopf ab. Seine schönen, bernsteinfarbenen Augen wirken ein wenig glasig, und sein Gesicht sieht müde und gezeichnet aus. Er muss auf der Beerdigung einen Anzug getragen haben. Jetzt fehlt aber das Sakko. Seine Krawatte ist aufs

Geratewohl gelockert, und die Ärmel sind an den Unterarmen hochgekrempelt. Außerdem riecht er wie eine verdammte Schnapsbrennerei.

»Linc?«, frage ich erstaunt und benutze unwillkürlich den Spitznamen, mit dem seine Freunde ihn ansprechen. »Ist alles in Ordnung?«

Er antwortet nicht, sondern geht an mir vorbei in mein Zimmer. Ich zögere eine Sekunde, bevor ich die Tür leise schließe und mich ihm zuwende. Etwas stimmt nicht. Das bringt meine Alarmglocken zum Schrillen. Ich glaube aber mittlerweile wirklich, dass Lincoln mir niemals schaden würde. Er hat zwar ein etwas fehlgeleitetes Gefühl für Richtig und Falsch, aber er ist kein schlechter Mensch.

»Was ist passiert? Wie war die Beerdigung?«

Er antwortet immer noch nicht. Er sieht mich nicht einmal an. Stattdessen lässt er sich auf das Ende meines Bettes sinken, stützt die Arme auf den Oberschenkeln ab und lässt den Kopf hängen. Er sieht traurig und ... gebrochen aus. Ich verstehe nicht ganz, was vor sich geht oder warum er jetzt so aufgewühlt ist – mehr als in der Nacht, als wir mitangesehen haben, wie Iris ermordet wurde. Was hat sich seitdem geändert?

Oder hat ihn das alles endlich eingeholt?

Da ich sicher bin, dass ich von ihm keine Antworten bekommen werde, stelle ich ihm keine weiteren Fragen. Stattdessen gehe ich zum Bett und setze mich neben ihn. Ich weiß nicht genau, was ich tun soll. Ich spüre aber die Not, die wie ein Feld giftiger Energie von ihm ausstrahlt. Das halte ich nicht aus. Ich will es ihm leichter machen.

Zaghaft strecke ich eine Hand aus und streiche über das Haar in seinem Nacken. Die dunklen Haarsträhnen fühlen sich weich an, und ich spüre, wie sein Körper bei meiner Berührung zittert. Mit den Fingernägeln massiere ich sanft seine Kopfhaut. Meine Mutter hat das immer getan, wenn ich mich beschissen gefühlt habe. Daraufhin holt er tief Luft. Dann wendet er sich plötzlich mir zu, schlingt seine Arme um meine Mitte und drückt den Kopf an meinen Bauch.

Wie er sich so an mich klammert, wirkt es fast wie eine seltsame Art von Umarmung, der etwas Verzweifeltes anhängt. Ich beiße mir auf die Lippe, um meine eigenen Gefühle im Zaum zu halten, während ich mit den Fingern weiter durch sein Haar streiche. Er atmet rau und ungleichmäßig. Ich weiß nicht, ob ihm Tränen aus den Augen fallen oder nicht. Ich habe aber das Gefühl, dass er schon lange nicht mehr so nahe daran war, in Tränen auszubrechen.

Er sagt kein Wort, und ich dränge ihn nicht zum Reden. Er und die anderen Könige haben in der Nacht von Iris' Tod meine verletzlichste Seite gesehen – und mich vom Rand eines dunklen und schrecklichen Abgrundes zurückgebracht. Wenn Lincoln jetzt dort ist, ist das Mindeste, was ich tun kann, bei ihm zu sitzen und für ihn da zu sein. Seinen Schmerz zu teilen, bis er vorübergeht.

Nach einer Weile atmet Lincoln wieder gleichmäßiger. Es ist fast Mitternacht, und meine Augenlider werden schwer. Ich versuche, seinen Griff um mich zu lockern, damit ich aufstehen kann. Er gibt aber ein Geräusch von sich, das fast wie ein Knurren klingt, und hält sich noch mehr an mir fest. Diesen Kampf gebe ich also auf. Stattdessen rutsche ich auf dem Bett ein Stück zurück und ziehe ihn mit mir. Am Ende liege ich auf dem Rücken, und sein Kopf ruht auf meinem Bauch. Als meine Müdigkeit mich übermannt, grabe ich meine Hände wieder in die dichten Strähnen seines Haares.

Ich weiß nicht, um welche Uhrzeit er mitten in der Nacht aufgewacht ist. Als ich am nächsten Morgen aber die Augen öffne, ist er verschwunden.

HALLOWEEN FÄLLT AUF EINEN SAMSTAG. OBWOHL ICH keine Lust habe, viel zu tun, habe ich mich von Lauren und Andrea überreden lassen, zu einer Kostümparty zu gehen. Sobald sie erfahren, dass ich gehe, beschließen Lincoln, Dax, Chase und River natürlich, ebenfalls zu kommen. Trotz ihrer Entscheidung, mich einzuweihen, dass sie nach dem maskierten Mann suchen, und trotz Lincolns seltsamem Besuch in meinem Zimmer vor einigen Tagen, haben sie anscheinend immer noch ein Problem damit, mir zu vertrauen.

Das ist verdammt frustrierend. Ich weiß nicht, was sie von mir erwarten oder wie ich sie davon überzeugen kann, dass ich den Mund halten werde.

In einer der Umzugskisten, von denen meine Mutter schwört, dass sie sie nicht hätte packen sollen, befinden sich mehrere alte Kostüme. Also stehle ich eines aus diesem Vorrat – ein Kleopatra-Kostüm, komplett mit Toga, Perücke und Kopfschmuck. Es ist nicht so trendig oder zeitgemäß wie die meisten Kostüme, die andere Mädchen auf der Party tragen werden. Aber es ist besser als die Alternative: in meiner Straßenkleidung aufzutauchen und jedem zu sagen, dass es mir scheißegal ist.

Wie gesagt – ich bin nicht in der Laune, zu feiern.

Die Party findet in einem Herrenhaus im Westen der Stadt statt. Lincoln besteht darauf, mich zu überraschen – wer hätte das gedacht. Ich weiß, dass die Leute in der Schule zu bemerken beginnen, wie oft er und ich gemeinsam bei Veranstaltungen erscheinen. Dafür gibt es zwar eine eindeutige Erklärung: Ich bin sein Dienstmädchen und wohne in seinem Haus. Das erklärt aber nicht, warum ich auch oft mit den anderen drei Jungs gesehen werde.

Ich hatte fast erwartet, dass Savannah es mir übel nehmen würde, die Aufmerksamkeit von vier der reichsten und heißesten Jungs der Schule zu monopolisieren. Sie hat aber noch nichts gesagt ... Sobald wir durch die Türen des einstöckigen, weitläufigen Hauses treten, wird mir klar, warum.

Sie und Trent stehen in der Nähe der breiten Tür, die vom Foyer in das Wohnzimmer führt. Er hat sie beinahe vollständig nach hinten gebeugt, als er ihren Mund mit einem feuchten Kuss verschlingt.

Ich bleibe abrupt stehen, und Lincoln hält hinter mir inne. Als er sieht, wohin ich starre, stößt er ein leises Schnauben aus. »Oh, das wusstest du nicht? Sie sind seit etwa einer Woche zusammen.«

Igitt. Igitt, weil seine Zunge inzwischen irgendwo in ihrer Speiseröhre sein muss. Und auch, weil ich weiß, dass er und Iris so etwas wie ein Paar waren. Auch wenn kaum jemand in der Schule etwas davon wusste. Ist dies seine Art, mit seiner Trauer umzugehen? An jenem Montag, nachdem die Nachricht von ihrem Tod bekannt wurde, hat er verdammt fertig ausgesehen.

Ich weiß nicht genau, was zwischen Iris und Trent vor sich ging. Aus meiner Sicht sieht es aber so aus, als hätte er gerade eine Cheerleaderin mit einer anderen ausgetauscht. Ganz abgesehen davon, dass eine von ihnen verdammt nochmal gestorben ist.

Savannah hat ihre Trauer weiterhin übertrieben zur Schau gestellt und als Vorwand benutzt, um zu tun und zu sagen, was immer sie wollte. Und um sich mir gegenüber noch mehr wie ein Miststück zu verhalten, als es sowieso schon der Fall gewesen war. Sie ist dabei so theatralisch geworden, dass es ehrlich gesagt schwierig geworden ist, zu sagen, was davon echt und was gespielt ist.

Lincoln brummt wieder und zerrt mich in die entgegengesetzte Richtung zum anderen Flügel des Hauses. Wir stoßen zu Dax und Chase, die von mehreren Mädchen umgeben sind. Sie neigen dazu, sich um die Zwillinge zu scharen. Egal, ob die Jungen sie dazu ermutigen oder nicht. Das ist im Moment definitiv aber nicht der Fall. Anschließend wandern wir vier in die Ecke, in der River faulenzt.

Mir fällt auf, dass dies wirklich alles ist, was ich wollte. Dass dies hier mir ein Gefühl der Sicherheit verleiht. Ich bin zwar zu dieser Party gekommen, weil Lauren und Andrea mich eingeladen haben. Die einzigen Menschen, mit denen ich aber wirklich Lust habe, hier abzuhängen, sind die vier Jungs, mit denen ich zusammen bin.

Wow. Ich hätte nie gedacht, dass ich so etwas je sagen würde.

Dax und Chase setzen sich auf beiden Seiten von mir auf ein breites Plüschsofa. Der Grundriss dieses Hauses ist offen gestaltet, sodass ich, obwohl wir uns in einem anderen Raum befinden, Trent und Savannah immer noch sehen kann. Sie haben aufgehört, wie Betrunkene herumzumachen. Sie klammert sich aber immer noch wie ein Blutegel an ihn, als sie sich zu ihm beugt und ihm etwas ins Ohr flüstert.

»Ihr glaubt doch nicht, dass Savannah dahintersteckt, oder?«, murmele ich, bevor ich mich davon abhalten kann.

Ich habe leise gesprochen, aber River, der mir gegenübersitzt, kneift überrascht die Augen zusammen und beugt sich näher zu mir. »Wovon sprichst du?«

Ich seufze und sehe mich um. Dies ist nicht der richtige Ort, um diese Art Gespräch zu führen. Ich bin mir nicht sicher, ob es dafür überhaupt einen *richtigen* gibt. Dieser ist es aber auf keinen Fall. »Nichts. Nur ein dummer Gedanke. Ich weiß nur, dass sie sich mindestens so sehr hassten, wie sie einander mochten. Außerdem haben sie sich wochenlang um Trent gestritten.«

Dax schüttelt den Kopf. »Dazu ist sie nicht klug genug. Außerdem war der Fahrer des Autos ein Mann. Das steht fest.«

»Ja. Du hast recht.« Ich schüttele den Kopf, und die Haare meiner einfachen schwarzen Perücke hüpfen, als wir fünf uns tiefer in die Sofakissen sinken lassen.

Das Gespräch wendet sich anderen Themen zu. Ich werde aber den Gedanken nicht ganz los, der mir vorhin gekommen ist. Dax hat recht, wenn er sagt, dass die Person im Auto groß und männlich war. Savannah war das definitiv nicht gewesen. Aber was wäre, wenn sie jemanden angeheuert hat, der es für sie getan hat? Ein Mord ist schrecklich und extrem. Ich weiß aber, dass sie auf Iris eifersüchtig war und dass die beiden die ganze Zeit über ihre Positionen in der Cheerleading-Mannschaft gestritten haben. Und dann ist da noch der Umstand, dass extrem reiche Menschen nie das Wort *Nein* zu hören bekommen und von der Realität getrennt leben.

Vielleicht hat sie sich auf eine verdrehte und verworrene Weise selbst eingeredet, dass sie Iris loswerden muss, um zu bekommen, was sie will.

Diesen Gedanken lasse ich aber wieder fallen. So wenig ich Savannah auch mag, so schwer fällt es mir aber, sie mir als Mörderin vorzustellen. Außerdem habe ich keine Beweise, die das untermauern würden. Nur halbgare Verdächtigungen. Also entspanne ich mich und trinke für den Rest der Nacht mit den Jungs. Dabei versuche ich, meinen Blick nicht zu oft zu Savannah und Trent schweifen zu lassen.

Der erste November fällt auf einen Sonntag, und ich weiß nicht, wie das Wetter normalerweise in Connecticut ist. Es scheint aber über Nacht von kühl zu kalt zu wechseln. So, als hätte jemand endlich die Nachricht erhalten, dass der Winter beinahe da ist.

Ich verbringe die meiste Zeit des Tages im Haus, putze und mache Hausaufgaben. Als ich meine Mutter und Mr. Black bei einem Gespräch in seinem Arbeitszimmer überrasche, stellen sich sofort meine Nackenhaare auf. Ich muss ihr zumindest eine abgeschwächte Version dessen erzählen, was Lincoln mir gesagt hat. Ohne dass es dabei offensichtlich wird, dass ich geplappert habe.

Ich habe aber keinen Spaß gemacht. Meine Mutter ist für ihr eigenes Wohl zu nett und zu vertrauensselig. Nicht, dass sie der Typ wäre, der die Geliebte spielt oder eine Ehe ruinieren würde. Ich befürchte aber, dass sie sich in Schwierigkeiten bringen könnte. Weil sie an das Gute in den Menschen glaubt, obwohl es immer besser ist, das Schlimmste zu erwarten.

Samuel lächelt mich charmant an, als er mich in der Türöffnung bemerkt. Ich sehe aber, wie seine Augenlider angesichts meines Gesichtsausdrucks zucken, und frage mich, ob er weiß, dass ich mir seines kleinen Dienstmädchenfetischs bewusst geworden bin.

Ich schenke ihm mit zusammengepressten Lippen ein Lächeln und werfe meiner Mutter einen Blick zu.

Lincoln Black mag zwar mein Vertrauen gewonnen haben. Seinem Vater traue ich aber immer noch nicht weiter, als ich ihn werfen kann.

20

Der Montag beginnt langweilig. Ich fahre mit Lincoln zur Schule und quäle mich durch meine ersten Unterrichtsstunden. Der Sportunterricht in der vierten Stunde ist seit dem Tod von Iris sehr viel ruhiger geworden. Früher gab es in der Umkleidekabine mindestens einmal pro Woche Schreiduelle zwischen ihr und Savannah. Jetzt sind hier normalerweise nur noch Mädchen, die miteinander tratschen und darüber reden, welche Partys am vergangenen Wochenende stattgefunden haben und was für das kommende Wochenende geplant ist.

Savannah hat sich heute früh vor dem Unterricht gedrückt und behauptet, sie habe schlimme Kopfschmerzen. Als ich in einer Ecke des langen, engen Raumes wieder meine normale Kleidung anziehe, ist Savannah nicht einmal in der Umkleidekabine. Ich schiebe gerade einen Fuß durch das Hosenbein meiner Jeans, als ich aus Richtung der Reihe der Spinde zu meiner Rechten eine gedämpfte Stimme sprechen höre.

»Ja. Sie war *schwanger*.«

Ich erstarre.

Es gibt keinen Grund, anzunehmen, dass ich weiß, von wem sie sprechen. Da die Sprecherin aber die Vergangenheitsform benutzt, hat sich mein Körper sofort angespannt. Ihrer Stimme hängt diese raue, schrille Qualität an, die anstößigen Klatsch suggeriert und bei mir dafür sorgt, dass sich mein Herz in der Brust zusammenschnürt.

»Verdammte Scheiße. Wirklich? Iris Lepiane war schwanger?«

Das andere Mädchen klingt sowohl empört als auch höchst belustigt, und mir dreht sich der Magen um. Es geht hier um einen Menschen – ein echtes Leben – und nicht um eine Figur aus einer billigen Seifenoper. Um *zwei* Leben, wenn die erste Rednerin recht hat.

»Ja. Ich habe es von Celia gehört, deren Mutter es von *ihrer* Mutter gehört hat. Sie war verdammt nochmal schwanger.«

»Auf keinen Fall!«

Je erregter sie werden, desto leiser sprechen sie. So, als würden selbst sie merken, wie schrecklich sie sich verhalten, wenn sie sich über eine Tote das Maul zerreißen.

Ich schiebe meinen Fuß langsam mein Hosenbein hinunter und tue weiter so, als würde ich mich anziehen. Jedes Atom meines Körpers streckt jedoch seine Fühler nach den Stimmen auf der anderen Seite der Spinde aus und versucht, jedes Wort zu hören.

»Ja. Ich frage mich nur, wer der Vater ist.«

Das zweite Mädchen kichert leise. »Das könnte eine lange Liste sein.«

»Genau. Es wäre schneller, eine Liste zu erstellen, mit wem sie *nicht* geschlafen hat.«

»Was glaubst du, wer es war?«

Die erste Rednerin klingt, als wäre sie begeistert, gefragt worden zu sein. Als hätte sie den ganzen Tag darauf gewartet, ihre Theorie zu verkünden. »Schwer zu sagen. Es könnte Trent Calloway sein. Conor. Chris. Außerdem waren sie und Lincoln Black letztes Jahr ein Paar. Zum Teufel, vielleicht hat er sich einen Nachschlag gegönnt.«

Sie kichern wie kleine Kinder, aber der Klang ihrer Stimmen verschwindet hinter dem Rauschen in meinen Ohren.

Was?

Lincoln ... war mit Iris zusammen gewesen?

Das hat er *nie* erwähnt. Nicht ein einziges Mal. Und auch keiner der anderen.

Mein Körper funktioniert wie ferngesteuert, zieht an meiner Kleidung und bindet meine Haare zu einem Pferdeschwanz zusammen. Gedanklich kann ich aber nicht aufhören, mich mit dieser Neuigkeit auseinanderzusetzen.

Lincoln und Iris.

Iris und Lincoln.

Sie waren zusammen gewesen. Außerdem hat er es nicht für wichtig erachtet, das *zu erwähnen*, nachdem wir alle Zeugen ihres Todes geworden sind. Ist das der Grund, warum er so sehr darauf bestanden hat, nicht zur Polizei zu gehen? Weil er wusste, dass er verdächtigt werden könnte?

Oder was wäre, wenn er sich tatsächlich, wie das erste Mädchen es ausdrückte, einen Nachschlag gegönnt hat? Was wäre, wenn er gewusst hat, dass sie schwanger war? Könnte *er* das getan haben?

Mein Verstand weigert sich, das zu glauben. *Das ist unmöglich. Ich kann Menschen besser einschätzen.*

Ich weiß aber nicht, was ich denken soll. Ich bekomme die Gedanken und starken Gefühle, die jetzt wie ein außer Kontrolle geratenes Pendel in mir schwingen, nicht mehr unter Kontrolle. Zorn. Verwirrung. Sorge.

Eifersucht.

Letzteres ist die Empfindung, die mir am meisten wehtut. Und jene, die ich am stärksten zu unterdrücken versuche. Es sollte mir egal sein, was Lincoln mit irgendeinem Mädchen gemacht hat oder macht. Vor allem mit einem, das gar nicht mehr da ist.

Ich ziehe meinen Rucksack aus dem Spind und schwinge ihn über die Schulter. Dabei blinzele ich mehrmals heftig, als ich spüre, wie mein Gesicht heiß wird. Jetzt steht die Mittagspause auf meinem Stundenplan. Ich kann aber den Gedanken nicht ertragen, jetzt einen der Jungs zu sehen. Also laufe ich schnell zu einer Seitentür im ersten Stock und schlüpfe hinaus in den kalten, grauen Tag. Ich habe meinen Mantel nicht dabei, aber das ist mir egal. Ich werde auf keinen Fall zurückgehen, um ihn zu holen.

Wenn ich mich unter die Tribüne zurückziehe, werden mich die Zwillinge finden. Also eile ich stattdessen auf die andere Seite der Schule, wo sich ein kleiner Innenhof mit einem Brunnen befindet. Ich eile an ihm vorbei zu den wenigen hohen Bäumen auf dem Rasen und verstecke mich hinter einem von ihnen. Ich lehne meinen Rucksack gegen ihn und hole tief Luft.

Ich bleibe die ganze Zeit dort, rauche oder esse nicht und tue auch sonst nichts. Ich starre nur auf das braune Gras, die kahlen Äste der Bäume und die weißgrauen Wolken am Himmel.

Vom Rest des Tages bekomme ich nicht viel mit. Ich bemerke, dass River mir einen nachdenklichen Blick zuwirft, als ich ihm im Korridor begegne. Wahrscheinlich fragt er sich, wohin zum Teufel ich verschwunden war. Aber ich ignoriere ihn. Mit meiner verdammten Mitfahrgelegenheit nach Hause kann ich das aber nicht, und es wird viel zu früh drei Uhr.

Als ich das Schulgebäude verlasse und die breite Eingangstreppe hinuntergehe, steht Lincoln bereits da und wartet auf mich. Er hat einen launigen Ausdruck im Gesicht, der dafür sorgt, dass ich ihm am liebsten die Augen auskratzen würde. *Er* ist wütend auf *mich*?

Ich sage kein Wort, als ich an ihm vorbei zu seinem Auto gehe. Als er sich umdreht, um mit mir Schritt zu halten, spüre ich, wie sich seine Wut steigert. Wir steigen beide in seinen Wagen, ohne ein Wort zu sagen. Die gesamte Fahrt nach Hause ist von Schweigen bestimmt.

Als wir etwa die Hälfte des Weges zurückgelegt haben, brummt das Telefon in meiner Tasche, und ich ziehe es heraus. Dabei ignoriere ich Lincoln bewusst weiter.

MEINE MUTTER: Hey Low. Ich will mich mit Celeste auf einen Kaffee treffen. Wir versuchen schon seit ewigen Zeiten, das zu tun. Heute hat sie endlich einen freien Nachmittag. Zum Abendessen bin ich wieder zurück. Lass mir etwas Arbeit übrig. Ich werde sie heute Abend erledigen.

ICH: Okay. Viel Spaß.

Ich hoffe, dass sie welchen haben und es ihr nicht leidtun wird, in welche Richtung sich ihr Leben entwickelt hat, wenn sie ihre alte Freundin von der Universität wiedersieht. Ich wünsche mir aber auch, dass sie zu Hause ist, wenn ich dort ankomme. Ich will mich auf ihrem Sofa zusammenrollen, mit ihr Filme ansehen und die verdammte Welt für eine Weile vergessen.

Das angespannte, fast schmerzhafte Schweigen dauert an, bis Lincoln den Wagen in einer der Garagen parkt und den Motor abstellt. Einen Augenblick lang sitzt er mit dem Schlüssel noch im Zündschloss unbeweglich da. Dann dreht er sich mit einem Ruck zu mir.

»*Was?*«, will er wissen.

Er ist wütend. Dieses eine Mal mache ich mir überhaupt keine Sorgen darüber, ihn zu verärgern.

Ich drehe mich im Sitz zu ihm um und erwidere den raubtierhaften Blick, den er mir aus seinen bernsteinfarbenen Augen zuwirft. »Iris war schwanger.«

Er runzelt die Stirn, und sein wutverzerrter Gesichtsausdruck verwandelt sich in einen verwirrten. »Was?«

»Oh, das wusstest du nicht? Ich bin überrascht, das

zu hören, wenn man bedenkt, dass du mit ihr verdammt nochmal zusammen warst.«

Sein Gesichtsausdruck ändert sich erneut. Ich bemerke, dass diese Vernehmung überhaupt nicht so verläuft, wie er es sich vorgestellt hatte. »Wer hat dir davon erzählt?«

»Ist es das, worüber du dir Sorgen machst?« Ich lache unwirsch, wende mich von ihm ab und greife nach dem Türgriff. Scheiß drauf. Meine Mutter ist nicht zu Hause. Ich kann mich aber trotzdem auf ihrem Sofa unter einem Haufen Decken zusammenrollen und versuchen, zu vergessen, dass dieser Tag jemals stattgefunden hat.

Ich mache mich auf den Weg zum Dienstboteneingang des Herrenhauses. Noch bevor ich ihn erreiche, höre ich, wie Lincoln die Autotür hinter mir zuschlägt. Als ich das Haus betrete, ist er mir dicht auf den Fersen.

»Ja. Genau deswegen mache ich mir Sorgen. Denn wer immer das behauptet, verbreitet einen Haufen Schwachsinn. Letztes Jahr haben wir uns zweimal getroffen. Wir waren nie zusammen. Als ich bemerkt habe, wie manipulierend sie war, habe ich jeden Kontakt abgebrochen.«

»Darum geht es nicht, verdammt!« Ich wirbele zu ihm herum, als wir das Foyer betreten. Der Klang meiner Stimme hallt durch den großen, leeren Raum. Niemand ist da, der uns hören könnte. Dafür danke ich Gott, denn ich bin nicht in der Lage, leiser zu sprechen. Zorn brodelt in meinen Adern. Angetrieben von anderen Emotionen, die ich nicht ganz verstehe. »Es ist egal, wie du es nennst! Du hättest es mir sagen sollen! Hast du wirklich gedacht, dass dies keine relevante Information ist?«

»Nein.« Seine Stimme klingt hart, und sein Blick ist noch härter. »Habe ich nicht. Es ging dich verdammt nochmal nichts an, und es hatte nichts mit dem zu tun, was ihr zugestoßen ist.«

»Ach wirklich?«, zische ich. »Vielleicht hatte es aber etwas damit zu tun, warum du dich geweigert hast, zu melden, was wir gesehen haben! Und ich habe gedacht, dass du das Richtige tust, um deine Freunde zu beschützen. Dabei ging es die ganze Zeit nur um deinen eigenen verdammten Arsch!«

»Du irrst dich, Harlow.« Er atmet schwer, und seine Nasenflügel sind geweitet. Jetzt sieht er gefährlich und wild aus. »Du hast keine Ahnung, wie sehr.«

»Ich weiß überhaupt nichts!«, schreie ich. »Weil du mir nie etwas sagst. Du tust so, als wäre ich ein Teil von alldem, aber ich bin nur die verdammte Hilfe! Jemand, den du wie Dreck behandeln kannst, wenn dir danach ist, und zu dem du nett sein kannst, wann immer es deinen Zielen dient. Jemand, den du herumkommandieren und *benutzen* kannst, und …«

Ich komme nicht mehr dazu, den letzten Satz zu beenden, denn Lincoln kommt mit zwei Schritten auf mich zu und küsst mich. Leidenschaftlich.

Dieser Kuss beendet unseren Streit nicht, sondern setzt ihn fort. Seine Lippen drücken sich so fest auf die meinen, als wolle er mich zum Schweigen bringen und mir gleichzeitig etwas beweisen. Mein Körper erstarrt vor Schock für einen Moment. Dann reagiert er jedoch so heftig, dass ich selbst überrascht bin. Ich fahre mit den Händen in sein Haar und packe es am Ansatz, als würde ich versuchen, ihm strähnenweise die Haare auszureißen. Gleichzeitig stürze ich mit dem Mund, den Lippen, Zähnen und der Zunge auf seinen Mund.

Es ist kein sinnlicher Kuss.

Es ist nicht einmal ein heißer Kuss.

Es wirkt eher wie eine Naturkatastrophe, wie ein Tornado, der durch die Landschaft tobt. Ein Wirbelsturm, der alles zerstört, was sich ihm in den Weg stellt, und die Welt zurücklässt, wie sie einmal war: in Trümmern.

Es ist ein Feuer.

Es ist Schmerz.

Es ist Verlangen.

Ich kralle mich in Lincolns Kopfhaut, versuche, auf seinen Körper zu klettern, stöhne und keuche und gebe leise, unzusammenhängende Geräusche von mir. Während er mich wie ein Verhungernder küsst, sind seine großen Hände überall: auf meinem Hintern, meinen Hüften, meiner Taille und meinen Brüsten.

Dann liegen sie plötzlich auf meinen Schultern, und er stößt mich weg.

Als er mich so unvermittelt loslässt und ich meinen Halt an ihm verliere, stolpere ich beinahe. Ich habe mit den Fingern sein Haar zerzaust. Sein Gesicht ist gerötet, und seine Lippen sind von dem aggressiven Kuss geschwollen. Er blinzelt mich an, als könnte er nicht glauben, was gerade geschehen ist. Als wäre er sich nicht sicher, wie ich oder er an diesem Punkt angelangt sind – oder wer wir beide sind.

Er sieht fast … ängstlich aus.

Sein Blick wird finster, als er einen weiteren Schritt von mir zurücktritt und den Kopf schüttelt. »Es geht dich nichts an, wen ich gefickt habe, Poolmädchen. Wenn es wichtig gewesen wäre, hätte ich es dir gesagt. Das war es aber nicht.«

Dann dreht er sich um und geht mit schweren und schnellen Schritten die Treppe hinauf.

Oh nein, das tust du verdammt nochmal nicht!

Mein Verstand reagiert immer noch einige Sekunden nach meinem Körper, aber das spielt keine Rolle. Ich bin bereits in Bewegung und haste ihm hinterher die Treppe hinauf. Lincoln Black hat seit dem ersten verdammten Tag, an dem ich ihn getroffen habe, mit meinen Gefühlen gespielt. Ich werde ihm auf keinen Fall das letzte Wort lassen.

»Ich entscheide, was ich wissen muss, du Arschloch! Das ist alles andere als ein Spiel! Warum konntest du es mir nicht sagen? Na?« Ich hole ihn auf dem oberen Treppenabsatz ein und stoße ihm in den Rücken. »Wovor hattest du solche Angst? Dachtest du, ich könnte eifersüchtig auf sie sein? Weil sie mit einem der Könige der Linwood-Akademie ficken durfte? Nun, ich habe Neuigkeiten für dich, Linc. Das ist mir scheißegal. Von mir aus kannst du die gesamte Cheerleading-Mannschaft vögeln. Eine nach der anderen.«

Wir haben auf dem Flur bereits den halben Weg zu seinem Schlafzimmer hinter uns gebracht, als er plötzlich herumwirbelt, meine Arme ergreift und mich so grob an die Wand drückt, dass der Rahmen eines Gemäldes verrutscht, das in der Nähe an einem Haken hängt. Als er die Zähne bleckt, sind seine Pupillen geweitet und kontrastieren mit der hellen Bernsteinfarbe seiner Iriden. »Ich habe es dir gesagt, Poolmädchen. Hör auf, mich anzulügen.«

Ich werfe mich mit dem ganzen Gewicht meines Körpers gegen seinen Griff und versuche, mit Gewalt von der Wand wegzukommen. Er ist aber zu stark und setzt sein Gewicht ein, um mich festzunageln. »Ich lüge nicht, du Arschloch! Gott, ich *hasse dich verdammt noch*...«

Zum zweiten Mal schneiden seine Lippen meine Worte ab. Zuvor hatte ich mich aber geirrt.

Der Kuss unten im Foyer? Er war verdammt sanft gewesen.

Das ist die Art von Kuss, die Seelen in Besitz nimmt.

Er drückt mich jetzt mit dem Körper an die Wand, und seine Lippen setzen einen Strom von Verlangen und beschissenen Gelüsten frei, in denen ich zu ertrinken drohe. Er saugt meine Zunge in den Mund, und sie kollidiert mit der seinen, als gäbe es für uns beide einen Weg, diese Schlacht zu gewinnen. Er riecht nach Moschus und Gewürzen, und es liegt ein Hauch von Süße in seinem Atem.

Jetzt, da er mich festgenagelt hat, jetzt, wo er weiß, dass ich nirgendwohin kann, verlassen seine Hände meine Schultern. Sie rutschen tiefer, um meine Brüste zu massieren und zu drücken. Er zerrt durch meinen BH an meinen Brustwarzen und jagt so kleine Wogen der Lust und von Schmerzen durch mich. Ich wimmere in seinen Mund, und er zieht sich leicht zurück. Wir atmen beide schwer. Die rauen Geräusche füllen die Stille, die in dem düsteren Flur herrscht.

»Sag mir, dass ich aufhören soll, Harlow.« Seine Stimme klingt rau wie Sandpapier und ist fast nicht wiederzuerkennen. An ihr ist nichts von dem geschmeidigen, selbstbewussten Tonfall zu hören, den ich von ihm erwarte und kenne. »Sag mir, dass ich verschwinden soll.«

Die Worte, die ich sagen sollte, bleiben jedoch in meiner Brust, während wir uns einander mit benommenen Blicken anstarren. Stattdessen begrabschen wir uns weiter gegenseitig besitzergreifend mit den Händen.

Sie sind in meiner Brust und bleiben auch dort.

Er wartet, gibt mir Zeit, ihn wegzustoßen, Zeit zur Flucht. Ich bewege mich aber nicht. Während einige Sekunden verstreichen, sehe ich die Erkenntnis in seinem Gesicht dämmern, dass ich es nicht tun werde.

Eine Woge der Vorfreude, der Angst und der Lust schwappt über mich, als eine große Hand an meinen Körper hinaufgleitet und nach meinem Kiefer greift.

»Das ist deine letzte Chance, Low«, murmelt er.

Ich weiß nicht mehr, wie mir geschieht. Was ich für ihn empfinde. Und warum wir uns überhaupt gestritten haben. Nichts mehr von dem, was ich wollte.

Nur sein großer Körper, der mich an die Wand gedrückt hält, existiert noch. Und seine bernsteinfarbenen Augen, die im gedämpften Licht des Flurs wie Zwillingsflammen glühen.

Und dann senkt sich sein Mund wieder auf den meinen und fordert einen weiteren Kuss von meinen bereits wunden Lippen ein. Seine Hände zerren an meiner Kleidung, und ich stelle plötzlich fest, dass ich dasselbe bei ihm tue. Ich ziehe ihm das Hemd über den Kopf und kratze mit den Fingernägeln über die warme, seidene Haut seiner Arme. Er macht sich nicht einmal die Mühe, mir das Hemd ganz auszuziehen. Stattdessen reißt er es in der Mitte auf. Das Geräusch, als der Stoff zerreißt, lässt meine Klitoris pochen.

Ich weiß nicht, warum ich das hier will oder warum ich so reagiere. Ich hatte noch nie rauen Sex. Seine harten Bewegungen, der Schmerz gemischt mit Lust, machen mich für ihn aber verdammt feucht.

Seine Hand ruht jetzt tief auf meinem Bauch. Die Finger arbeiten am Knopf meiner Jeans, und ich stoße meine Hüften von der Wand ab, um ihn anzutreiben. Durch den Stoff seiner Hose greife ich nach seinem Schwanz und drücke so fest zu, dass er ein tiefes Brummen ausstößt. Bevor ich aber noch mehr tun kann, hat er meinen Hosenschlitz unten. Dann zieht er mir die Hose so schnell und rau an den Beinen hinunter, dass ich beinahe stolpere und hinfalle. Er reißt mir die Schuhe von den Füßen und wirft meine Jeans beiseite. Ohne mich zu Atem kommen zu lassen, vergräbt er sein Gesicht zwischen meinen Oberschenkeln.

Ein krächzender, klagender Schrei kommt über meine Lippen, als er durch den Stoff meines Höschens an meinem Kitzler leckt und zart hineinbeißt. Der bereits feuchte Stoff wird dadurch noch nasser. Meine Hände graben sich in sein Haar. Ich weiß nicht, ob ich versuche, ihn wegzuschieben oder näher an mich zu ziehen, um eine Art Anker in diesem Sturm zu finden.

Ich halte mich an ihm fest, während er das zarte Gewebe zerfetzt, das ihn noch von meinem Körper trennt und mit der Zunge über meinen Spalt leckt.

Mit harten, fordernden Bewegungen kreist er mit der Zunge um meinen Kitzler. Zwei Finger gleiten tief in mich, und er beginnt, sie schnell heraus- und wieder hineinzutreiben. Als meine Knie zu zittern beginnen, kommt er in einer fließenden Bewegung auf die Beine, öffnet den Reißverschluss seiner Hose und schiebt sie um die Hüften nach unten. Dabei benutzt er meine Nässe, die an seinen Fingern haftet, um seinen Schwanz einzureiben.

Als er ihn wieder loslässt, zeigt er einen wilden, entschlossenen und erregten Gesichtsausdruck. Er packt mit den Handflächen meinen Hintern und hebt mich in seine Arme, als würde ich nichts wiegen. Als seine Hüften gegen die meinen stoßen, küsst er mich wie im Rausch. Als seine Eichel meine Muschi berührt, treibt er sich vorwärts und drückt mich wieder an die Wand.

Er ist groß, aber ich bin so feucht, dass es nicht wehtut, als er in mich eindringt. Ich fühle mich nur erfüllt. Völlig von ihm in Anspruch genommen und verzehrt. Als wäre die letzte dünne Barriere zwischen uns verschwunden. Mit jedem harten Stoß verschmelzen wir buchstäblich zu einem einzigen Wesen.

Ich schlinge meine Arme um seinen Hals und halte mich fest, während der Zusammenprall unserer Körper die Wand hinter mir erschüttert. Jetzt küssen wir uns nicht mehr. Unsere Gesichter sind nur Millimeter voneinander entfernt. Unsere Nasen berühren einander beinahe, und unsere Lippen sind fast miteinander verbunden. Seine Augen sind zu nah an den meinen, als dass ich mich auf sie konzentrieren könnte. Dennoch starre ich in sie und kann meinen Blick nicht von ihnen abwenden.

Mein Kitzler pulsiert, und die Muskeln in meinem Inneren ziehen sich um ihn herum zusammen. Jedes Mal, wenn er in mich stößt, schwillt die Woge meiner Lust weiter an. Als er plötzlich mit einem Ruck innehält und sein Becken an dem meinem reibt, als ich spüre, wie er in mir pulsiert, und höre, wie er ein tiefes Knurren ausstößt, komme ich auf eine Weise wie noch nie zuvor. Ich schlinge meine Beine um ihn, um ihn daran zu hindern, sich jemals wieder aus mir herauszuziehen. Meine Hüften rollen immer weiter, und ich reite auf seinem Schwanz, bis schließlich die letzten Nachbeben meiner Lust verklingen.

Er benutzt die Wand, um mich, immer noch auf seinen Schwanz aufgespießt, festzuhalten. Sein Kopf fällt auf meine Schulter und sein heißer, feuchter Atem streicht über meine Nackenbeuge. Mein Herzschlag ist ein schweres, dumpfes Pochen in meiner Brust, und ich spüre, wie auch sein Herz in seinem Brustkorb rast.

Einige Augenblicke lang bewegt sich keiner von uns. Mit jeder Sekunde, die verstreicht, kehrt die Realität aber ein wenig mehr zurück.

Ich habe gerade mit dem Sohn meines Chefs gevögelt. Mit dem Jungen, der mir seit Wochen in mehr als nur einer Hinsicht das Leben zur Hölle macht. Im Flur des Hauses, in dem ich arbeite. Ein Haus, von dem ich mir nicht ganz sicher bin, dass es leer ist. Ich bin von der Taille abwärts nackt. Mein Höschen und mein Hemd sind zerfetzt, und ich spüre, wie sein Sperma aus dem Ort sickert, wo wir beide noch miteinander verbunden sind.

Was zum Teufel hast du gerade getan, Harlow?

Vielleicht denkt Lincoln in dieselbe Richtung, oder vielleicht hat er seine eigenen Gründe, sich innerlich zu verschließen. Ich spüre aber, dass er genau das tut. Er ist immer noch in mir, und ich fühle, wie sich die Schranken zwischen uns wieder senken.

Er zieht sich zurück. Obwohl er mich sanft auf die Füße sinken lässt, will er mir nicht ins Gesicht sehen. Bevor er mich loslässt und zurücktritt, gibt er mir einen Moment, mich auf meine zitternden Beine zu stellen.

Ich kann ihm ebenfalls nicht ins Gesicht blicken, denn mit dem, was ich dort zu sehen bekäme, würde ich nicht klarkommen. Also beuge ich mich vor und sammele meine verstreut umherliegenden Kleidungsstücke ein. Wie eine Art Schild klammere ich sie anschließend an meinen nackten Körper.

»Ich muss los. Ich muss ... arbeiten.«

Er sagt nichts und versucht auch nicht, mich aufzuhalten. Als ich die Treppe nach unten in das Foyer gehe, spüre ich, wie sein Blick mir folgt. Ich sehe aber nicht zu ihm zurück. Sein Sperma gleitet klebrig und feucht an meinem Bein hinunter. Mein Körper fühlt sich an, als hätte ich gerade eine Schlacht geschlagen.

Ich kann nicht glauben, wie verdammt dumm das gewesen ist. Meine Mutter ist weg, und ich weiß, dass seine Eltern in der Stadt sind. Gwen, die Köchin, sollte erst in etwa einer Stunde eintreffen. Was aber, wenn sie heute zu früh gekommen ist? Das wäre nicht ungewöhnlich.

Scheiße.

Als ich an der Treppe des Westflügels vorbeihaste, werfe ich einen Blick hinüber, um mich zu vergewissern, dass Gwen nicht dort steht und alles gesehen hat.

Das tut sie nicht.

Aber River.

Er steht auf halber Höhe der Treppe. Seine graublauen Augen folgen meinen Bewegungen, bis ich auf der Stelle erstarre. Als wir einander für den Bruchteil einer Sekunde in die Augen sehen, kann ich den Ausdruck in seinem Gesicht nicht deuten. Mein Herz rutscht mir aber trotzdem in die Hose.

Er weiß es.

Egal, ob er es gesehen hat oder nicht. Er weiß es. Mein Aussehen, der Zustand meiner Kleidung, der Geruch von Sex, der wahrscheinlich immer noch in der Luft hängt, ist unverkennbar.

Im Flur hinter mir höre ich, wie die Tür von Lincolns Zimmer zuschlägt. Er weiß nicht, dass River hier ist.

Und ich werde ihm das auch verdammt nochmal nicht sagen.

Ich reiße meinen Blick von dem ruhigen, geheimnisvollen, allzu aufmerksamen Jungen los, drehe mich um und sprinte geradezu in mein Zimmer.

21

Ich habe Lincoln gesagt, dass ich arbeiten muss. Das stimmt aber nicht.

Stattdessen dusche ich und ziehe mir ein Tanktop und Shorts an. Dann kuschele ich mich in meinem großen, weichen Bett unter die Decke. Mein Körper fühlt sich erschlagen und gezeichnet an. Obwohl ich gerade geduscht habe, kann ich Lincoln immer noch auf mir – *in* mir – spüren. Ich schwöre, dass sein Geruch meine Haut durchdrungen hat. Keine noch so große Menge Granatapfel-Duschgel hat seinen Geruch nach Koriander und Moschus aus meiner Nase tilgen können.

Mein Unterkörper ist wund, und ich fühle mich … irgendwie leer.

Als wäre ich für kurze Zeit erfüllt, vollständig gewesen. Jetzt, da ich weiß, wie sich das anfühlt, fühle ich mich ohne diese Empfindung hohl.

Ich antworte nicht, als es leise an meiner Tür klopft.

Mir fehlt die Kraft, um zu erraten, wer das sein könnte oder was er oder sie will.

Es ist meine Mutter. Als sie mich bei ausgeschaltetem Licht im Bett sieht, setzt sie sich neben mich und streicht mir mit der Handfläche über die Stirn. »Low? Ist alles in Ordnung? Stimmt etwas nicht?«

»Ich habe ... Kopfschmerzen«, murmele ich und hasse es, dass jetzt eine weitere Lüge zwischen uns steht.

Ich könnte ihr sagen, was geschehen ist. Sie ist in Sachen Sex nicht prüde. Sie bekam mich, als sie neunzehn war. Also hat sie eine realistische Vorstellung davon, was Teenager so treiben. Sie war diejenige, die mich mitnahm, um ein Rezept für die Pille zu bekommen, als ich fünfzehn wurde. Also würde sie mich nicht verurteilen oder mir ein schlechtes Gewissen einreden, weil ich Sex hatte.

Trotzdem kann ich es ihr nicht sagen. Ich bringe es nicht übers Herz, ihr zu erzählen, was passiert ist – denn es war nicht nur Sex. Es war ein Durcheinander beschissener Emotionen. Das verwirrt und erschreckt mich. Dieses Netz aus Geheimnissen und Lügen, das sich weiter ausbreitet, als ich es mir je vorgestellt hätte.

Ich will nicht, dass sie weiß, dass ich die Grenzen dessen weit überschritten habe, was ich verarbeiten kann.

»Oh, tut mir leid, Liebling. Kann ich dir etwas bringen? Hast du ein Medikament dagegen genommen?« Sie streicht mir weiter das Haar aus dem Gesicht. Ihre Berührung ist leicht wie die einer Feder.

»Ich glaube, ich brauche nur Schlaf«, sage ich, und meine Kehle schnürt sich zusammen, als ich diese Worte ausspreche. »Danke, Mama.«

»Okay.« Ihre Stirn ist immer noch besorgt gerunzelt, aber sie schenkt mir ein Lächeln.

»Wie war's beim Kaffeetrinken?«

»Oh.« Sie verzieht den Mund zu einem schiefen Grinsen. So wie sie es immer tut, wenn sie der Meinung ist, dass etwas wirklich lustig ist. »Es war ... gut.«

Ich sehe aus zusammengekniffenen Augen zu ihr auf. »Wirklich?«

Sie stößt ein leises Lachen aus. »Ja, es war wirklich gut. Es war schön, sie zu sehen. Es geht ihr sehr gut. Sie hat ein riesiges Haus auf der anderen Seite der Stadt. Ihr Mann ist eine Art Tageshändler, und sie machen zwei Monate im Jahr Urlaub in Belize.« Dann zuckt sie mit den Schultern und legt den Kopf auf die Seite, als sie mich ansieht. »Es hört sich alles großartig an. Mir ist aber eines klar geworden: Ich bin froh, dass es ihr Leben und nicht das meine ist. Mir gefällt nämlich mein eigenes so, wie es ist.«

Ich ergreife die Hand, mit der sie mir über den Kopf streicht, drücke sie sanft und ziehe sie zu mir herunter, sodass sie in der Nähe meines Herzens zum Liegen kommt. »Ich liebe dich, Mama.«

»Ich dich auch, Low. Ruhe dich aus, okay? Ich werde später noch einmal nach dir sehen.«

Ich nicke und halte die Tränen zurück, die in meinen Augen brennen.

Wahrscheinlich ist sie später noch einmal gekommen, um nach mir zu sehen. Das habe ich aber nicht mitbekommen. Kurz nachdem sie gegangen ist, bin ich in einen tiefen Schlaf gefallen. Ich träume von Qualen und Ekstase, von Liebe, Verrat und Mord.

ICH BIN UNGLAUBLICH NERVÖS, LINCOLN AM nächsten Morgen zu sehen. So sehr, dass ich ihn fast zu spät unten treffe. Nur die Furcht, dass er erneut in mein Zimmer kommen und mich dort nackt sehen könnte, zwingt meine Füße um fünf Minuten vor halb acht die Treppe hinunter.

Er wartet bereits an der Tür auf mich. Sein Blick wandert beinahe in einer Weise über meinen Körper, als würde er etwas suchen. Knutschflecken? Blutergüsse, vielleicht?

Es gibt sie. Aber nicht an Stellen, an denen sie sichtbar sind.

Als er sich umdreht und mich durch das Haus hinaus zur Garage führt, spricht er kein Wort mit mir. Erst als wir im Auto sitzen, sagt er mit einem übertrieben neutralen Tonfall: »River kam gestern Abend vorbei. Wir arbeiten an einem Plan, um vielleicht einen Hinweis zu erhalten, wer der Mann mit der Maske ist. Wir wollen herausfinden, was die Bullen wissen.«

Ja, ich weiß, dass River vorbeigekommen ist, Mr. König des Campus. Er hat mich von der Taille abwärts nackt mit einem Haufen zerrissener Kleidung in den Armen gesehen. Ich bin überrascht, dass er dir das nicht gesagt hat.

Ich glaube wirklich, dass er das nicht getan hat. Ich

bin mir fast sicher, dass ich es wüsste, wenn River Lincoln gegenüber etwas erwähnt hätte.

»Okay.«

Mehr sage ich nicht. Ich habe nicht die Kraft, um interessiert oder verärgert darüber zu sein, welchen neuen Plan Lincoln und seine Freunde aushecken. Würde es in diesem führerlosen Zug, in dem ich mich befinde, eine Notbremse geben, hätte ich sie schon vor langer Zeit gezogen.

Ich glaube aber nicht, dass es eine gibt.

Er muss etwas von dem, was ich fühle, in meiner Stimme gehört haben, denn er richtet seinen Blick auf mich. »Mal sehen ob wir herausfinden können, wer Iris geschwängert hat.«

Mit diesen Worten will er mich wissen lassen, dass er es nicht war. Ich glaube ihm. Widerwillig, beinahe gegen meinen Willen. Ich hasse aber immer noch, dass er mir ihre Beziehung verheimlicht hat. Ich zweifele aber nicht an dem, was er mir gesagt hat, als wir uns gestern im Foyer angeschrien haben.

Welchen Plan Lincoln und River auch immer ausgeheckt haben, in den nächsten Tagen unternehmen sie nichts. Sie behalten mich aber noch genauer im Auge. Ich bin kurz davor, sie alle anzuschreien, dass es nichts bringt, wenn sie mir die ganze Zeit nicht von der Seite weichen.

Nicht Iris. Nicht mir.

Niemand braucht diesen Scheiß.

Ehrlich gesagt bin ich verdammt genervt, weil sie mir nach allem, was wir gemeinsam erlebt haben, immer noch nicht vertrauen. Sie haben immer noch das

Bedürfnis, mich zu beobachten. So als würden sie vermuten, dass ich sie jeden Augenblick an die Polizei verraten könnte.

Vielleicht schleiche ich mich deswegen am Freitagabend aus dem Haus. Ich will nur, dass sie begreifen, dass sie nicht das letzte Wort darüber haben, wohin ich gehe oder was ich tue. Außerdem ist mein Stresspegel in letzter Zeit durch die Decke gegangen. Nichts entspannt mich mehr als ein Pokerspiel.

Nach dem Biologieunterricht habe ich Max gelöchert, wann das nächste Spiel stattfinden wird. Widerwillig hat er zugegeben, dass dies heute Abend der Fall sein wird. Während unseres Gesprächs konnte ich nicht anders, als einen Blick über die Schulter zu werfen. Ich war darauf gefasst, dass einer der Jungs uns belauschen würde. Alles, was ich aber gesehen habe, war ein Haufen Cheerleader. Ihnen ist Poker scheißegal.

Ich habe mich schon seit einiger Zeit nicht mehr aus dem Haus geschlichen. Seit dem Tod von Iris nicht ein einziges Mal. Also hoffe ich, dass Lincoln nicht auf die Idee kommt, dass ich es heute versuchen würde. Um elf Uhr öffne ich meine Tür und schließe sie vorsichtig wieder hinter mir. Dann schleiche ich auf Zehenspitzen die Treppe hinunter zum Dienstboteneingang. In der Garage steige ich in das Auto meiner Mutter und atme tief durch. Dies ist der Augenblick, der mir Sorgen macht. Ihr Nissan ist alt, läuft aber immer noch gut. Der Motor rumpelt weder noch knurrt er. Wenn aber jemand darauf aus ist, könnte er das Geräusch, das entstehen wird, wenn ich den Motor anlasse, wahrscheinlich immer noch hören. Sogar im Inneren des Hauses.

Vielleicht aber auch nicht. Vielleicht bin ich einfach nur paranoid. Trotzdem bin ich angespannt, als ich den Schlüssel im Zündschloss drehe. Während ich langsam die Einfahrt hinunterrolle und durch das Seitenfenster auf das Haus blicke, lasse ich das Licht ausgeschaltet. Auf der Vorderseite sind alle Fenster dunkel. Ich kneife die Augen zusammen und versuche, hinter dem dunklen Glas irgendwelche Gestalten zu erkennen. Vielleicht jemanden, der dort steht und mich beobachtet.

Ich sehe aber nichts. Weniger als eine Minute später öffnet sich leise das Tor, und ich kann das Grundstück verlassen.

Während ich mich von der Villa der Blacks entferne, erfüllt mich ein seltsames, schwindelerregendes Gefühl. Es besteht aus einer Mischung aus Erleichterung, Aufregung und Angst. So sehr ich mich auch gegen die ständige Überwachung durch Lincoln und die anderen sträube, so sehr verbinde ich damit aber auch ein gewisses Gefühl der Sicherheit. Dies ist das erste Mal seit Iris' Ermordung, dass ich nachts allein das Haus verlasse. Wie ein Kind, das zu viele Horrorfilme gesehen hat, spähe ich nervös in jeden Schatten und blicke ständig in den Rückspiegel.

Zweimal drehe ich beinahe um und fahre wieder nach Hause. Ich habe aber wirklich das Bedürfnis, zu spielen. Mir juckt es in den Fingerspitzen, Karten in der Hand zu halten. Außerdem konnte ich eine Zeit lang kein Geld mehr auf das Konto meiner Mutter einzahlen. Sie wird alle zwei Wochen bezahlt und hat inzwischen mehrere Gehaltsschecks erhalten. Es ist also nicht so, dass die finanzielle Lage schlecht ist – aber immerhin auch nicht rosig.

Als ich vor dem Lagerhaus, in dem Carson und die anderen Schüler der Linwood-Akademie ihre Pokerrunden veranstalten, auf den kleinen Parkplatz einbiege, unterdrücke ich die Panik, die in mir aufsteigen will. Es ist dunkel, wie in der Nacht, in der Iris getötet wurde. Aber zumindest kenne ich diesen Ort. Ich weiß, was mich dort drin erwartet, und das ist *gut* so. Selbst wenn ich heute Abend verliere, wird mir das kaum etwas ausmachen. Ich will nur spielen. Etwas tun, was mir eine Zeit lang das Gefühl gibt, halbwegs normal zu sein.

In der Nähe des Eingangs sind bereits mehrere Autos geparkt. Also nehme ich den nächsten freien Platz in der Reihe, steige aus und gehe schnell zur Tür. Als ich an ihr ziehe, öffnet sie sich geräuschlos. Das Licht, das aus dem Inneren nach außen dringt, fällt auf mich und spendet mir Trost.

Carson verdreht die Augen, als er mich sieht. Ich schenke ihm aber mein charmantestes Lächeln und verspreche ihm, dass ich mich in letzter Zeit sehr glücklos gefühlt habe.

»Ja, sicher«, schnaubt er, als er mir meine Chips gibt.

Das war nicht gänzlich eine Lüge. Es ist aber, wie Gus immer gesagt hat: *Wenn du glaubst, beim Poker geht es nur darum, Glück zu haben, dann spielst du nicht richtig.* Obwohl ich in letzter Zeit mit dem Rest meines Lebens nicht viel Glück gehabt habe, verfüge ich immer noch über die Fähigkeiten und Tricks, die mir die beiden alten Männer beigebracht haben.

Ich setze mich an einen Tisch mit Spielern, von denen ich die meisten noch nie gesehen habe. Das braunhaarige Mädchen, Monica, ist wieder da. Als ich mich setze, wirft sie mir widerwillig einen respektvollen Blick zu.

Erneut sind wir die einzigen beiden Frauen am Tisch. Ich erwidere ihren Blick auf dieselbe Weise und nicke ihr zu. Ich respektiere sie. Das wird mich aber nicht davon abhalten, mir ihr Geld zu nehmen.

Während der ersten Hände bin ich noch nicht in Schwung. Ich merke, dass sich mein Verstand mit einer Million anderer Dinge beschäftigt, und übersehe den offensichtlichen Tick des Mannes, der links von mir sitzt. Außerdem gelingt es mir anfangs nicht, die Karten zu zählen. Davon lasse ich mich aber nicht aus der Ruhe bringen. Bei der nächsten Runde komme ich endlich in Schwung. Von da an ist es der totale Hammer.

Am Ende löse ich Chips im Wert von fast dreitausend Dollar ein. Das Hochgefühl, das ich habe, als Carson mir ein Bündel mit Hundertdollarnoten in die Hand drückt, war den Stress wert, hergekommen zu sein.

Die Spiele an den anderen Tischen gehen ebenfalls zu Ende. Ich fühle mich so gut, dass ich mich beinahe dazu entschließe, für einen Drink noch zu bleiben. Genau wie es die meisten anderen nach dem Spiel tun. Ich will mein Glück aber nicht auf die Probe stellen. Es sollte keinen Grund geben, dass Lincoln mitten in der

Nacht bemerkt, dass ich weg bin. Wer weiß das aber bei diesem Mistkerl schon?

Also schiebe ich das Geldbündel in meine Gesäßtasche und mache mich auf den Weg in die Nacht.

Obwohl das Lagerhaus nicht besonders hell erleuchtet ist, erscheint mir die Dunkelheit draußen im Gegensatz dazu viel zu tief zu sein. Mit dem Adrenalinschub meines Sieges in den Adern fühlt sich das aber nicht mehr ganz so bedrohlich an wie zuvor. Als ich mich meinem Auto nähere, fische ich die Schlüssel aus der Tasche, schiebe sie ins Türschloss, und ...

Etwas rammt von hinten in mich.

Ein Körper.

Groß. Muskulös.

Keuchende Atemzüge erklingen an meinem Ohr, als jemand mich mit seinem Körpergewicht an den Nissan drückt. Meine Hände sind zwischen meinem Körper und dem Auto gefangen, und ich kann sie nicht befreien.

Mein Schrei wird erstickt, bevor ich ihn überhaupt ausstoßen kann. Durch eine Hand, die sich fest auf meinen Mund legt. Der andere Arm des Mannes gleitet unter meinen Kiefer und legt sich um meine Kehle.

Eine Woge der Panik, wie ich sie noch nie zuvor gespürt habe, erfasst mich. Ich wende meine ganze Kraft auf, über die ich verfüge, um mich vom Auto wegzudrücken. Es gelingt mir, ein Bein nach oben zu bringen, und ich trete gegen die Seitentür. Dabei benutze ich die stärksten Muskeln meines Körpers, um meinen Angreifer einige Schritte nach hinten zu schieben. Er grunzt, taumelt kurz, bevor er seinen festen Stand wiederfindet. Dabei spannt er den Arm um meinen Hals fester an, und ich spüre, wie ich immer weniger Luft bekomme.

Jetzt, wo ich etwas Platz habe, schreie ich in seine Hand und schlage mit den Ellenbogen um mich. Ein Schlag trifft ihn in die Rippen, und er gibt einen erstickten und schmerzerfüllten Laut von sich.

Das ist aber nicht genug. Ich trete aus, drehe und winde mich und schlage zu. Aber auch das genügt nicht, seinen Griff zu brechen. Meine Kehle schmerzt, und Angst füllt meine Adern wie Gift, während ich darum kämpfe, Luft zu bekommen.

In diesem Augenblick heult ein Motor auf, und das Geräusch von quietschenden Reifen erklingt. Die Arme, die um mich geschlungen sind, fallen von mir ab. Ich falle seitlich um und schlage hart auf dem Boden auf. Schmerz flammt in meiner Hüfte auf. Meine Handflächen kratzen über den rauen Bodenbelag. Ich keuche, huste und ringe verzweifelt nach Luft. Licht blendet auf und erneut erklingt das Geräusch von quietschenden Reifen. Dann das von zuschlagenden Türen und laute Rufe.

Sie hören sich zornig an. Wütend.

Ich hole erneut Luft und versuche, mich zu konzentrieren. Darauf, was gerade geschieht, wo mein Angreifer ist, von wo mir Gefahr droht.

Erneut greifen Hände nach mir, und ich schlage wild um mich, kratze und trete.

»Hey, hey! Harlow! Ich bin's.«

»River?«, krächze ich.

Ich reiße den Kopf herum und versuche, ihn in der Dunkelheit auszumachen. Die Tür des Lagerhauses öffnet sich. In dem Licht, das durch sie fällt, sehe ich den Ausdruck purer Angst in seinem Gesicht.

Er nutzt die Gelegenheit, mich zu untersuchen. Mit den Händen tastet er meinen Körper ab, als würde er nach Einschusslöchern oder Stichwunden suchen.

»Was zum Teufel hast du dir dabei gedacht?« Seine Stimme klingt tief und rau. »Das ist kein verdammtes Spiel, Harlow. Wir versuchen, dich zu beschützen. Wir können aber nicht jede verdammte Sekunde auf dich aufpassen. Warum hast du dich aus dem Haus geschlichen?«

»Beschützen ...?«

Was er sagt, ergibt keinen Sinn. Sie haben mich im Auge behalten, um *sich selbst* zu schützen, oder nicht? Um sicherzugehen, dass ich mich nicht bei den falschen Leuten verplappere. Nicht, weil sie sich Sorgen um mich gemacht haben. Nicht, weil sie der Meinung sind, dass ich in Gefahr sein könnte.

Aus der Nähe des Eingangs ertönen laute Stimmen. Eine Sekunde später kommen Lincoln, Dax und Chase zu uns.

»Wir haben das Arschloch verloren«, ruft Dax. Er klingt wütend. »Er ist hinter dem Gebäude verschwunden. Vermutlich hatte er ein Auto in der Nähe geparkt.«

»Er trug eine Maske«, fügt Chase hinzu. Das Blut gefriert mir in den Adern.

»Er hat was?«, krächze ich, als River mir hilft, aufzustehen.

»Ja.« Er schüttelt den Kopf. Sein kupferfarbenes Haar glitzert im schummrigen Mondlicht. »Er trug eine Art Maske. Allerdings keine Skimaske. Eher so eine Partymaske mit dem Gesicht eines anderen Menschen.«

Das sorgt nicht dafür, dass ich mich besser fühle. River hat mir gerade aufgeholfen. Als Angst über mich kommt, drohen meine Beine jedoch einzuknicken. Er schlingt einen Arm um meine Taille und drückt mich an sich, um mich zu stützen. Ich weiß, dass er spürt, wie ich am ganzen Körper zittere. Ich glaube nicht, dass ich einen so großen Schock habe wie damals, als ich gesehen habe, wie Iris überfahren wurde. Aber ich habe verdammt viel Angst.

Jemand hat mich angegriffen.

Er hat möglicherweise versucht, mich umzubringen.

Und ich weiß nicht, warum.

Weiß derjenige, der das getan hat, was ich gesehen habe? Was ich weiß? Warum ist er dann aber auf keinen der Jungs losgegangen? Oder wollte er sich als Erstes um mich kümmern, weil er gedacht hat, dass ich das einfachste Ziel und am leichtesten zu erledigen bin?

So ist es auch.

Indem ich mitten in der Nacht in ein im Grunde genommen verlassenes Lagerhaus gegangen bin, habe ich demjenigen, der hinter mir her ist, eine perfekte Gelegenheit geboten.

Ich weiß nicht, wie er mich gefunden hat. Nachdem ich das Gebäude betreten hatte, musste er aber nur noch warten, bis ich wieder herauskam.

Zum Zeuge des Mordes an Iris geworden zu sein war erschreckend und traumatisierend gewesen. Ich schätze, dass ein Teil von mir immer gedacht hat, dass damit jetzt Schluss ist. Dass derjenige, der das getan hatte, wie ein Geist ist, der sich wieder in Luft auflösen würde. Ich habe geglaubt, alles wäre vorbei.

Das ist es aber nicht.

Erneut schwappt eine Welle des Schwindels über mich. Ich kralle die Finger in Rivers T-Shirt und halte mich an ihm fest. »Ich wusste … Ich wusste es nicht.«

Er sieht mich in der Dunkelheit aus zusammengekniffenen Augen an, beugt sich dann näher zu mir und starrt mir ins Gesicht. Dann nickt er. Sein Kiefer ist angespannt. »Ich weiß. Wir hätten es dir sagen sollen.«

»Er hat versucht, mich …«

»Ich weiß.«

Mit einem Arm hält er mich noch immer an seinen Körper gedrückt. Den anderen hebt er hoch und wischt mir das Haar aus der Stirn, bevor er über die Seite meines Gesichtes streicht. Seine Fingerknöchel wandern über meinen Kiefer. Der Ausdruck auf seinem Gesicht bringt mein Herz dazu, schmerzhaft zu pochen. Er ist zärtlich und leidenschaftlich zugleich. Genau so fühlt es sich an, als er seine Lippen auf die meinen presst und mich küsst.

Zärtlich und leidenschaftlich.

Im Moment scheint es keine Rolle zu spielen, dass er mich vor ein paar Tagen beim Sex mit einem seiner besten Freunde ertappt hat. Es spielt keine Rolle, dass er und die anderen es versäumt haben, mir zu sagen, dass sie mich zu *meinem* Schutz überwacht haben.

Es zählt nur, dass ich am Leben bin. Dass er wegen mir gekommen ist. Dass sie das alle getan haben.

Ich greife nach seinen breiten Schultern, als ich den Kuss erwidere. Es ist ganz anders als mit Lincoln. Wie Tag und Nacht. Wie ein Gewitter und ein sanfter Sommerregen. Seine Lippen fühlen sich forschend und sanft an. Er küsst mich, als würde er mein Wesen in sich aufnehmen wollen.

Seine Zunge huscht heraus und berührt die meine – eine halbe Sekunde später greift Lincoln aber um meine Taille und zieht mich weg.

»In Ordnung. Das reicht.« Seine Stimme klingt stahlhart.

River richtet seinen Blick auf ihn und kneift die Augen zusammen, als sein Freund spricht. Dann greift er nach meinem Handgelenk und zieht mich mit einem sanften Ruck wieder an sich. Sobald ich wieder in seinen Armen liege, küsst er mich erneut – und dieses Mal nicht mehr so zaghaft wie zuvor, aber immer noch sanft. Er fährt mir mit den Fingern durchs Haar und neigt meinen Kopf leicht nach hinten. Dann küsst er mich so innig, dass ich das Gefühl habe, in ihm zu ertrinken.

Ich kann nicht anders, als zu glauben, dass zwischen ihm und Lincoln ein Konflikt herrscht. Sie kommunizieren mit ihren Taten und machen so ihren Anspruch oder etwas in der Art geltend. Rivers Kuss, so tief und verzehrend er auch ist, scheint auch eine Botschaft an Lincoln zu sein, dass der große, dunkelhaarige Junge mich nicht besitzt. Dass er mich nicht für sich allein beanspruchen kann.

Das ist eine Botschaft, hinter die ich mich auf jeden Fall stellen kann. Also gehe ich auf River ein und erwidere seinen Kuss. Ich lasse meine Angst und das Adrenalin, das immer noch durch meine Adern jagt, von dem Gefühl besänftigen, das seine Hände auf meinem Haar und sein Geruch nach Eichenmoos auslöst.

Einer der Zwillinge – ich glaube, es ist Chase – pfeift, als sich unsere Lippen endlich trennen. River lässt mich aber nicht los. Stattdessen behält er mich mit einem um mich geschlungenen Arm an seiner Seite, als wir uns den anderen zuwenden.

Lincolns bernsteinfarbene Augen funkeln, und er stößt ein finsteres Lachen aus. »In Ordnung, du Wichser. Ich hab's kapiert. Kann ich sie jetzt nach Hause bringen?«

22

Lincoln weigert sich beinahe, dass ich mit dem Nissan nach Hause fahre, und besteht lange darauf, dass ich mit ihm fahre. Erst als ich ihn darauf hinweise, dass es Verdacht erregen wird, wenn das Auto meiner Mutter morgen früh nicht in der Garage steht, erklärt er sich bereit, dass ich mich selbst hinters Lenkrad setze.

Er folgt mir mit nur wenigen Zentimetern Abstand. So dicht, dass sich unsere Stoßstangen praktisch küssen. Als ich an einem Geldautomaten anhalte, um meinen Gewinn einzuzahlen – mein Angreifer hat das Geld nicht einmal angerührt, was an sich bereits erschreckend ist –, steigt er aus seinem Auto und steht wie ein mürrischer Leibwächter neben mir.

Nachdem ich in die Garage gefahren bin, holt er mich an der Tür des Autos ab. Eine Hand liegt in meinem Rücken, während wir leise in Richtung des dunklen Hauses gehen. Ich weiß nicht, ob er erwartet, dass uns jemand auf dem Anwesen seiner Familie angreift oder generell immer noch nervös ist. Ich wehre mich aber nicht gegen die Berührung. So beschissen die Dinge zwischen uns im Moment auch sein mögen, es ist trotzdem tröstlich, ihn an meiner Seite zu spüren. Meine Kehle ist immer noch wund und rau, und ich habe Schmerzen an meiner geprellten Hüfte und am ganzen Körper. Die Schürfwunden an meinen Handflächen brennen. Wenn ich zu sehr darüber nachdenke, was heute Abend geschehen ist, fällt es mir schwer, zu atmen.

Es hilft, dass Lincoln an meiner Seite ist.

»Woher wusstet ihr es?«, frage ich mit rauer Stimme, als wir uns dem Dienstboteneingang nähern. »Dass ich mich aus dem Haus geschlichen habe?«

»Wir haben eine Alarmanlage, die mich benachrichtigt, wenn das Tor während der Nacht geöffnet wird.«

Ich bleibe stehen und ich werfe ihm einen Blick zu. »Das ist eine ziemlich aufwendige Überwachung.«

Er schüttelt den Kopf, und sein Gesichtsausdruck wird härter. »Nicht wirklich. Außerdem habe ich die Alarmmeldung erst zwei Stunden später erhalten. Ziemlich beschissen. »Hätten wir nicht ...«

Er spricht nicht weiter, und ich bin froh, dass er den Satz nicht beendet hat. Wir wissen beide, wie der heutige Abend hätte enden können. Darüber will ich jetzt aber nicht nachdenken. Ich *kann* nicht darüber nachdenken.

Nachdem er die Tür aufgeschlossen hat, führt er mich die enge Treppe hinauf und bleibt dabei so dicht hinter mir wie während der Fahrt. Als wir im Flur des ersten Stocks ankommen, zögern wir beide einen Moment. Ich höre, wie er Luft holt, als wolle er etwas sagen. Stattdessen seufzt er aber tief.

»Ruh dich aus, Harlow. Wir werden morgen über diese ganze Scheiße reden.«

Ich möchte etwas sagen, kann mich aber nicht entscheiden, ob ich ihm dafür danken soll, dass er mich beschützt hat, oder ihn verfluchen will, weil er mich überhaupt in diese beschissene Sache hineingezogen hat. Also halte ich den Mund und nicke nur.

Mit den Fingerspitzen streicht er mir sanft den Arm hinauf und über die Schulter, bevor er zärtlich mein Kinn ergreift. Sein Daumen gleitet an meinem Kiefer entlang. Dann lässt er mich los, geht durch den Flur davon und um die Ecke in Richtung seines Zimmers.

Mein Herz schnürt sich in meiner Brust zusammen, während ich ihm hinterherblicke. Als er außer Sichtweite ist, schleiche ich mich leise in die Wohnung meiner Mutter. Die Realität dessen, was heute Abend geschehen ist, holt mich ein, und ich spüre den überwältigenden Drang, sie zu umarmen und ihr zu sagen, dass ich sie liebe, solange ich das noch kann.

Ich habe das schlechte Gefühl, dass ich nur noch wenige Möglichkeiten haben werde, das zu tun.

Wie immer rührt sie sich in dem Augenblick, in dem ich die Tür zu ihrem Schlafzimmer öffne.

»Hey, Süße«, murmelt sie, noch im Halbschlaf, streckt mir aber trotzdem eine Hand entgegen.

Ich krieche neben ihr auf das Bett und schmiege mich in ihre Arme. »Hey, Mama.«

»Ist alles okay?«

»Ja.« *Nein.*

»Wirklich? Du wirkst in letzter Zeit abgelenkt.« Sie wirkt jetzt wacher und ihre Stimme gewinnt an Kraft, als sie im Dunkeln zu mir sieht.

»Ja. Ich bin nur mit der Schule und so beschäftigt.«

Sie nickt und scheint mit dieser Antwort zufrieden zu sein. »Ja. Ich war ebenfalls ein wenig abgelenkt. Das gefällt mir aber nicht. Du fehlst mir.«

»Du mir auch.« Ich hebe den Kopf ein wenig vom Kissen. »Hey, was ist mit dem Typen, mit dem du ausgegangen bist?«

»Ach, der.« Sie verzieht das Gesicht und gähnt dabei. »Wir hatten noch eine zweite Verabredung, dann ist ... alles im Sand verlaufen. Er war eigentlich ein netter Kerl. Aber die Chemie zwischen uns stimmte nicht. Er war ein bisschen zu großspurig für mich.«

Ich lache leise. Das überrascht mich nicht. Meine Mutter mag etwas unbeständig sein, aber sie ist ein sehr bodenständiger Mensch. Geld und Prestige beeindrucken sie nicht. Was auch immer dieser Kerl gedacht oder vorgehabt hatte, war ohne eine gute Persönlichkeit, um das zu untermauern, auf keinen Fall genug gewesen.

Noch ein Grund mehr, warum ich es kaum erwarten kann, bis wir genug Geld gespart haben, um hier zu verschwinden. Wir gehören nicht zu dieser Art Menschen.

»Sein Verlust«, antworte ich und ändere ein wenig meine Haltung auf dem Bett.

»Ja. Das habe ich mir auch gesagt, als ich mich mit einem Becher Ben & Jerry's getröstet habe.«

Ich lache leise. Ihre Schwäche – eigentlich auch meine – ist gutes Eis. Es hat uns beide durch einige schwere Zeiten gebracht. Es beruhigt mich, zu wissen, dass ich diese Gene geerbt habe. Ich mache nicht annähernd genügend Sport, um all die Kalorien zu verbrauchen, die ich mit dem Eis zu mir nehme.

Wir sprechen noch einige Minuten leise miteinander. Dieser kleine Moment der Normalität hilft mir, die anhaltende Angst und die Erinnerung an den großen Körper des Mannes, der mich gegen das Auto gedrückt hatte, zu vertreiben. Das Gefühl seiner Hände auf mir, seines Arms, der sich um meinen Hals legt. Auch wenn ich nicht glaube, dass meine Mutter es hören kann, merke ich, dass meine Stimme kratzig und rau klingt. Wenn ich schlucke, schmerzt außerdem immer noch mein Rachen.

Als ich zurück in mein Zimmer gehe, schalte ich alle Lichter an.

Ich weiß, dass ich nur so werde schlafen können.

AM WOCHENENDE GEHE ICH NIRGENDWO HIN. AUCH Lincoln nicht. Wir sprechen nicht viel miteinander. Ich weiß aber, dass er mich wie ein Adler beobachtet. Der Bluterguss an meiner Hüfte ist hässlich und violett, und ich habe kleine Kratzer an den Handflächen. Obwohl mein Rachen einige Tage wund ist, gibt es an meinem Hals keine sichtbaren Spuren. Nichts, was Aufmerksamkeit erregen könnte.

Seine Eltern sind am Mittwoch von ihrer Reise

zurückgekehrt. Also streift jetzt seine Mutter wieder wie ein Geist auf Fluoxetin durch das Haus. Sein Vater scheint überall zu sein, denn seine allzu fröhliche Stimme erfüllt die großen Räume. Ich sehe ihn, wie er sich am Sonntagnachmittag auf der Terrasse mit meiner Mutter unterhält. Der Gärtner ist aber ebenfalls dort, also ist es nicht so, dass sie allein wären.

Meine Mutter war klug genug, die Sache mit dem Kerl, mit dem sie sich getroffen hatte, zu beenden, als er sich als Blindgänger entpuppt hatte. Ich muss ihr aber eine Warnung zukommen lassen. Nur damit sie weiß, dass sie sich in der Nähe von Samuel Black vorsehen muss. Dinge, die völlig harmlos erscheinen, wenn man davon ausgeht, dass ein Mann glücklich verheiratet und treu ist, erscheinen in einem anderen Licht, wenn man weiß, dass er ein unverbesserlicher Schürzenjäger ist.

Am Montag kleben alle vier Jungs wieder wie Leim an mir. Ich beschwere mich aber nicht mehr darüber. Ich bezweifele, dass mich jemand auf dem Schulgelände angreifen wird. Ehrlich gesagt weiß ich aber nicht mehr, wo die Grenze ist – ob es einen wirklich sicheren Ort gibt.

Savannah, die mich von der ersten Minute an gehasst hat, scheint den Tod von Iris als Vorwand zu nehmen, um ihr inneres Miststück vollständig zu entfesseln. Wir spielen Volleyball in der Turnhalle. Ihr gelingt es, alle Mitglieder der Cheerleading-Mannschaft und einige der Footballspieler davon zu überzeugen, auf Strategie und Punkte zu verzichten und stattdessen zu versuchen, mir den Ball ins Gesicht zu schießen.

Als er bemerkt, was sie tun, verteilt Mr. Wartenburg mehrere Strafen. Trotzdem verbringe ich immer noch den größten Teil der Zeit damit, ihre Angriffe abzuwehren. Es ist anstrengend, und es kotzt mich an. Jemand hat mich am Wochenende *körperlich* angegriffen und mir mit der Absicht nachgestellt, mir ernsthaften Schaden zuzufügen. Verglichen damit ist das hier bedeutungslos. Ich habe es aber satt, ständig in höchster Alarmbereitschaft sein zu müssen.

In der Umkleidekabine wird es nur noch schlimmer. Ich weiß nicht, was Savannah unter die Haut gekrochen ist, aber sie ist heute wütend und macht keine Anstalten, sich zurückzuhalten.

Als ich von den Duschen komme, geht sie zusammen mit drei anderen Cheerleadern in meine Richtung. Die Gruppe folgt mir zu meinem Spind, und hinter mir ertönt Savannahs wütende, hohe Stimme.

»Ich wette, du bist froh, dass Iris tot ist. Stimmt's, Schlampe? Du hast sie immer gehasst. Du warst immer eifersüchtig auf sie und hast ständig versucht, ihr Steine in den Weg zu legen.«

Ich öffne meinen Spind und versuche, sie zu ignorieren, während ich mich anziehe. Gott, sie ist so ein verdammtes Miststück.

»Glaube nicht, wir wüssten nicht, dass du dich freust!« Sie wendet sich ihren Lakaien zu, die alle angewiderte Geräusche von sich geben, um sie zu unterstützen. »Du hast gewusst, dass Trent sich für eine von uns entscheiden würde, und nicht für ein armes Dienstmädchen wie dich. Du warst eifersüchtig, dass sie bei River eine Chance hatte, du aber nicht.«

Als sie das sagt, verdrehe ich die Augen. River hat Iris nicht gemocht. Er hat sie auf dieser Party abgekanzelt. Seinem Aussehen nach zu urteilen, als ich an diesem Abend im Freien mit ihm gesprochen habe, war sie die letzte Person auf Erden, mit der er jemals ausgegangen wäre.

Die rothaarige Cheerleaderin bemerkt den Ausdruck in meinem Gesicht, und sie gerät noch mehr in Rage. Sie tritt näher zu mir und flüstert leise zischend weitere Anschuldigungen. Ich versuche, so zu tun, als wäre sie nicht da, als ich meine Sachen zusammensuche und mir den Rucksack über die Schulter werfe. Als ich aber aus der Umkleidekabine in den breiten Korridor trete, bekomme ich einen heftigen Stoß und stolpere.

Ich komme wieder auf die Füße und drehe mich zu ihr um. Sie ist immer noch von ihrem kleinen Cheerleadertrupp umgeben. Ihr Gesichtsausdruck sorgt dafür, dass ihre zarten und schönen Züge hässlich wirken. Anscheinend haben ihre Worte bei mir nicht die gewünschte Reaktion hervorgerufen. Also hat sie sich entschlossen, mich körperlich anzugreifen.

Energie knistert auf meiner Haut, und ich spüre, wie ich die Hände zu Fäusten balle, um mich notfalls zu wehren.

Zumindest hat sie nicht erneut versucht, meine Noten zu manipulieren. Da ich befürchte, dass gute Noten in Ökonomie jetzt verdächtig wären, habe ich aufgehört, für dieses Fach zu lernen. Lieber falle ich durch, als ganz aus der Schule geworfen zu werden.

»Gib es einfach zu, Poolmädchen! Die ganze Schule

weiß es bereits! Es ist verdammt offensichtlich! Du warst eifersüchtig auf Iris. Du wolltest das, was sie hatte. Auch wenn du nie gut genug dafür sein würdest!«

Sie kreischt lauthals, um eine Menschenmenge anzulocken. Die Schülerinnen und Schüler, die sich im Korridor um uns aufhalten, bleiben stehen und versammeln sich in Gruppen, beobachten und flüstern miteinander.

Savannah kommt auf mich zu, und ihre blaugrünen Augen werden zu Schlitzen. »Vielleicht bist du diejenige, die sie verdammt nochmal überfahren hat. Vielleicht hast du es nicht mehr ertragen, noch eine Sekunde länger zusehen zu müssen, dass sie besser ist als du.«

Mein Herz schlägt schneller, als sich mein Magen umdreht. Ich habe Iris nicht getötet. Dies ist aber das erste Mal, dass ich jemanden über ihren Tod sprechen höre, als wäre es kein Unfall gewesen.

»Wovon zum Teufel sprichst du?«, frage ich. Meine Stimme klingt genauso rau, wie kurz nachdem mich der Mann auf dem Parkplatz angegriffen hatte. »Ich habe sie nicht ...«

Sie tritt noch näher. Der Geruch ihres Lippenbalsams nach Kirschen dringt in meine persönliche Distanzzone ein, als sie auf mich herab starrt. »Du bist eine Gefahr. Hinter wem bist du sonst noch her, hm? Ist irgendeiner von uns verdammt nochmal noch sicher?«

Meine Hände sind immer noch zu Fäusten geballt. An jedem anderen Tag hätte ich bereits zugeschlagen. Ihre Worte haben mich jedoch so sehr aus dem

Gleichgewicht gebracht, dass ich mir nicht sicher bin, was ich tun soll. Wenn ich sie angreife, werden sich die Gerüchte, dass ich an Iris' Tod beteiligt war, nur noch schneller verbreiten. Savannah weiß das wahrscheinlich. Nur deshalb hat sie den verdammten Mut, mich überhaupt so anzugehen.

Sie öffnet gerade den Mund, um mich erneut zu provozieren, als ich spüre, wie sich die Atmosphäre im Korridor verändert. Eine Sekunde später umgeben mich vier große und breite Körper – Lincoln und River an meinen Seiten und Dax und Chase in meinem Rücken. Sie sind mir so nah, dass ich jeden von ihnen spüren kann. So, als hätten sie einen menschlichen Schutzschild um mich gebildet.

»Du solltest lieber deinen Mund halten, Savannah. Sofort.«

Lincoln spricht ruhig und ernst. Seine Worte sind nur für sie allein bestimmt. Als er und die anderen sich an jenem Tag in der Cafeteria, an dem sie mir ein Bein gestellt hat, für mich eingesetzt haben, war dies mit der Absicht geschehen, sie öffentlich bloßzustellen.

Das hier ist aber nicht öffentlich. Es ist eine private Sache. Außerdem ist es keine Show, sondern eine ernst gemeinte Warnung.

Ich kann den Unterschied am Ton seiner Stimme festmachen und an der Art und Weise spüren, wie sich die Haare in meinem Nacken aufstellen. Offensichtlich geht es Savannah genauso. Sie erblasst zunächst ein wenig und läuft dann rot an. Sie schluckt, und ich kann sehen, wie sie versucht, den Mut wiederzufinden, den sie zuvor hatte.

»Du kannst nicht …«

»Oh doch, ich kann.« Wieder sind seine Worte einfach und direkt. Dadurch kommt die Drohung, die in ihnen steckt, noch stärker zum Tragen. »Woran immer du denkst, ich kann es tun. Und das werde ich auch, wenn du Harlow verdammt nochmal nicht sofort in Ruhe lässt.«

Savannah glotzt ihn mit großen Augen an. Alle ihre Cheerleader-Lakaien sehen so aus, als würden sie sich wünschen, dass der Boden sich unter ihnen auftun und sie verschlucken würde. Trotzdem versucht Savannah, ihren Mut wieder aufzubringen. Ich könnte sogar widerwilligen Respekt für sie empfinden, wenn ich sie nicht so abgrundtief hassen würde.

Sie ist aber nicht diejenige, die in dieser Schule das Sagen hat. Das haben die Könige, und sie weiß das auch genau.

Die Anspannung verschwindet schließlich etwas aus ihrem Körper, und Savannah entfernt sich schließlich aus meinem Nahbereich.

»Das ist noch nicht das Ende, Schlampe. Ich behalte dich im Auge«, flüstert sie und sieht mich mit einem Blick puren Abscheus an. Ich weiß, dass auch diese Worte nicht für die Menschenmenge gedacht sind.

Es ist ihr Ernst.

Schließlich winkt sie ihren Anhängern zu und stürmt durch den Korridor davon. Ich entspanne mich aber erst, als sie aus meinem Blickfeld verschwunden ist. Ich spüre immer noch die Wärme, die von den Körpern der vier Jungen ausgeht, zwischen denen ich stehe, und wie mein Körper zwischen ihren eingeschlossen ist. Das verblüfft mich ein wenig.

Der Augenblick in der Cafeteria war eine Sache gewesen. Aber das hier? Das ist etwas ganz anderes.

Die Könige der Linwood-Akademie haben gerade der ganzen Schule klargemacht, dass ich eine von ihnen bin.

Dass ich zu ihnen gehöre.

23

Die Glocke läutet einen Augenblick, nachdem Savannah verschwunden ist. Der Korridor leert sich schnell. Es ist Zeit zum Mittagessen. Keiner der vier Jungs scheint jedoch an Essen zu denken, als sie einen engen Kreis bilden, zu dem auch ich gehöre.

Chases normalerweise fröhlicher Gesichtsausdruck wirkt grimmig, als er die anderen ansieht. »Nun, das war eine seltsame Wendung. Glaubt ihr, dass sie etwas weiß? Oder will sie einfach nur Stunk machen?«

»Letzteres, da bin ich mir ziemlich sicher.« Lincoln schüttelt den Kopf. »Es spielt keine Rolle, was sie weiß. Wenn sie weiter ihre große Klappe aufreißt und in der Schule das Gerücht in Umlauf bringt, dass Harlow Iris getötet hat, wird das zu viel Aufmerksamkeit auf Low lenken.«

»Schon, aber würde ihr jemand glauben?«, frage ich. Meiner Stimme haftet ein erschrockener Unterton an.

»Die Menschen sind Idioten«, grunzt River. »Wir

müssen herausfinden, was die Bullen wissen.« Er und Lincoln sehen einander an. »Mein Vater ist bis morgen nicht in der Stadt. Ich hab die Schlüssel. Wenn wir heute Abend hingehen, sollte niemand dort sein.«

»Gut. Wir treffen uns um acht.«

Ich runzele die Stirn, als ich zu verstehen versuche, was er gerade gesagt hat. »Dein Vater? Wohin gehen wir?«

Dax scheint sich darauf zu freuen, was immer es ist. »Wirst du schon sehen«, verspricht er mir mit einem breiten Grinsen.

So, so. Diese verdammten Jungs.

DER REST DES TAGES VERGEHT NUR LANGSAM. Während ich darauf warte, herauszufinden, wohin zum Teufel die Jungs wollen, bin ich zwischen Angst und Aufregung hin- und hergerissen.

Um halb acht sage ich meiner Mutter, dass ich zu einer Party gehe, und folge dann Lincoln zu seinem Auto. Wir fahren in die Innenstadt von Fox Hill. Da es keine riesige Stadt ist, gilt dasselbe auch für das Stadtzentrum. Trotzdem gibt es mehrere hohe Bürogebäude, deren Architektur durchweg atemberaubend ist.

Außerdem stellt sich heraus, dass unser Ziel ein Büro ist. Rivers Vater, den ich kurz auf der Cocktailparty der Blacks kennengelernt hatte, ist in Fox Hill ein angesehener Anwalt, der einige der reichsten Familien der Stadt vertritt. Obwohl Iris' Familie nicht ganz in diese Kategorie fällt, sind sie trotzdem Klienten von Mr. Bettencourt.

Das alles erklärt mir Chase mit leiser Stimme, während River uns mit den Zweitschlüsseln, die er aus dem Arbeitszimmer seines Vaters hat, ins Gebäude führt. Sobald wir im Büro sind, gibt er den Code ein, um die Alarmanlage zu deaktivieren.

»Ich verstehe das nicht. Welchen Unterschied macht es, dass Rivers Vater sie vertritt? Warum sind wir hier?«

River dreht sich um und sieht mich an, als ich zu Ende spreche. Sein Blick landet auf meinem Gesicht und verweilt auf meinen Lippen.

»Iris' Eltern sind nicht zufrieden, wie die Polizei die Ermittlungen führt«, antwortet er. »Nach dem, was mein Vater hat durchblicken lassen, scheint es, dass es am Tatort Hinweise gab, die darauf hindeuten, dass es sich um Vorsatz und nicht um einen Unfall handelt. Die Polizei verfolgt das aber nicht so, wie die Lepianes es gerne hätten.«

Eine frische Woge von Schuldgefühlen überspült mich wegen der Tatsache, dass wir die Beweise nicht vorgelegt haben, die wir haben. Obwohl wir auch nicht über mehr als unser Wort und die beschissenen Bilder auf Lincolns Handy verfügen.

Trotzdem. Es wäre wenigstens etwas.

»Also sind wir hier, um herauszufinden, was die Polizei weiß«, sage ich, schiebe meine Schuldgefühle beiseite und konzentriere mich auf River. Vielleicht gibt es doch einen Weg, wie wir helfen können, Iris' Mörder zur Strecke zu bringen, ohne dabei selbst zu wehrlosen

Opfern zu werden. Vielleicht können wir noch etwas bewirken.

»Genau.«

Er lächelt mich an. Seine grau-blauen Augen werden weicher, und ich erinnere mich plötzlich lebhaft daran, wie es sich angefühlt hat, ihn zu küssen. Vieles von dem, was in dieser schrecklichen Nacht geschehen ist, fühlt sich wie ein furchtbarer, verschwommener Traum an. Diesen Kuss spüre ich aber immer noch auf meinen Lippen, und ich erinnere mich genau an jede Sekunde.

»Okay.« Ich nicke. »Dann lasst uns das tun.«

Er bewegt sich zielsicher durch das Büro seines Vaters auf einen Raum im hinteren Teil zu, der als Archiv dient. Ich habe das Gefühl, dass er hier nicht zum ersten Mal herumschnüffelt. Damit geht er ein enormes Risiko ein. Wenn die Familie von Iris herausfindet, dass der Sohn ihres Anwalts vertrauliche Informationen eingesehen hat, könnten sie ihn deswegen belangen. Ich habe River aber nicht darum gebeten, dieses Risiko einzugehen. Da er uns aus freien Stücken hierhergebracht hat, werde ich diese Gelegenheit nicht ungenutzt lassen.

Ich muss es wissen. Ich muss wissen, was die Polizei vermutet und in welche Richtung ihre Ermittlungen gehen.

Wir finden mehrere dicke Ordner mit Notizen und Informationen über den Fall und teilen sie unter uns auf. Dann blättern wir uns Seite um Seite durch die Dokumente. Es gibt Bilder von Iris' Leiche im Leichenschauhaus, die ich schnell überblättere. Mein Herz schlägt schneller und Galle steigt in meiner Kehle auf, als ich versuche, das, was ich gerade gesehen habe, wieder aus dem Kopf zu bekommen.

Ich überfliege die Aussagen ihrer Eltern, die Aufzeichnungen über ihre schulischen Leistungen, ihren Stundenplan und Informationen über ihre geführten Telefonate, bis ...

Da. Da ist etwas.

»Hey, River«, rufe ich leise. Er ist auf der anderen Seite des Raumes und gräbt in einer anderen Aktenschublade. Er sieht aber nicht auf, als ich seinen Namen ausspreche.

»River!«, wiederhole ich etwas lauter. Ich will ihm zeigen, was ich gefunden habe, und ihn fragen, ob es das bedeutet, was ich denke. Sein Vater ist Anwalt. Daher hoffe ich, dass er die komplizierte Sprache besser versteht als ich. Er gibt aber immer noch keine Antwort.

»Ri ...«

Ich will gerade erneut nach ihm rufen, als ich etwas Seltsames bemerke. Lincoln, der einige Meter von dem grauäugigen Jungen entfernt an einer Aktenschublade steht, macht mit der Hand eine kleine Geste. Er hält die Hand tief, in der Nähe seiner Hüfte, und ich kann die Bewegung kaum sehen. Ich bemerke sie nur, weil ich einen günstigen Blickwinkel habe.

Auch River bemerkt sie und dreht sich ruhig zu mir um. »Was?«

Ich runzele die Stirn und blinzele ihn an. »Hast du mich nicht gehört?«

»Was?« Er wirft mir einen verwirrten, beinahe amüsiert wirkenden Blick zu. So, als wäre meine Frage absurd. Ich sehe aber etwas in seinen Augen. In den grauen Himmelstiefen flackert Angst.

»Du hast mich nicht gehört, nicht wahr?«, frage ich langsam.

»Natürlich habe ich das.« Seine Worte klingen schroff, und es sieht so aus, als wolle er sich von mir abwenden. Er tut es aber nicht. Stattdessen sieht er mir aufmerksam ins Gesicht, und sein Blick gleitet zu meinem Mund hinunter ... und eine Sekunde später wird mir klar, warum.

Er wartet darauf, ob ich wieder etwas sagen werde.

Um meine Worte von meinen Lippen abzulesen.

»Du kannst mich nicht hören.« Diese Worte spreche ich leise und mit kaum mehr als einem Flüstern aus. Ich schätze, das spielt aber kaum eine Rolle.

River erstarrt, und seine Nasenflügel weiten sich. Er sieht aus, als wäre er zwischen Erniedrigung und Wut hin- und hergerissen. Als wäre er sich nicht sicher, ob er davonlaufen oder mir lieber den Kopf abreißen will.

»Doch, kann ich«, sagt er steif. »Manchmal. Nur ... nicht besonders gut.«

Verdammte Scheiße.

Während des Zeitraums, in dem mein Herz mehrmals pocht, stehen wir alle nur schweigend da. Die drei anderen Jungs beobachten unseren Austausch. Ich bemerke, dass vor allem Lincoln nervös und bereit ist, River notfalls beizustehen.

Was glauben sie denn, was ich tun werde? Mich über ihn lustig machen? Ihn hänseln?

Das würde ich nie tun. Es ist alles in Ordnung mit ihm.

Jetzt ergibt aber vieles mehr Sinn. Zum Beispiel, dass er immer der Ruhigste der Gruppe ist, häufig etwas abseits steht und alles sorgfältig beobachtet. Wie er auf Partys mit dem Rücken an der Wand steht, damit andere ihn nicht von hinten überraschen können – damit ihm nie so etwas wie gerade eben geschieht. Und die anderen drei Könige haben sich um ihn geschart und helfen ihm, sein Geheimnis zu bewahren. Sie halten ihm immer den Rücken frei, lenken seine Aufmerksamkeit auf sich oder decken ihn, wenn er etwas übersieht.

Und Iris ... die Dinge, die sie ihm auf dieser Party an den Kopf geworfen hat, nachdem er sie abgelehnt hatte, müssen damit etwas zu tun gehabt haben. Sie muss es gewusst oder zumindest vermutet haben.

Scheiße. Kein Wunder, dass er an diesem Abend so verdammt wütend und aufgeregt war. Sie hatte beinahe vor der ganzen Schule sein Geheimnis ausgeplaudert.

Mir wird klar, dass River und ich uns über die Distanz, die uns trennt, noch immer stumm anstarren. Also schließe ich meinen Aktenordner und gehe auf ihn zu. Er zuckt zusammen, beinahe so, als wolle er fliehen. Er bleibt aber ruhig stehen, als ich vor ihm anhalte.

»Ich werde es niemandem sagen, River«, sage ich leise und achte darauf, dass ich nicht anders spreche als sonst. Ich will nicht mit übertriebener Aussprache anfangen, als wäre er ein behindertes Kind oder so. Er muss ein unglaublich versierter Lippenleser sein, wenn er seine Beinahe-Taubheit so lange verborgen halten konnte. Er braucht mein Mitleid nicht, und auch keine

Sonderbehandlung. »Das verspreche ich. Ich werde es nie jemandem erzählen.«

Er sieht zunächst nicht so aus, als würde er mir glauben. Sein Gesicht ist eine Maske aus Scham und Selbsthass. Es gefällt mir überhaupt nicht, dass er sich in diesem Augenblick so fühlt. Auch wenn es keinen Sinn hat und das verrückte Durcheinander der Gefühle zwischen uns allen nur noch vergrößert, trete ich vor. Ich überbrücke die restliche Distanz zwischen uns und drücke ihm einen keuschen Kuss auf die Lippen, als würde ich mit ihm ein Gelübde besiegeln.

Er hält immer noch die Akte in den Händen, die er gerade durchgesehen hat. Er entspannt sich nicht, erwidert aber meinen Kuss.

Als ich mich zurückziehe, stelle ich sicher, dass er mein Gesicht sehen kann, bevor ich sage: »Mir ist es egal. Soweit es mich betrifft, bist du immer noch du selbst. Und jeder, dem das nicht egal ist, kann sich ins Knie ficken.«

Seine Mundwinkel zucken, als wolle er lächeln. Obwohl er das nicht tut, breitet sich ein warmes Gefühl in meiner Brust aus.

»Ich wünschte mir aber, du hättest es mir gesagt«, füge ich hinzu. »Genau genommen«, sage ich lauter und werfe Lincoln einen bedeutungsvollen Blick zu, »gibt es vieles, von dem ich mir wünschte, dass ihr es mir gesagt hättet. Können wir akzeptieren, dass ich jetzt ein verdammter Teil von allem bin? Egal, ob ich das will oder nicht? Egal, ob *ihr* das wollt oder nicht? Da wir gemeinsam darin verwickelt sind, können wir nicht so viele verdammte Geheimnisse voreinander haben. Ich möchte, dass ihr mir die Wahrheit sagt.«

Lincolns bernsteinfarbene Augen scheinen mit einem inneren Licht zu brennen, aber er nickt. »In Ordnung.«

»Einverstanden.« River nickt ebenfalls. Er sieht mich an, als könne er nicht glauben, dass es mich wirklich gibt – oder dass ich keine Hintergedanken habe.

Nun, davon kann ich ihn nur durch mein Handeln überzeugen. Alles, was ich will, ist, diesen Mist lebendig zu überstehen und weitere Angriffe zu vermeiden. Er wird lernen müssen, mir zu vertrauen.

»Low, ich verspreche, dich nie zu belügen«, sagt Chase. Seine Stimme klingt zu förmlich und neckisch.

»Ich auch«, wirft Dax ein.

Eigentlich bin ich mir nicht sicher, ob die Zwillinge mich je belogen haben. Sie waren aber an den Lügen, die die beiden anderen mir erzählt haben, beteiligt gewesen. Also haben sie sich ebenfalls schuldig gemacht.

»Gut.« Ich sehe die kupferhaarigen Jungen mit einer gehobenen Augenbraue an, bevor ich die Akte in meiner Hand aufschlage und mich wieder River zuwende. »Was ich dir vor all dem sagen wollte, ist, dass ich glaube, etwas gefunden zu haben. Dies hier sieht wie eine Aufstellung dessen aus, was am Tatort gefunden wurde. Kannst du das in normale Sprache übersetzen? Für mich ist das alles Fachchinesisch.«

Er ändert sofort sein Verhalten und kneift nachdenklich die Augen zusammen, als er mir das Bündel Papier abnimmt und schnell durchgeht.

»Ja, genau. Das ist es. Es sieht so aus, als hätte es in der Nähe des Tatortes keine Verkehrs- oder Sicherheitskameras gegeben – er liegt zu weit außerhalb der Stadt, ist zu abgelegen. Sie verfügen also weder über Aufnahmen von der eigentlichen Tat noch über genügend Material aus der Umgebung, um einzugrenzen, welche Fahrzeuge zu diesem Zeitpunkt in der Nähe waren.«

»Scheiße«, murmele ich, als er innehält und aufsieht. »Das ist wahrscheinlich kein Zufall. Wer auch immer der Typ mit der Maske war, er muss gewusst haben, dass ihn keine Kameras erfassen würden. Dasselbe gilt für den Angriff auf dich am Lagerhaus. Ich bezweifele, dass es auf dieser Straße viele Überwachungskameras gibt.«

Er nickt und blickt zurück auf das Dokument. »Das ist einer der Gründe, warum die Lepianes weiter nachforschen wollen. Das — und die Reifenspuren. Sie sind völlig gerade und hören genau dort auf, wo die Leiche von Iris gefunden wurde. Die Polizei sieht das nicht als einen stichhaltigen Beweis an. Es deutet aber darauf hin, dass der Fahrer nicht versucht hat, Iris auszuweichen – vielleicht weil er sie absichtlich überfahren wollte.«

»Was genau der Wahrheit entspricht«, murmele ich. Ein ungutes Gefühl macht sich in meinem Bauch breit.

»Ja.« Lincolns Stimme ist eisern, und ich weiß, dass wir alle diese Nacht in Gedanken nochmals erleben. Dann schüttelt er den Kopf. »Wir sollten sehen, was wir sonst noch finden können, und dann von hier verschwinden.«

Wir fünf wühlen uns durch die restlichen Akten,

gehen den Autopsiebericht und einige weitere Befragungsprotokolle durch. Viel mehr entdecken wir aber nicht. Die Polizei hat wirklich kaum Anhaltspunkte. Selbst wenn es ein betrunkener Fahrer gewesen *wäre*, der Iris überfahren hat, wären die Chancen gering, dass sie ihn erwischen. Rivers Vater stellt aber zusätzliche Nachforschung an und lenkt die Aufmerksamkeit auf einige merkwürdige Einzelheiten des *Unfalls*. Es ist nur eine Frage der Zeit, bis die Polizei beginnt, sie ernster zu nehmen.

Vorausgesetzt, dass die Ermittler nicht von demjenigen bestochen werden, der für den Mord verantwortlich ist.

Als wir die Akten wieder genau dort in die Schubladen einräumen, wo wir sie gefunden haben, schlägt mein Herz heftig in meiner Brust. Ich fühle mich nervös und paranoid. So, als würde ich erwarten, dass der Mörder jeden Moment aus einem dunklen Schatten springen und uns angreifen könnte.

Die Bedrohung fühlt sich an, als könnte sie von überall her kommen. Damit umzugehen fällt mir schwer.

Dax, Chase und River fahren im selben Auto. Zum ersten Mal fällt mir auf, dass ich noch nie gesehen habe, dass River fährt – ein weiteres Detail, das jetzt, da ich von seiner Hörbehinderung weiß, Sinn ergibt. Er *kann* wahrscheinlich fahren. Aber es wäre gefährlich, wenn er keine Hupen oder Sirenen oder solche Dinge hört.

Es ist fast elf Uhr, und die Straßen sind dunkel, als wir zurück zu Lincolns Haus fahren. Wir schweigen beide und sind in unseren eigenen Gedanken verloren.

Ich kann nicht glauben, wie normal sich das alles allmählich anfühlt. Die Geheimnisse, die Intrigen, die Gefahren, die am Horizont lauern. Nun ja, nicht wirklich *normal*. Aber wie ein Teil meines Lebens, der immer da sein wird. Ich kann mich nicht einmal mehr an eine Zeit ohne ihn erinnern. Siebzehn Jahre lang habe ich in Arizona gelebt und bin erst seit knapp drei Monaten in Fox Hill. Dieser Ort hat mich aber bereits so sehr verändert, dass das Leben, das ich in Bayard geführt habe, unendlich weit entfernt zu sein scheint.

Wenn ich Hunter eine Nachricht schicke oder mit ihr telefoniere, schlüpfe ich in eine Rolle. Wie in einen alten Schuh. Die Wahrheit ist aber, dass er nicht mehr passt. Ich bin nicht mehr der Mensch, der ich *war*.

Diese Harlow vermisse ich. Manchmal so verdammt sehr. Sie hatte eine Menge Scheiße durchgemacht. Sie war aber immer noch unschuldiger – und *optimistischer* – als die Person, die ich jetzt bin.

Als Lincoln in die Garage fährt und den Wagen abstellt, sehe ich zu ihm hinüber. »Danke, dass du mich mitgenommen hast.«

Ich meine, was ich sage. Genauso wie das, was ich im Archiv der Anwaltskanzlei gesagt habe. Ich wollte an alldem nicht beteiligt sein. Da es aber so ist, will ich aber wissen, womit ich es zu tun habe. Die Entscheidung der Jungs, mich auf ihren kleinen Ausflug heute Abend mitzunehmen, sagt viel über das Vertrauen aus, das sie mir entgegenbringen. Ich weiß das zu schätzen.

»Ja. Nun gut.« Er nickt, behält den Blick aber auf das Lenkrad vor sich gerichtet. Er wirkt seltsam steif und weiß nicht, worüber er nachdenkt. Für den Augenblick belasse ich es dabei. Es war eine verdammt seltsame Woche.

Wir gehen gemeinsam ins Haus. Am oberen Treppenabsatz trennen sich unsere Wege. Nachdem ich meine Nachttischlampe eingeschaltet habe, ziehe ich mir ein Tanktop und Shorts an und husche ins Badezimmer, um mir die Zähne zu putzen.

Gerade als ich den Wasserhahn zudrehe, höre ich ein leises Klopfen an der Schlafzimmertür. Ich blicke zu meinem Spiegelbild auf und runzele die Stirn. Obwohl ich erwarten würde, dass sie bereits schläft, ist meine Mutter vielleicht noch wach und hat gehört, dass ich nach Hause gekommen bin.

Ich schlürfe zur Tür und öffne sie. Als ich in den Flur sehe, blinzele ich überrascht. Es ist Lincoln, der mir gegenübersteht. Er zeigt immer noch den unbequem harten Blick wie zuvor. Er hat die Hände in die Taschen geschoben und seine Schultern hochgezogen.

»Linc?«, sage ich und sehe ihn fragend an. »Was ist los?«

Er schluckt, und ich kann sehen, wie sich die Muskeln in seiner Kehle zusammenziehen. »Du hast gesagt, dass du die Wahrheit über uns wissen willst«, flüstert er. »Keine Lügen mehr.«

»Ja.« Mein Magen schnürt sich zusammen, als ich dieses eine Wort ausspreche.

Ach du Scheiße. Was wird nun geschehen?

Er nickt, und sein Kiefer spannt sich an. Dann

richtet er seine bernsteinfarbenen Augen auf mich und sieht mich an.

»Ich habe es dir verdammt nochmal nie gesagt. Weil ich es nicht einmal mir selbst eingestehen wollte. Die Wahrheit ist aber, dass ich dich nie gehasst habe, Low. Ich will dich. Bereits seit der Sekunde, als ich dich zum ersten Mal gesehen habe.«

24

Verdammte Scheiße.

Mein Herz springt mir beinahe aus der Brust, und der Knoten in meinem Magen verwandelt sich in einen explosiven Wirbel flatternder Schmetterlinge. Als er diese Worte laut ausspricht, wirkt der Ausdruck in seinem Gesicht beinahe gequält.

Vielleicht liegt das daran, dass er sie so lange zurückgehalten hat.

Die Luft zwischen uns knistert. Selbst wenn ich das wollte, könnte ich meinen Blick nicht von seinen harten Gesichtszügen abwenden. Einen Augenblick lang scheint es, als würden wir beide uns in einer Art Stase befinden. Eingefroren in der Zeit.

Dann zieht er die Hände aus den Taschen, umfasst mein Gesicht und küsst mich.

Das Feuer, das in unseren Küssen an dem Tag loderte, als er mich im Flur gefickt hat, ist immer noch da. Aber der Hass, der *Zorn*, ist verschwunden. Beide Emotionen sind durch eine süßere, wenn auch nicht weniger intensive, ersetzt. Der erste Kontakt seiner Zunge mit der meinen wirkt wie ein Stromschlag, der durch meinen Körper jagt.

Wir bewegen uns zusammen in mein Zimmer. Am Rande bemerke ich, dass Lincoln die Tür hinter sich schließt, bevor wir zum Bett stolpern. Dabei trennen sich unsere Lippen keinen Augenblick lang. Ich kann es nicht ertragen, unseren Kuss zu unterbrechen, diese Verbindung zwischen uns zu verlieren.

Als ich mit den Beinen gegen die Bettkante stoße, lässt er mich sanft auf die Matratze sinken und folgt mir nach, bis er über mir aufragt. Meine Knie befinden sich am Rand des Bettes, und meine Füße baumeln knapp über dem Boden. Die Wärme von Lincolns Körper bedeckt mich aber wie eine kuschelige Decke.

Er küsst mich wie ein Mann, der seine letzte Mahlzeit zu sich nimmt – nie zufrieden, stets hungrig nach mehr. Ich kann das Gefühl nachvollziehen. Mein Körper erinnert sich daran, wie sich das anfühlt. Er erwacht unter seinen Berührungen zum Leben, brennt für ihn, sehnt sich nach ihm.

Als er sich schließlich zurückzieht, verweilen seine Hände auf dem Saum meines Tanktops. Anstatt es zu zerreißen, zieht er es mir diesmal aber über den Kopf. Ich wölbe meinen Rücken, um ihm zu helfen. In dem Augenblick, in dem er sich von meinem Körper löst, schweift sein Blick über die Wölbungen meiner Brüste. Er saugt meinen Anblick in sich auf, als hätte er sich danach verzehrt.

Ein kurzer Augenblick der Panik regt sich in meinem Bauch, und ich habe den Drang, eine Hand auf die dünne rosafarbene Narbe auf meinem Brustkorb zu drücken. Ich möchte seine Aufmerksamkeit aber nicht auf sie lenken. Ich spüre jedoch, wie sein Blick auf sie fällt, obwohl ich nicht glaube, dass er weiß, woher sie stammt.

»Guter Gott, du bist so verdammt schön, Low.« Er neigt seinen Kopf, um meine Brustwarze zu lecken, und streicht mit der Zunge über meine Nippel. Verlangen jagt durch meinen Körper. Ich keuche und vergesse meine Befürchtungen.

Plötzlich fühle ich mich verletzlich und entblößt, da ich mit nacktem Oberkörper vor ihm auf dem Bett liege. Ausnahmsweise fühlt es sich aber nicht schlecht an, so in Lincolns Nähe zu sein. Als er sich erneut herabbeugt, meine Haut leckt und an ihr saugt, bis mein Höschen von einer seidigen Feuchte durchdrungen ist, fahre ich mit den Fingern durch sein weiches, beinahe schwarzes Haar.

»Linc«, stöhne ich leise.

Ich weiß selbst nicht, was ich von ihm will. Beim Klang seines Namens saugt er meine Brust aber tief in den Mund. Ich muss mir auf die Lippe beißen, um nicht laut zu werden. Als er loslässt und zurücktritt, greife ich verzweifelt mit den Händen nach ihm.

Er grinst. Offensichtlich gefällt ihm, was er mir antut. »Noch nicht, Low. Beim letzten Mal konnte ich es nicht genießen. Diesmal möchte ich sehen, wie du die Kontrolle verlierst.«

Scheiße. Das dunkle Versprechen, das in seiner Stimme mitschwingt, sorgt dafür, dass mir ein Schauer der Vorfreude über den Rücken läuft. Selbst als er zurücktritt, spüre ich, wie sich sein Blick in meinen Körper brennt.

Er erhebt sich vom Bett, schiebt die Finger unter den weichen elastischen Bund meiner Shorts und zerrt sie zusammen mit meiner Unterwäsche herunter. Langsam lässt er die Kleidungsstücke an meinen Beinen hinabgleiten, folgt ihnen mit den Lippen, und auf meiner Haut entsteht Gänsehaut. Als ich völlig nackt bin, greift er unter meine Knie und zieht mich zurück an die Bettkante.

Ich atme unregelmäßig. Als ich an meinem Körper entlang zu dem Ort blicke, wo er vor mir kniet, beiße ich mir so fest auf die Unterlippe, dass es schmerzt.

Er sieht … *verzückt* aus, als er seine großen, warmen Handflächen meine Oberschenkel hinaufschiebt und dabei meine Beine weiter spreizt. Ich kämpfe gegen den Drang, meine Knie zusammenzudrücken, mich vor ihm zu verstecken, mich nicht so völlig entblößen zu lassen. Er muss die Anspannung meiner Muskeln spüren, denn er sieht mit seinen hell lodernden bernsteinfarbenen Augen zu mir auf.

»Du bist so wunderschön. Perfekt.« Er sieht mir weiter in die Augen, als er sich vorbeugt und seine Zunge in meine Muschi steckt. Dann beginnt er, meinen Kitzler zu lecken. »So verdammt süß.«

Er flüstert beinahe. Seine Stimme klingt schmachtend, wie ich es bei ihm noch nie gehört habe. Das trifft mich wie ein Schlag in die Brust. Als er beginnt, ernsthaft an meinem Kitzler zu lecken und zu saugen, versuche ich nicht, mich peinlich berührt abzuwenden oder meine Beine zu schließen. Stattdessen wölbe ich ihm meine Hüften entgegen, gebe mich ihm hin und nehme alles, was er mir anbietet, während ich leise stöhne.

Als ich komme, geschieht das mit einer langsamen, aber gewaltigen Woge der Lust, die sich immer weiter auftürmt und nicht enden will. Und Lincoln hört nicht auf. Er treibt mich durch diesen Orgasmus in einen zweiten, schiebt mir einen Finger in meine zuckende Muschi und dreht ihn, während seine Zunge mich weiter verzaubert.

Schließlich erreiche ich erneut den Höhepunkt. Um Lincoln aufzuhalten, muss ich seine Haare packen und physisch an meinem Körper hochziehen. Seine Lippen sind feucht, und er verzieht sie zu einem sündigen Grinsen, als ich mich auf dem Bett weiter nach oben schiebe und er mir folgt.

»Ich war noch nicht fertig. Ich habe immer noch Hunger«, knurrt er und neigt dann seinen Kopf, um mich zu küssen. Ich schmecke mich selbst in seinem Mund. Das ist schmutzig, verdorben und so verdammt heiß.

Er ist immer noch völlig bekleidet, und ich nackt. Das halte ich für unfair, also helfe ich, die Dinge auszugleichen, indem ich ihm das Hemd über den Kopf ziehe. Seine Muskeln sind wohlgeformt und ausgeprägt, seine Haut glatt und leicht gebräunt. Als er seine Hose und seine Schuhe auszieht, streiche ich mit den Händen über jeden Zentimeter seiner Brust, seiner Arme und seines Rückens.

Er senkt sich auf mich, und ich spüre, wie die breite Eichel seines Schwanzes an meinen Eingang stößt.

Dabei senkt er den Kopf zu der Stelle zwischen meiner Schulter und meinem Hals, um mich dort zu küssen und sanft zu beißen. Er erstarrt plötzlich, als er in mich eindringen will, und zieht sich wieder zurück. Ich atme schwer. Er ebenfalls, als er von mir abrückt, und zu mir heruntersieht.

»Kondom?«

Oh. Klar. Beim letzten Mal haben wir es ohne getan. Ich will aber nicht aufhören und nichts zwischen uns haben.

»Ich nehme die Pille«, keuche ich und schüttele den Kopf. »Bist du sauber?«

Darüber sollte ich mir vielleicht mehr Sorgen machen. Ich weiß, dass er letztes Jahr mit Iris zusammen war. Angesichts des Hortes weiblicher Groupies, den alle Könige zu haben scheinen, bin ich sicher, dass sie nicht die Einzige war.

Verdammt nochmal. Warum denke ich darüber nach?

Der Gedanke, mit wie vielen anderen Mädchen er geschlafen hat, drückt sich wie ein Eiszapfen in meinen Verstand, der etwas von dem Verlangen abkühlt, das in meinen Adern lodert.

Er reißt mich aber aus meinen wirbelnden Gedanken, indem er mit seiner großen Hand meinen Kiefer erfasst und mir einen harten Kuss gibt. Als er sich zurückzieht, drückt er seine Stirn auf die meine und schiebt sich mit sanften Schüben in mich. Aber nur die Eichel seines dicken Schwanzes dringt in mich ein. Meine Muschi zieht sich als Reaktion darauf zusammen, und ich spüre das schmerzliche Verlangen, ihn tief in mir vergraben zu spüren.

»Ich bin sauber«, murmelt er mit rauer Stimme. »Ich habe noch nie jemanden auf diese Weise gefickt. Niemals ohne.«

Niemals.

Bis ich kam.

»Oh, Gott, Linc«, flüstere ich. Mir fallen keine Worte ein, um darauf zu antworten. Also sage ich nichts, sondern schlinge meine Beine um seine Taille und ziehe ihn an mich.

Mehr Ermutigung als das benötigt er nicht. Er schiebt sich bis zum Anschlag in mich, füllt mich vollständig aus und bringt das Bett dazu, leicht zu schwanken.

Scheiße. Das tut so gut. Ich hatte vor Lincoln auch noch nie Sex ohne Kondom. Und es ist besser als mit. So viel besser. Ich schwöre, dass ich die samtene Haut seines Schwanzes spüre, als er sich zurückzieht und wieder in mich eindringt. Dabei fühle ich, wie sich bereits ein weiterer Orgasmus ankündigt.

Unser erster Fick war schnell und hektisch gewesen. Dieser hier ist aber langsam und tief und hart. Jeden einzelnen Stoß fühle ich in meinem ganzen Körper. Ab und zu hält er inne, um seine Hüften an den meinen zu reiben. Dabei trifft er meinen Kitzler und bringt mich zum Stöhnen. Er fickt mich, als wolle er mich für sich beanspruchen, und eine glänzende Schicht Schweiß entsteht auf seiner Stirn.

Schließlich steigert er sein Tempo noch weiter und gerät aus dem Rhythmus, als sein Schwanz anschwillt und zuckt. Er kommt immer noch, als er eine Hand zwischen uns schiebt und mit zwei Fingern um meinen

Kitzler kreist, bis auch ich über den Rand des Abgrundes stolpere.

»Oh Gott!«, stoße ich sanft aus.

Es ist ein Flüstern, eine gebrochene Fürbitte, als mein Körper zerbricht, meine Welt sich auflöst und sich um die Verbindung, die zwischen uns besteht, neu formiert.

Er küsst meine Brust, meinen Nacken und meine Schultern, während wir beide heftig in die Stille atmen. Als dies das letzte Mal geschehen ist, habe ich gespürt, wie die Schutzwälle sich wieder aufgerichtet haben, sobald die Orgasmen unseren Verstand wieder freigegeben hatten. Dieses Mal ist das anders. Er bleibt für lange Zeit tief in mir vergraben: Statt zu verkrampfen, spüre ich, wie sich sein ganzer Körper entspannt. Das Gewicht seines Körpers auf dem meinen fühlt sich himmlisch an. Ich mag es.

Schließlich zieht er sich mit einem letzten Kuss zurück und macht sich auf den Weg zur Toilette. Ich höre Wasser rauschen, bevor er eine Minute später mit einem warmen, feuchten Tuch in der Hand zurückkommt. Sein Schwanz ist immer noch teilweise hart. Der Anblick von Lincoln Black, wie er in all seiner nackten Pracht durch mein Schlafzimmer geht, zaubert mir ein albernes Lächeln ins Gesicht.

Ich hatte nicht erwartet, dass der heutige Abend so verlaufen würde. Das missfällt mir aber ganz und gar nicht.

Als er zwischen meinen Beinen zurück auf das Bett kriecht und mit dem Tuch das Sperma aufwischt, das aus mir tropft, bemerkt er mein Grinsen. Seine Augenbrauen zucken nach oben. »Was ist so lustig?«

Ich kann nicht aufhören zu lächeln. Es ist mir seltsamerweise nicht einmal peinlich, dass er mich auf diese Weise säubert. Es fühlt sich ... ich weiß nicht ... irgendwie normal an. Es gefällt mir, dass er sich um mich kümmert.

»Nichts«, schmunzele ich. »Es ist nur – ich glaube, ich wollte dich auch. Ab dem Augenblick, als ich dich zum ersten Mal gesehen habe. Als du dich wie ein Riesenarschloch verhalten hast.«

Sein Gesichtsausdruck wird finster. Ich schüttele den Kopf und strecke die Hand aus, um ihn wieder zu mir zu ziehen. »Das ist aber nicht wichtig, Linc. Es ist vorbei.«

Meine Worte scheinen ihn nicht zu beschwichtigen. Er lässt sich aber auf den Rücken neben mich fallen und wirft das jetzt ordentlich zusammengefaltete Tuch in den Wäschekorb. Dann zieht er mich zu sich, um meinen Körper auf dem seinen zu drapieren.

»Es ist wichtig«, murmelt er und streicht mit den Fingern durch mein zerzaustes Haar.

Er murmelt noch etwas anderes, was ich nicht ganz hören kann. Dann liegen wir schweigend da. Mein Kopf ruht auf seiner Brust, und sein Herzschlag pocht in meinem Ohr. Sein Körper fühlt sich an dem meinen warm und beruhigend an. Als er nach mir greift, um die Nachttischlampe auszuschalten, halte ich ihn fest, denn ich bin noch nicht bereit, dass er geht.

Das tut er aber nicht.

Stattdessen streicht er weiter über mein Haar, bis

meine Augenlider schwer werden und der Schlaf mich zu übermannen beginnt.

Im Augenblick gib es in meinem Leben so viele unbeantwortete Fragen.

In Fox Hill läuft ein Mörder frei herum. Einer, der vielleicht auch hinter mir her ist. Und ich habe keine Ahnung, wer es ist. Ich weiß nicht, warum Savannah es so sehr auf mich abgesehen hat oder was zwischen mir und River oder mir und den Zwillingen vor sich geht. Ich hänge an allen vier dieser Jungen, und ich weiß nicht, wann genau das passiert ist oder wie meine Gefühle für sie so stark geworden sind.

Es gibt so vieles, was ich nicht verstehe.

Aber es gibt auch eine Sache, bei der ich mir sicher bin.

Lincoln und ich. Wir passen zusammen.

Unser Anfang war beschissen, und ich weiß nicht einmal, wohin zum Teufel unser Weg führen könnte. Dieses Ding aber, das zwischen uns besteht, diese Verbindung, die wie ein Inferno lodert – ist real. Sie ist mächtig.

Und das wird sich nicht ändern.

Er bleibt die ganze Nacht bei mir. Seine Arme sind schützend um mich geschlungen, als würde er mich auch im Schlaf behüten wollen. Erst als das erste graue Licht des frühen Morgens den Raum zu erhellen beginnt, lässt er mich los.

Er küsst mich auf die schläfrigen Lippen, hüllt mich in die Decke und schleicht sich dann aus der Tür.

25

Nachdem Lincoln gegangen ist, schlafe ich noch eine Stunde und döse dann noch weitere dreißig Minuten. Ich genieße seinen würzigen Geruch, der meinem Kissen anhaftet, und den angenehmen Schmerz zwischen meinen Beinen.

Schließlich kann ich den Wecker aber nicht mehr länger ignorieren. Also schleppe ich mich aus dem Bett und unter die Dusche.

Dann gehe ich nach unten, um ihn wie immer um fünf Minuten vor halb acht zu treffen. Die Art und Weise, wie er mich angrinst, als er mich die Treppe herunterkommen sieht, sorgt dafür, dass mein verdammtes Höschen beinahe schmilzt. Ich habe das Gefühl, dass wir gerade eine Mauer eingerissen haben, und ich bin damit mehr als nur einverstanden. Bei dem Gedanken, uns während der Mittagspause zu seinem Auto zu schleichen oder den Unterricht ganz zu schwänzen und vom Campus zu verschwinden, um uns gegenseitig die Kleider vom Leib zu reißen, beiße ich mir auf die Lippen. Sein verdammt freches Lächeln sagt mir, dass er genau weiß, woran ich denke.

Er legt mir die Hand ins Kreuz, als wir zu seinem Auto gehen. Es ist eine Geste, die auf mich sowohl schützend als auch besitzergreifend wirkt. Und die mich etwas erregt. Wir haben noch nicht darüber gesprochen, was das alles zu bedeuten hat. Im Grunde ist mir das aber egal. Im Augenblick will ich dem Ganzen kein Etikett aufdrücken.

Während der Fahrt zur Schule fange ich jedoch an, mich wieder mit der Realität zu beschäftigen. Ich hoffe, dass Savannah sich die Warnung der Jungs zu Herzen genommen hat und sich verdammt nochmal von mir fernhalten wird. Ich bin mir nicht sicher, was wir unternehmen werden, wenn sie das nicht tut. Ein uneingeschränkter Krieg mit der Cheerleader- und Footballmannschaft, zusätzlich zu dem anderen Mist, der vor sich geht, scheint mir keine besonders gute Idee zu sein. Ich weiß aber auch, dass Lincoln und die anderen nicht nachgeben werden. Sie sind nicht umsonst die Könige der Linwood-Akademie geworden.

Als ich die rothaarige Cheerleaderin später an diesem Tag in einem Korridor der Schule sehe, weiten sich ihre Nasenflügel, und sie wirft mir im Vorbeigehen einen finsteren Blick zu. Sie flüstert einem ihrer Cheerleader-Lakaien, einem Mädchen namens Becca, etwas zu, sagt aber nichts zu mir.

In Ordnung. Es ist nicht gerade ein Waffenstillstand, aber ich gebe mich damit zufrieden.

Ich weiß nicht, warum sie so auf mich fixiert ist. Ja, sie hat gesehen, wie Trent mich einmal angemacht hat.

Sie und Iris haben sich jedoch buchstäblich die ganze Zeit darüber gestritten, wer von ihnen den blonden Footballstar für sich beanspruchen darf. Savannah hat Iris aber nie mit derselben Leidenschaft gehasst, die sie mir gegenüber zeigt.

Oder vielleicht hat sie es getan.

Ich weiß, dass das dumm klingt. Außerdem haben die Jungs bereits gesagt, dass sie das nicht glauben. Ich kann mich aber nicht ganz von dem Gedanken verabschieden, dass Savannah irgendwie in den Mord an Iris verwickelt sein könnte. Das klingt lächerlich, wenn ich es laut ausspreche. Dann rufe ich mir aber in Erinnerung, dass ich an diese Welt nicht gewöhnt bin. Hier steht in fast jeder Hinsicht mehr auf dem Spiel. Außerdem kann die Art und Weise, wie sich die Menschen in der Schule verhalten – sowohl in sozialer als auch in akademischer Hinsicht – ihr Leben tatsächlich auf lange Zeit beeinflussen.

So gut wie jeder, der sich in diesen Korridoren bewegt, ist ein zukünftiger Geschäftsführer, Politiker oder irgendeine Art von Mogul. So kleinlich mir das Gerangel auch erscheinen mag, in der Hackordnung ganz oben zu stehen, so sehr scheint es für einige von ihnen auch um Leben oder Tod zu gehen.

Wäre es da so weit hergeholt, zu glauben, dass einer von ihnen *Leben oder Tod* vielleicht wörtlich genommen hat?

Es gibt aber absolut keine Beweise, die meine Verdächtigungen gegenüber Savannah untermauern würden. Also versuche ich, sie aus meinen

Überlegungen auszuklammern und eine neutrale Sicht der Dinge zu behalten.

Zu ihrer Verteidigung muss ich ihr jedoch eingestehen, dass sie eine der wenigen an der Schule ist, die immer noch ständig über Iris spricht. Die Herbstferien stehen vor der Tür, und alle werden ungeduldig, dass das Semester endlich ein Ende findet. Für viele der Schüler verblasst die klatschsüchtige Aufregung über Iris' Tod bereits. Diejenigen, die sie nicht gut gekannt haben, kümmern sich um andere Dinge, sind von anderem Klatsch und anderen Dramen abgelenkt.

Die gute Nachricht ist, dass Rivers Vater der Meinung zu sein scheint, dass die Polizei endlich den Tod von Iris' ernsthafter untersuchen will. Sie stufen ihn jetzt als möglichen Vorsatz und nicht mehr nur als unbeabsichtigten Totschlag ein.

Während der nächsten Tage müssen die Jungs mir zweimal ausreden, mit unserem Wissen zur Polizei zu gehen. Wenn die Bullen ernsthaft ermitteln, könnten unsere Informationen für sie Gold wert sein. Aber, wie River mit leiser und ernster Stimme betont, werden ernsthafte Ermittlungen denjenigen, der für ihren Tod verantwortlich ist, nur noch nervöser machen. Dadurch steigt die Gefahr eines Angriffs noch mehr. Jetzt wäre ein gefährlicher Zeitpunkt, etwas zu melden.

Ich hasse es trotzdem, zu schweigen. Jedes Mal, wenn ich an den Mann denke, der mich auf dem Parkplatz angegriffen hat – darüber, wie sich sein dicker Arm um meinen Hals gelegt und mir die Luftzufuhr abgeschnitten hat – schlägt jedoch eine Welle der Angst über mir zusammen, und kalter Schweiß rinnt meinen Rücken hinunter.

Also sagen wir nichts. River behält seinen Vater genau im Auge und versucht, von ihm so viel wie möglich zu erfahren. Ich habe bemerkt, dass seine Stimme steif und distanziert klingt, wenn er über seine Eltern spricht. Vor allem wenn es um seinen Vater geht. Mr. Bettencourt habe ich erst einmal getroffen. Trotzdem habe ich das Gefühl, dass ihre Beziehung angespannt ist. Umso mehr weiß ich Rivers Bemühungen zu schätzen, mich – uns alle – zu beschützen.

Dieses verdammte Warten macht mich aber wahnsinnig. Während meiner Krebsbehandlung war ich gezwungen gewesen, Geduld zu lernen. Manchmal habe ich aber das Gefühl, dass ich in dieser Zeit meinen gesamten Vorrat davon aufgebraucht habe. Jetzt fühle ich schlicht das dringende Bedürfnis, die Dinge schneller voranzutreiben. So, als würde ein Teil von mir immer noch nicht glauben, dass keine tickende Zeitbombe über unseren Köpfen schwebt.

Am Donnerstag schleicht sich Lincoln erneut in mein Zimmer, und der Sex ist genauso intensiv wie bei den ersten beiden Malen. Ich glaube, er ist ebenfalls nervös, obwohl er versucht, das zu verbergen. Danach schmiegt er seinen Körper bis zum Morgen an den meinen und schleicht zurück in sein Zimmer, bevor der restliche Haushalt aufwacht.

Ich hätte nie gedacht, dass ich das einmal sagen würde, aber ich bin tatsächlich froh, dass Mr. und Mrs. Black an diesem Wochenende wieder eine

Cocktailparty geben. Meiner Mutter bei den Vorbereitungen und der ausgiebigen Putzaktion vor der Party am Samstagabend zu helfen bringt mich zumindest auf andere Gedanken. Es ist eine willkommene Ablenkung.

Sie kümmert sich um die Organisation, während ich den größten Teil des Samstagvormittags und -nachmittags mit Schrubben, Polieren und Abstauben verbringe. Am frühen Nachmittag höre ich Samuel und Audrey, die sich im Arbeitszimmer streiten. Ich mache jedoch auf dem Absatz kehrt und gehe stattdessen in die Bibliothek. Ich will bei ihren Eheproblemen, egal welche die beiden auch haben mögen, nicht zwischen sie geraten. Solange er meine Mutter nicht mit hineinzieht, können Samuel und seine Frau, zumindest was mich betrifft, so zerrüttet sein, wie sie wollen.

Um halb sieben schleiche ich mich nach oben, um mich frisch zu machen. Anschließend gehe ich wieder nach unten, um die Gäste zu begrüßen. Meine Mutter drückt mir die Schulter und lächelt mich an, als sie an mir vorbeirauscht, um sich in letzter Minute noch um einige Kleinigkeiten zu kümmern.

»Danke, Low«, flüstert sie, ist aber bereits wieder verschwunden, bevor ich antworten kann.

Bis das erste Paar eintrifft, hänge ich in dem riesigen Foyer herum. Ich erkenne sie von der ersten Party, die die Blacks ausgerichtet haben, wieder. Anscheinend ist der Mann eine große Nummer im Immobiliengeschäft. Was immer das auch zu bedeuten hat. Als ich sie in den Ballsaal führe, klammert sich seine Frau, die große Augen wie die eines Rehkitzes hat, an seinen Arm, als bräuchte sie buchstäblich seine Unterstützung.

Ich bin sicher, dass sie nicht die ersten Ankömmlinge sein wollten. Das will niemand. Glücklicherweise treffen die nächsten Gäste nur wenige Minuten später ein. Ab diesem Zeitpunkt verfalle ich in Routine: Begrüßung der Gäste, Entgegennahme ihrer Mäntel, Begleitung in den Ballsaal. Dort ist der Barkeeper bereits fleißig an der Arbeit.

Lincoln und seine Eltern kommen zu spät. Wie beim letzten Mal. Audrey trägt diesmal ein elegantes silbernes Kleid mit einem hohen Kragen und freiem Rücken. Samuel einen dunkelgrauen Smoking mit einem dunklen Hemd darunter. Er wirkt darin förmlich und imposant. Die beiden haben den Streit, den sie vorhin ausgetragen haben, entweder beigelegt oder einen vorübergehenden Waffenstillstand vereinbart. Audrey sieht ihn erneut mit offener Bewunderung an, als sie die Treppe herunterkommen. Ehrlich gesagt fühlt sich das etwas unheimlich an, wenn man bedenkt, dass ich weiß, wie die beiden normalerweise miteinander umgehen.

Als Lincoln die Treppe herunterkommt, habe ich diesmal kein schlechtes Gewissen, ihn dabei anzusehen. Ich habe eher das Gefühl, dass ich jetzt ein Recht darauf habe. Der Anzug, den er trägt, verändert sein gesamtes Erscheinungsbild und lässt ihn älter und souveräner wirken. Ehrlich gesagt sehe ich ihn lieber in seinen sonst üblichen bequemen Jeans und T-Shirt – oder ganz ohne Kleidung. Ich kann aber nicht leugnen, dass er so, wie aus dem Ei gepellt, verdammt gut aussieht.

Ich habe gerade einige Gäste in den Ballsaal gebracht. Zu meinem Glück wartet also niemand auf mich, als ich stehen bleibe und ihn anstarre. Audrey ignoriert mich, während Mr. Black freundlich in meine Richtung lächelt. Als sie sich umdrehen, um in Richtung des Ballsaales zu gehen, kommt Lincoln näher zu mir. Er neigt seinen Kopf, und sein Atem streicht über meine Ohrmuschel. Meine Haut beginnt zu kribbeln.

»Du bist die schönste Frau hier, Low. Und die bestgekleidete.«

Meine Lippen zucken, und ich muss sie zusammenpressen, um ein Lächeln zu unterdrücken. Ich trage nur meine blöde schwarz-weiße Dienstmädchenuniform. Sie ist zwar schmeichelhaft geschnitten, aber bei weitem nicht so schick wie die Kleider der weiblichen Gäste. Als ich den Ausdruck in seinem Gesicht sehe, als er zurücktritt, bin ich sicher, dass er es ernst meint.

Ich muss dem Drang widerstehen, ihn mit beiden Händen am Revers zu packen und zu küssen. Das ist alles, was ich tun möchte. Seine Eltern haben aber keine Ahnung, dass wir miteinander geschlafen haben. Meine Mutter weiß auch noch nichts. Also ziehe ich nur die Unterlippe zwischen die Zähne und nicke in Richtung des Ballsaales.

»Sie sollten nicht zu spät kommen, *Sir*.«

Lust lodert in seinen Augen. Als er davongeht, sieht er so aus, als müsse er sich ebenso sehr zurückhalten wie ich. Gut. Es ist schön, zu wissen, dass ich nicht die Einzige bin, die sich von der Verbindung zwischen uns verzehrt fühlt.

Ich sehe ihm zu, wie er weggeht. Dabei schaue ich auf seinen Hintern – das kann ich nicht leugnen. Einen Augenblick später kommen aber bereits die nächsten Gäste. Dax und Chase tauchen mit ihren Eltern auf. Die Zwillinge begrüßen mich begeistert. Als ich sie in den großen Ballsaal führe, flirten sie offen mit mir. Ich weiß nicht, wie ich damit umgehen soll. Den Blicken nach zu urteilen, die ihr Vater und ihre Mutter mir zuwerfen, ist keiner der älteren Lauders davon begeistert.

Dax flüstert mir zu, dass das Codewort *Krabbenpastete* lautet und ich später, wenn die eigentliche Party im Gang ist, nach ihnen suchen soll. Ich schnaube, um mein Lachen zu verbergen, und sehe zu, wie er und sein Bruder zu Lincoln gehen, der auf der anderen Seite des Raumes steht.

Als River und seine Eltern ankommen, kann ich nicht anders, als unwillkürlich seinen Vater anzusehen. Er sieht River sehr ähnlich – dieselben grau-blauen Augen und breiten, kräftigen Gesichtszüge –, aber er tritt auf eine Weise auf, die darauf hindeutet, dass er kaum jemanden um sich herum toleriert. Das macht mich sofort nervös. Ich frage mich, ob das einer der Gründe ist, warum der ruhige Junge immer so angespannt klingt, wenn er über seinen Vater spricht.

Soweit ich weiß, hat River seit einigen Tagen nichts Neues über Iris oder die Ermittlungen zu ihrem Tod erfahren. Als er mich ansieht, schüttelt er leicht den Kopf.

Immer noch nichts Neues, schätze ich. Verdammt.

Sie gehören zu den letzten Gästen, die ankommen. Meine Mutter und ich beginnen jetzt, im Ballsaal umherzugehen. Wir bieten an, leere Gläser mitzunehmen oder den Gästen volle zu bringen. Ich werde immer besser darin, den aufdringlichen Händen auszuweichen. Die andauernden Versuche machen mich aber immer noch verdammt wütend. Während der letzten Party habe ich mir die Männer genau gemerkt, von denen ich mich fernhalten muss. Als ich mich jedoch an Richter Hollowell vorbeischieben muss, um eine Frau zu erreichen, die ungeduldig gegen ihr leeres Weinglas klopft, bin ich überrascht, weil er *nicht* versucht, mich zu begrabschen.

Hm. Was sagt man dazu? Vielleicht hat er während des letzten Monats Manieren entwickelt.

Oder vielleicht zolle ich ihm zu viel Anerkennung.

Ich halte mich davon ab, die Augen zu verdrehen, und bemühe mich, einen neutralen Gesichtsausdruck zu bewahren, als ich mit dem leeren Glas in Richtung der Bar gehe. Meine Mutter hat hart dafür gearbeitet, diese Party zu einem Erfolg zu machen. Ich bin hier, um sie dabei zu unterstützen.

Gerade als ich der zickigen Frau ein volles Weinglas bringe, klingelt es an der Tür. Über die lauten Unterhaltungen hinweg höre ich es kaum. Meine Mutter hat den Gong aber ebenfalls vernommen. Also weiß ich, dass ich mir das nicht nur eingebildet habe.

Ich winke ihr zu, um sie wissen zu lassen, dass ich es gehört habe, und gehe zur Haustür.

Als ich sie öffne, runzele ich die Stirn.

Vor mir stehen keine weiteren Gäste.

Sondern vier Polizisten.

Zumindest nehme ich an, dass sie alle welche sind. Drei von ihnen tragen Uniform. Der vierte Anzug und Krawatte. Er ist aber derjenige, der sein Abzeichen zeigt, als sie alle vortreten.

»Guten Abend«, sagt er und nickt knapp. Er hat tief liegende Augen, einen zurückweichenden Haaransatz und eine dünne, gerade Nase. »Ich bin Detective Leland Dunagan, Polizei von Fox Hill. Dürfen wir hereinkommen?«

Ich trete automatisch zur Seite und vergesse für einen Augenblick, dass dies nicht mein Haus ist und ich nicht die Befugnis habe, sie einzulassen. Nicht, dass ich die Macht hätte, ihnen das zu verweigern.

Die vier Männer schreiten ins Innere und wenden sich dem Klang der Stimmen zu, die aus dem Ballsaal kommen. Ich folge ihnen und weiß nicht, was ich tun soll. Soll ich versuchen, ihnen vorauszueilen und Mr. Black zu warnen? Dafür ist es ein bisschen spät. Und was wollen sie überhaupt?

Im selben Augenblick, als sie den Ballsaal betreten, drehen sich die Köpfe aller Anwesenden in ihre Richtung. Samuel bemerkt sie sofort und kommt zu ihnen. Audrey ist ihm dicht auf den Fersen. Ich sehe, wie Lincoln, River, Dax und Chase neugierig aus der Ecke zusehen.

»Kann ich Ihnen helfen, Officer?« Mr. Black klingt

höflich, aber kühl. Er ist nicht begeistert, dass seine Party von der Polizei gestört wird.

»Wir sind hier im Zusammenhang mit dem Tod von Iris Lepiane«, sagt der Mann im Anzug – Detective Dunagan – leise.

Ich habe das Gefühl, dass mein Herz einige Sekunden lang zu schlagen aufhört, bevor es heftig und schnell zu pochen beginnt, als wolle es die verlorene Zeit wieder aufholen.

Sie sind wegen Iris hier. Wegen des Mordes an ihr. Bedeutet das, dass ihre Ermittlungen fortgeschritten sind, obwohl River von seinem Vater nichts darüber erfahren hat?

Und bedeutet das, dass jemand in diesem Raum ein Verdächtiger ist?

Eine Welle des Entsetzens und des Ekels überkommt mich bei diesem Gedanken. Fast im selben Augenblick wird sie aber von einer Welle der Erleichterung weggespült.

Es ist vorbei. Sie haben herausgefunden, wer dafür verantwortlich ist. Sie werden ihn aufhalten.

Samuels Augenbrauen schießen in die Höhe. Er schüttelt leicht den Kopf und scheint verwirrt zu sein. »Sie sind wegen Miss Lepianes Tod hier? Ich bin mir nicht sicher, was …«

»Wenn Sie bitte zur Seite treten würden, Mr. Black«, sagt der Detective mit fast demselben Tonfall wie Mr. Black zuvor. Er ist höflich, aber direkt.

So viel dazu, dass die Bullen mit den Mächtigen dieser Stadt unter einer Decke stecken.

Samuel und Audrey sehen einander an, und dann

macht er den Weg frei. Er sieht wütend aus. Sein Gesicht ist vor Verlegenheit und Wut gerötet, und ich bin mir sicher, dass der Polizeichef von Fox Hill sich einiges anhören werden muss.

Detective Dunagan hebt eine Hand und bedeutet seinen Männern mit einer Geste, vorzutreten. Sie durchqueren den Ballsaal. Im ganzen Raum herrscht gespannte Stille. Die Gäste gehen den Polizisten aus dem Weg, als sie den Raum durchqueren.

Der große Mann im Anzug bleibt schließlich in der Nähe der Bar stehen. Direkt vor meiner Mutter.

Die Zeit scheint stehen zu bleiben, während ich auf die seltsame Szene starre, die sich vor mir abspielt. Mein Gehirn weigert sich, sie vollständig zu verarbeiten.

Was macht er da?

Was …

Die braunen Augen meiner Mutter weiten sich, und sie sieht ihn überrascht an. »Ja, bitte?«

»Penelope Thomas«, sagt er ernst. »Ich verhafte Sie wegen dem Mord an Iris Lepiane.«

26

N*ein.*

Nein! Nein, nein, nein!

Das ist nicht richtig. Das ist verdammt nochmal nicht möglich.

Ich torkele vorwärts. Bevor ich aber die Strecke bis zu ihnen zurücklegen kann, treten zwei der Beamten hinter dem Detective hervor und ergreifen die Schultern meiner Mutter. Einer von ihnen dreht sie um, und der andere fesselt ihr mit Handschellen die Hände hinter den Rücken.

Sie wehrt sich nicht und scheint beinahe genauso überrascht zu sein wie ich. Ihr Blick huscht durch den Raum. In dem Augenblick, als er auf mir landet, sehe ich Angst in ihren Augen aufflackern. Aber nicht um sich selbst, glaube ich.

Um *mich*.

Sie blinzelt mir zu und öffnet den Mund, als wolle sie etwas sagen. Es kommen aber keine Worte über ihre Lippen.

Ich nehme sowieso kaum etwas wahr. Detective Dunagan liest ihr ihre Rechte vor, während die Menschen im Ballsaal leise miteinander flüstern. Das einzige Geräusch, das ich wahrnehme, ist aber nur ein Rauschen in meinen Ohren.

Das ist nicht möglich. Da muss ein großer Fehler vorliegen.

Die beiden Polizisten ergreifen jeweils einen Ellenbogen meiner Mutter, als sie sich dem Ausgang zuwenden. Als sie auf ihn zugehen, versagen meiner Mutter die Beine. Sie ist zu überrascht und überwältigt, als dass sie geradeaus gehen könnte. Ihr Gesicht ist schneeweiß. So, als wäre alles Blut aus ihrem Körper entwichen. Immer wieder schüttelt sie den Kopf.

Der Detective eilt an mir vorbei, und der angespannte Knoten in meinem Brustkorb zerplatzt.

Ich habe dieses Arschloch in dieses Haus gelassen. Ich habe zugelassen, dass er sie verhaftet.

»Warten Sie!«, schreie ich, als es mir endlich gelingt, meinen Körper zum Handeln zu zwingen. Ich drehe mich um und folge ihnen. Als sie die Haustür erreichen, habe ich sie eingeholt. Sie treten hinaus. Ich folge ihnen dichtauf. Mein Herz schlägt so wild gegen meine Rippen, dass mir schwindelig wird. »Warten Sie! Was zum Teufel tun Sie da? Sie können sie nicht mitnehmen! Lassen Sie sie gehen! Sie können sie nicht einfach so mitnehmen!«

Detective Dunagan schiebt sich zwischen mich und die Beamten, die meine Mutter immer noch festhalten. »Machen Sie bitte Platz, Miss. Treten Sie zurück.«

»Nein! Das werde ich nicht! Das ist meine Mutter! Was tun sie da? Warum haben Sie …«

»Ist schon in Ordnung, Low! Es ist okay, Liebling.« Die Stimme meiner Mutter klingt rau und erstickt. Sie schüttelt aber den Kopf und versucht, für mich ein Lächeln aufzusetzen. Ich kaufe es ihr aber nicht ab. In ihrem Blick sehe ich immer noch Angst und Unglauben. Völlige Verwirrung. »Es ist in Ordnung. Ich bin sicher, dass es sich nur um ein Missverständnis handelt. Ich werde mit ihnen gehen und die Sache in Ordnung bringen. Ich bin zurück, bevor …«

»*Nein!*« Ich stürze mich auf Detective Dunagan. Er hebt die Hände und hält meine Handgelenke fest, bevor ich ihn kratzen oder schlagen oder sonst etwas tun kann.

Eine Sekunde später ziehen mich starke Arme von ihm weg.

Dax.

Der muskulöse Junge hält mich an der Taille fest, während ich versuche, mich aus seinen Armen zu befreien und meine Mutter zu erreichen. Um zu dem Detective zu kommen.

Nein. Nein, verdammt nochmal, nein! Das ist nicht richtig. Das kann er verdammt nochmal nicht tun.

»Es tut mir leid, Detective, aber welche Gründe haben Sie, diese Frau zu verhaften?«

Mr. Black spricht mit harter Stimme, als er vortritt. Einige Menschen sind uns ins Freie gefolgt, aber die meisten Partygäste sind im Haus geblieben. Die vier Jungen haben sich um mich versammelt und helfen Dax, mich davon abzuhalten, weiterzukämpfen.

»Wir haben einen anonymen Hinweis erhalten, dass Penelope Thomas am Tatort gesehen wurde. Außerdem haben wir glaubwürdige Beweise gefunden, die diesen Hinweis unterstützen«, antwortet Detective Dunagan völlig offen. »Mehr kann ich dazu im Moment nicht sagen. Wir haben einen Durchsuchungsbefehl für ihr Auto und Teile Ihres Anwesens.«

Bei diesen Worten sieht Samuel wütend aus. Ich bin sicher, dass er die Vorstellung hasst, dass jemand sein Heim durchsuchen wird. Alles, worauf ich mich konzentrieren kann, sind aber nur die Worte *glaubwürdige Beweise*. Jemand hat ihnen *gesagt*, dass es meine Mutter war? Warum? Wie?

»Das ist nicht wahr!«, schreie ich, als ich mich endlich aus dem Griff von Dax befreien kann, der ihn bei dieser Eröffnung ein wenig gelockert hat. Ich stürze mich in meiner Wut erneut in Richtung des Detectives, direkt an Mr. Black vorbei. »Das ist eine Lüge. Wie können Sie das nur glauben? Das ist völlig verrückt! Meine Mutter hat niemanden umgebracht, verdammt nochmal!«

Dunagan schüttelt den Kopf. »Miss, ich kann nicht ...«

»Ich sage Ihnen, dass es nicht wahr ist!« Adrenalin jagt durch meinen Körper, wie ein Kampf- oder Fluchtinstinkt auf Steroiden. Ich weiß kaum, was ich sage. Nur, dass, wenn sie mit meiner Mutter auf dem Rücksitz eines Streifenwagens wegfahren, ein Teil von mir sterben und nie wieder zurückkommen wird. Das kann nicht wahr sein.

Er presst die Lippen zusammen, als die Beamten,

die meine Mutter umgeben, beginnen sie wegzuziehen. »Miss …«

»Ich weiß, dass es nicht wahr ist!«, krächze ich gebrochen. »Ich war da. Ich habe gesehen, was geschehen ist. Ich habe gesehen, wie Iris gestorben ist. Es war nicht meine Mutter, sondern ein schwarz gekleideter Mann. Er trug eine schwarze Maske und fuhr ein dunkles Auto. Er … er hat Iris absichtlich überfahren. Er hat sie umgebracht. Nicht meine Mutter. Er war es! Finden Sie *ihn*! Den Mann mit der Maske. Er ist derjenige, den Sie wollen.«

Detective Dunagan wirft mir einen fast mitleidigen Blick zu. In meinem Bauch scheinen sich lebendige Schlangen zu winden.

Oh Gott, bitte. Bitte, nein. Lass das nicht zu.

»Ich lüge nicht!« Ich deute auf die vier Jungen, die hinter mir stehen, und wirbele zu ihnen herum. Ihre Mienen wirken grimmig, als sie mich anstarren. »Fragen Sie sie! Sie waren auch dabei. Wir haben es alle gesehen! Es war ein Mann. Er hat sie mit Absicht getötet. Er hat sogar die Leiche untersucht.«

Der hochgewachsene Detective seufzt und richtet mit einer leicht gehobenen Augenbraue seinen Blick auf die vier. Meine Brust brennt, und ich spüre, wie Tränen über meine Wangen rinnen.

Scheiße. Ich weiß, dass wir nicht viele Beweise haben. Vielleicht können wir Dunagan trotzdem überzeugen. Wir können ihm die Bilder zeigen, die Lincoln gemacht hat. Ihm so zumindest klarmachen, dass er weitersuchen muss. Dass es jemand anderen gibt, den er finden muss.

»Ihr habt alle etwas gesehen?«, fragt der Detective. Seine Stimme wirkt beinahe müde.

Lincoln sieht mich an, und etwas regt sich in seinem Gesicht – es ist ein Ausdruck, den ich nicht ganz deuten kann. Als er sein Telefon aus der Tasche zieht, sein Passwort eintippt und mehrmals über den Bildschirm streicht, wirken seine bernsteinfarbenen Augen wie glühende Kohlebrocken. Dann sieht er auf und erwidert den Blick des Detectives.

»Nein, Sir. Haben wir nicht. Ich weiß nicht, wovon sie spricht.«

Die Luft entweicht aus meinen Lungen, als würde plötzlich ein erdrückendes Gewicht auf meinen Schultern lasten. Mein Brustkorb hebt sich, aber es gelingt mir nicht, einzuatmen.

»Nein. Ich habe nichts gesehen«, sagt River leise. »Ich habe noch nie von diesem Mann gehört.«

»Ja, keine Ahnung, wovon sie spricht«, murmelt Dax. Sein Kiefer zuckt, als er das sagt. Als Chase die Worte seines Bruders wiederholt, sehen die beiden kupferhaarigen Zwillinge beinahe wütend aus.

Was?

»Sie ... lügen«, stammele ich.

Meine Stimme klingt nicht wie meine eigene. Ich beginne, dieselbe Taubheit in meinen Fingerspitzen zu spüren, wie damals, als wir gesehen haben, wie Iris gestorben ist. Es ist, als würde mein Körper zu einem Fremdkörper, zu etwas Seltsamem und Unangenehmem, in dem lediglich mein Bewusstsein gefangen ist.

Detective Dunagan seufzt und reibt sich mit einer Hand das Kinn. »Ich weiß, dass Sie sich um Ihre Mutter

Sorgen machen, Miss Thomas. Sich aber irgendwelche Geschichten auszudenken, wird ihr nicht helfen.«

»Das tue ich nicht! *Sie* sind es, die lügen!« Ich renne auf Lincoln zu und reiße ihm das Telefon aus der Hand, bevor er mich davon abhalten kann. »Er hat Bilder gemacht. Sehen Sie! Sehen Sie! Wir haben Bilder von dem Mann, der es getan hat! Es ist nicht …«

Ich spreche nicht weiter. Verzweifelt streiche ich immer wieder über den Bildschirm.

Es sind keine Bilder da.

Überhaupt keine.

Jedes Foto auf dem Telefon ist von Lincoln mit wenigen Fingerbewegungen gelöscht worden. Genau das muss er getan haben, als er vorhin sein Telefon aus der Tasche gezogen hat.

Das kleine Gerät fällt mir aus den Händen, und ich weiß nicht, ob es auf dem Boden aufschlägt. Ich weiß nicht, ob es springt oder zerbricht. Und es ist mir egal.

Mein Blick wandert langsam nach oben, bis ich Lincoln in die Augen sehe. Sein Gesicht wirkt teilnahmslos, seine Augen leer.

»Du …«, stoße ich hervor. Meine Lippen fühlen sich taub an, mein Hals wie zugeschnürt. »Du … Wie konntest du nur?«

Er antwortet nicht. Eine Bewegung hinter mir lenkt meine Aufmerksamkeit von ihm ab. Die Beamten haben eine der hinteren Türen des Streifenwagens geöffnet und setzen meine Mutter hinein. Dabei legt einer von ihnen ihr eine Hand auf den Kopf, damit sie sich duckt.

Mein Herz zerbricht. Das Blut, das zuvor durch meine Adern geflossen ist, verwandelt sich in Gift.

Ich konnte sie nicht einmal mehr umarmen. Ich habe nichts mehr zu ihr sagen können, bevor sie sie mitgenommen haben.

Die Tür schließt sich mit einem dumpfen Schlag hinter ihr, und ich sehe nur noch ihr blasses Gesicht, das mich durch das Fenster anstarrt. Tränen strömen über meine Wangen, und meine Sicht verschwimmt, als sich Detective Dunagan dem anderen Beamten im zweiten Wagen anschließt. Die roten und blauen Lichter der Wagen blinken, aber sie schalten die Sirene nicht an, als sie in Richtung des Zufahrtstores davonfahren.

Sie haben sie mitgenommen.

Verdammt. Sie haben sie einfach mitgenommen.

Sie glauben, dass sie Iris ermordet hat.

Und den einzigen Beweis, mit dem ich sie vielleicht vom Gegenteil hätte überzeugen können, gibt es nicht mehr.

Ich starre gefühlt stundenlang zu der Stelle, wo die Rücklichter der Streifenwagen aus meinem Blickfeld verschwunden sind. Dann drehe ich mich langsam um.

Mein Blick richtet sich zuerst auf Mr. Black. Er sieht schockiert und wütend aus. Als er mich ansieht, verwandelt sich der Ausdruck in seinem Gesicht in einen mitleidigen. Er hält mich wahrscheinlich für verrückt. Für emotional aus dem Gleichgewicht geraten. Dass ich mir all das ausgedacht habe, nur um zu versuchen, meine Mutter zu retten. Dass ich alles sagen, jede Lüge ausspucken würde, die mir einfällt, damit sie nicht verhaftet wird.

Audrey ist nirgendwo zu sehen. Sie muss immer

noch im Haus sein, um die Gäste zu unterhalten und zu versuchen, das Geschehene herunterzuspielen. Für die Menschen dort geht die Party weiter.

Wie ist das möglich, wenn meine ganze Welt gerade zusammengebrochen ist?

Widerwillig und fast gegen meinen Willen gehe ich zu den vier Jungen, die in einer Gruppe am Fuße der Treppe stehen. Sie haben alle einen unterschiedlichen Ausdruck im Gesicht. Aber eine Emotion spiegelt sich in jedem wider.

Entschlossenheit.

Was sie gerade getan haben, war kein Zufall. Sie wussten, was es bedeuten würde, wenn sie nicht zu mir stehen und die Fotos löschen. Sie haben nicht einmal versucht, zu helfen.

Seit Wochen habe ich ihre Geheimnisse und Pläne mit ihnen geteilt. Ich habe ihnen zugehört und vertraut, als sie vorgegeben haben, dass dies die einzige Möglichkeit ist. Ich habe wirklich geglaubt, dass sie lautere Absichten hatten. Dass sie versucht haben, mit einer schrecklichen, beschissenen Situation so gut es geht umzugehen.

Ich habe geglaubt, dass ich ihnen wichtig bin.

Das ist aber nicht so. Es kann nicht so sein, denn sonst hätten sie mich nicht so im Stich gelassen und mich allein von dieser Klippe springen lassen. Sie hätten nicht zugelassen, dass ich meine Mutter verliere. Der Mensch, der alles geopfert hat, damit ich überleben konnte. Ein Mensch, der mein Fels in der Brandung, mein bester Freund und mein *Ein und Alles* ist.

Die Welt um mich herum ist still. Oder schrecklich

laut, und ich kann nichts davon hören. Als ich den Königen von Linwood gegenüberstehe, scheint es, als wäre sie in Watte gepackt. Ich auf der einen Seite einer unsichtbaren Linie und sie auf der anderen.

Sie sehen mit ihren wunderschönen aber undurchschaubaren Gesichtern zu mir.

Meine Peiniger.

Meine Beschützer.

Meine Verräter.

LESEPROBEN

Vielen Dank, dass Sie *Die Hilfe* gelesen haben! Wenn Ihnen die Geschichte von Harlow gefällt, dann würden wir uns freuen, wenn Sie eine Rezension hinterlassen. Das nächste Buch in der Reihe Die Könige der Linwood-Akademie trägt den Titel *Die Lüge*.

Möchten Sie benachrichtigt werden, wenn unser nächstes Buch voller knisternder Leidenschaft erscheint? Besuchen Sie www.greyeaglepublications.com/de/ und melden Sie sich für unseren Newsletter an.

Wenn Ihnen dieses Buch gefallen hat, werden Sie auch diese beiden dunklen Liebesromane lieben: *Verschleppt* von Anna Zaires und *Verdorbene reiche Jungs* von C.M. Stunich. Blättern Sie um, um einen spannenden Auszug aus jedem Buch zu entdecken!

AUSZUG AUS VERSCHLEPPT VON ANNA ZAIRES

Entführt und auf eine einsame Insel verschleppt.

Ich hätte niemals gedacht, dass mir so etwas passiert. Ich hätte mir niemals vorstellen können, dass eine zufällige Begegnung kurz vor meinem achtzehnten Geburtstag mein Leben völlig umkrempeln würde.

Jetzt gehöre ich ihm. Julian. Dem Mann, der genauso rücksichtslos wie gutaussehend ist – dem Mann, dessen Berührungen mich brennen lassen. Ein Mann, dessen Zärtlichkeit ich verstörender finde, als seine Grausamkeit.

Mein Entführer ist ein Rätsel für mich. Ich weiß nicht, wer er ist, oder warum er mich verschleppt hat. In ihm ist eine Dunkelheit – eine Dunkelheit, die mir genauso Angst macht, wie sie mich anzieht.

Mein Name ist Nora Leston und das ist meine Geschichte.

Leah holt mich um 21.00 Uhr ab.

Sie hat sich fürs Clubben zurechtgemacht – dunkle, glänzende Jeans, ein glitzerndes Schlauchtop und hochhackige Overknees. Ihr blondes Haar ist vollkommen weich und glatt und fällt wie ein markanter Wasserfall ihren Rücken hinab.

Ich dagegen trage immer noch meine Turnschuhe. Meine Schuhe fürs Clubbing habe ich in dem Rucksack, den ich in Leahs Auto lassen werde. Ein dicker Pulli versteckt das aufreizende Top, welches ich trage. Ich bin nicht geschminkt, und mein langes braunes Haar ist zu einem Pferdeschwanz gebunden.

So verlasse ich das Haus, um keinen Verdacht zu erregen. Ich sage meinen Eltern, dass ich den Abend mit Leah bei Freunden zu Hause verbringe. Meine Mutter lächelt und wünscht mir viel Spaß.

Jetzt, mit fast achtzehn, habe ich keine Ausgehsperre mehr. Oder vielleicht habe ich sie noch, aber sie ist zumindest nicht offiziell. Solange ich nach Hause komme, bevor meine Eltern anfangen, sich Sorgen zu machen – oder ich ihnen zumindest sage, wo ich bin –, ist alles in Ordnung.

Sobald ich in Leahs Auto sitze, beginne ich mit meiner Verwandlung.

Weg mit dem dicken Pulli und raus mit dem verführerischen Tanktop, das ich darunter habe. Ich trage einen Push-up-BH, um mein etwas zu klein ausgefallenes Kapital zu maximieren. Die Träger des BHs sind durchaus vorzeigbar, weshalb es mich nicht stört, wenn sie hervorschauen. Ich habe nicht so coole Schuhe wie Leah, aber ich habe es geschafft, meine hübschesten schwarzen Absatzschuhe herauszuschmuggeln. Sie vergrößern mich um etwa zehn Zentimeter. Da ich jeden einzelnen von ihnen benötige, ziehe ich die Schuhe gleich an.

Als Nächstes hole ich meinen Schminkbeutel hervor und klappe die Sonnenblende herunter, um den Spiegel zu benutzen.

Vertraute Gesichtszüge blicken mich an. Große, braune Augen und klar definierte schwarze Augenbrauen dominieren mein kleines Gesicht. Rob hat mir einmal gesagt, ich würde exotisch aussehen. Ein wenig kann ich das gerade selbst erkennen. Auch wenn ich nur zu einem Viertel Latina bin, sieht meine Haut immer ein wenig gebräunt aus, und meine Wimpern sind außergewöhnlich lang. Künstliche Wimpern nennt Leah sie, aber sie sind hundertprozentig echt.

Ich habe kein Problem mit meinem Aussehen, auch wenn ich mir häufig wünsche, größer zu sein. Das sind meine mexikanischen Gene. Meine Großmutter war klein, und das bin ich auch, obwohl meine Eltern beide durchschnittlich groß sind. Das wäre mir auch egal, würde Jake nicht große Mädchen mögen. Ich glaube nicht einmal, dass er mich im Gang überhaupt sieht; ich befinde mich im wahrsten Sinne des Wortes nicht auf seiner Augenhöhe.

Seufzend trage ich Lipgloss und ein wenig

Lidschatten auf. Ich benutze nicht zu viel Make-up, weil ich ganz natürlich am besten aussehe.

Leah dreht das Radio auf, und die neuesten Hits dröhnen durch das Auto. Ich lache und fange an, mit Rihanna mitzusingen. Leah fällt auch ein, und jetzt schmettern wir beide die S&M-Texte mit.

Ohne es zu merken, kommen wir auch schon am Club an.

Wir betreten ihn so, als würde er uns gehören. Leah schenkt dem Türsteher ein strahlendes Lächeln, und wir zücken unsere Ausweise. Sie lassen uns ein, kein Problem.

Wir waren noch niemals zuvor in diesem Club. Er befindet sich in einem älteren, leicht heruntergekommenen Teil des Zentrums von Chicago.

»Wie bist du auf diesen Club gekommen?«, rufe ich Leah zu. Ich muss schreien, um die Musik zu übertönen.

»Ralph hat mir davon erzählt«, brüllt sie zurück, und ich verdrehe die Augen.

Ralph ist Leahs Ex-Freund. Sie haben sich getrennt, als er anfing, sich seltsam zu benehmen, aber sie reden trotzdem noch miteinander. Ich glaube, dass er Drogen nimmt oder so etwas. Ich bin mir nicht sicher, und Leah erzählt mir, aus falscher Loyalität zu ihm, nichts. Er ist der König des Zwielichts, und die Tatsache, dass die Empfehlung für diesen Ort von ihm kam, ist nicht sehr beruhigend.

Aber was soll's. Sicherlich ist die Gegend nicht die Beste, aber die Musik ist gut, und die anderen Gäste sind auch eine nette Mischung.

Wir sind hier, um Party zu machen, und genau das tun wir auch die nächste Stunde lang. Leah bringt ein paar Jungs dazu, uns einen Longdrink auszugeben. Wir trinken nicht mehr als einen pro Kopf. Leah, weil sie uns nach Hause fahren muss – und ich, weil ich Alkohol nicht gut vertrage. Wir sind vielleicht jung, aber wir sind nicht blöd.

Nach den Longdrinks tanzen wir. Die beiden, die uns eben die Drinks ausgegeben haben, tanzen mit uns, aber wir ziehen uns nach und nach von ihnen zurück. Sie sind nicht wirklich süß. Leah findet eine Gruppe heißer Typen im Studentenalter, und wir pirschen uns an sie heran. Sie beginnt eine Unterhaltung mit einem von ihnen, und ich schaue ihr lächelnd dabei zu. Sie ist gut, was diesen ganzen Flirtkram betrifft.

Unterdessen teilt meine Blase mir mit, dass es Zeit sei, die Damentoilette aufzusuchen. Also verlasse ich Leah und folge meiner Blase.

Auf dem Rückweg bitte ich den Barmann um ein Glas Wasser. Nach dem ganzen Tanzen habe ich Durst.

Er reicht es mir, und ich schütte es gierig hinunter. Als ich fertig bin, stelle ich das Glas ab und schaue auf.

Direkt in ein Paar stechend blaue Augen.

Er sitzt an der gegenüberliegenden Seite der Bar, etwa drei Meter von mir entfernt – und er starrt mich an.

Ich starre zurück. Ich kann nichts dagegen tun. Er ist wahrscheinlich der bestaussehendste Mann, der mir jemals begegnet ist.

Sein Haar ist dunkel und leicht gelockt. Sein Gesicht ist hart und männlich, alle seine

Gesichtszüge sind perfekt symmetrisch. Geradlinige Augenbrauen über diesen auffallend blassen Augen. Ein Mund, der zu einem gefallenen Engel gehören könnte.

Mir ist plötzlich sehr warm, als ich mir vorstelle, wie dieser Mund meine Haut, meine Lippen berührt. Wenn ich leicht erröten würde, hätte mein Gesicht schon die Farbe von Roter Bete.

Er steht auf, geht auf mich zu und hält mich immer noch mit seinem Blick fest. Er geht entspannt. Ruhig. Er ist sich völlig sicher. Und warum auch nicht? Er ist umwerfend, und er weiß es.

Als er näher kommt, bemerke ich, dass er ein großer Mann ist. Groß und gut gebaut. Ich weiß nicht, wie alt er ist, aber ich denke, er ist näher an der Dreißig als an der Zwanzig. Ein Mann, kein Junge.

Er steht neben mir, und ich muss mich darauf konzentrieren, zu atmen.

»Wie heißt du?«, fragt er sanft. Seine Stimme dringt durch die Musik, ihr tiefer Ton ist selbst in dieser lauten Umgebung deutlich zu hören.

»Nora«, sage ich leise und schaue zu ihm hinauf. Ich bin völlig hypnotisiert, und ich bin mir ziemlich sicher, dass er das weiß.

Er lächelt. Seine sinnlichen Lippen öffnen sich und geben den Blick auf gleichmäßige, weiße Zähne frei. »Nora. Ein schöner Name.«

Er stellt sich nicht vor, weshalb ich meinen Mut zusammennehme und ihn frage: »Wie heißt du?«

»Du kannst mich Julian nennen«, antwortet er, und ich beobachte, wie sich seine Lippen bewegen. Ich war noch nie zuvor so fasziniert von den Lippen eines Mannes.

»Wie alt bist du, Nora?«, will er als Nächstes wissen.

Ich blinzele. »Einundzwanzig.«

Sein Gesichtsausdruck verdunkelt sich. »Lüg mich nicht an.«

»Fast achtzehn«, gebe ich zögernd zu. Ich hoffe, er wird es nicht dem Barmann erzählen und mich rausschmeißen lassen.

Er nickt, so als habe ich seine Vermutungen bestätigt. Und dann hebt er seine Hand und berührt mein Gesicht. Leicht, zart. Sein Daumen streicht gegen meine Oberlippe, so als würde er neugierig sein, wie sie sich anfühlt.

Ich bin so schockiert, dass ich einfach nur dastehe. Niemand hat das jemals getan, mich so beiläufig, so besitzergreifend berührt. Mir ist heiß und gleichzeitig kalt. Ein Angstschauer läuft mir über den Rücken. Er zögert nicht, bei dem, was er macht. Er fragt nicht um Erlaubnis, hält nicht inne, um zu sehen, ob ich seine Berührung zulasse.

Er berührt mich einfach. So als habe er das Recht dazu. So als gehöre ich zu ihm.

Ich atme zitternd ein und nehme Abstand. »Ich muss gehen«, flüstere ich, und er nickt erneut, betrachtet mich mit einem unleserlichen Ausdruck auf seinem wunderschönen Gesicht. Ich weiß, er lässt mich gehen, und erbärmlicherweise bin ich ihm dankbar dafür – weil irgendetwas tief in mir spürt, dass er auch leicht hätte weiter gehen können, dass er nicht nach den normalen Regeln spielt.

Und dass er wahrscheinlich das gefährlichste Wesen ist, welches ich jemals getroffen habe.

Ich drehe mich um und gehe durch die Menge. Meine Hände zittern, und mein Herz schlägt zum Zerspringen.

Ich muss raus hier, also schnappe ich mir Leah und lasse mich von ihr nach Hause fahren.

Als wir aus dem Club gehen, blicke ich zurück und sehe ihn wieder. Er starrt mich immer noch an.

Sein Blick enthält ein dunkles Versprechen – etwas, was mich erschaudern lässt.

AUSZUG AUS VERDORBENE REICHE JUNGE (DIE REICHEN JUNGS DER BURBERRY-AKADEMIE – BAND 1) VON C.M. STUNICH

Das neue Mädchen brechen.

Das sollte einfach sein, nicht wahr?

Abschaum wie sie hat an der Burberry-Akademie nichts zu suchen.

Nein, Marnye Reed wird abstürzen, und wir haben vor, ein Schauspiel daraus zu machen.

Lasst uns herausfinden, wem es als Erstem gelingt, dass sie sich in ihn verliebt.

Die Wette gilt. Wer spielt mit?

* * *

Ich muss mich mit verdorbenen reichen Jungs auseinandersetzen.

Sie sind die Idole der Schule, wahre Götter auf Erden. Alter Geldadel. Neureich. Ein aufsteigender Stern.

Diese Jungs haben nichts mit jenen an meiner alten Schule gemeinsam.

Ich bin zwar arm, aber entschlossen, etwas aus mir zu machen, und werde nicht zulassen, dass sie mir dabei im Weg stehen.

Sie sagen, dass sie mir das Leben zur Hölle machen wollen, und ich glaube, dass sie fest dazu entschlossen sind.

Meine Uniform und meine Würde sind ruiniert.

Ich blicke suchend über die versammelte Menschenmenge. Da sind aber drei Gesichter, die mir besonders auffallen. Kalt, grausam und wunderschön. *Eine hässliche Form der Schönheit*, denke ich, als ich einem Blick aus silberfarbenen und zusammengekniffenen Augen begegne und die schwachen Reste eines Lächelns wahrnehme. Tristan Vanderbilt ist der Meinung, dass er mich besiegt hat. Das glauben sie alle. Was sie aber nicht begreifen, ist, dass ich nicht mehr das nervöse und unterwürfige kleine Mädchen bin, das ich war, als ich auf die Burberry-Akademie kam.

Ich hebe einen Arm und wische mir etwas Blut vom Mund. Mein BH ist durch die zerrissenen Reste meiner weißen Bluse zu sehen. Es ist der schöne Rote, den ich extra für Zayd angezogen habe. Er hat mir weisgemacht, dass er mich mag. Als ich in seine Richtung blicke, erkenne ich jetzt aber deutlich, dass er das nicht tut. Er lächelt nicht. Nicht wie Tristan. Die Nachricht, die er mir mit dem Blick aus seinen grünen Augen übermittelt, ist jedoch eindeutig: *Du gehörst nicht hierher*.

»Hast du genug?«, säuselt Harper du Pont hinter mir. Ich mache mir nicht die Mühe, mich umzudrehen und sie anzusehen. Stattdessen widme ich meine Aufmerksamkeit dem letzten der drei Jungen. Drei große Fehler. Dreimal verraten. Creed hat die Stirn kraus gezogen, als wäre diese Auseinandersetzung ein notwendiges Übel, um den Abschaum der Unterschicht loszuwerden und die Schule zu säubern.

Der Wind frischt auf und der zerfetzte rote Faltenrock meiner Akademieuniform wogt in der salzigen Brise um meine Beine. In der Ferne höre ich die Brandung. Sie bricht sich im Rhythmus meines panisch schlagenden Herzens an den Felsen. Ein Sturm zieht auf.

Tristan kommt mit der Anmut eines Raubtieres auf mich zu. Als er direkt vor mir stehen bleibt, funkeln Tautropfen auf seinen Schuhen. Er ist mir so nah wie am ersten Tag, als er mich beleidigt und mir seine Herausforderung an den Kopf geworfen hat: *Was glaubst du, wie lange du es hier aushalten wirst?* Nun ja. Es ist der letzte Tag meines ersten Schuljahres an der Akademie, und ich stehe immer noch hier, nicht wahr? Tristan denkt jedoch, dass ich zwar eine Schlacht gewonnen habe, er aber den Krieg gewinnen wird.

Ich bleibe steif stehen, als er eine Hand hebt, eine

Strähne meines mit Farbe verklebten Haars durch seine Finger gleiten lässt und an den kurzen, rotblonden Locken zieht. Rote Farbe beschmutzt seine perfekte Haut. Ich halte aber seinem Blick aus diesen grauen Augen mit einem trotzigen Funkeln in den meinen stand.

»Ich gehe davon aus, dass du nächstes Jahr nicht zurückkommst, oder doch, Marnye?«, flüstert er mit einer Stimme, die wie über Eis fließender Whisky klingt. Tristan denkt, dass er der Herrscher über diese Schule ist. Ein regelrechter Gott. Auch die anderen Jungen halten sich für Götter. Ich wäre gerne eine Fliege an der Wand, wenn es schließlich zu einer Konfrontation zwischen ihnen kommt. Sie glauben, dass ihnen die Welt wegen ihres Geldes zu Füßen liegt. Vielleicht wird sie das auf eine gewisse Weise auch.

Es wird ihnen aber keine wahre Freundschaft kaufen können. Und keine Liebe. Mich auf keinen Fall.

Ich sehe an Tristan vorbei zu Zayd und Creed und richte meine volle Aufmerksamkeit wieder auf das Arschloch, das mit alldem angefangen hat. Seit dem ersten Tag hatte er keine Mühen gescheut, mir mein Leben zur Hölle auf Erden zu machen. Es war ihm gelungen. Zayd und Creed haben jede furchtbare und obszöne Sekunde genossen.

»Geh einfach nach Hause, Marnye, und alles ist vorbei«, sagt Tristan. In seinen harten Worten schwingt ein grausamer Tonfall mit. Er ist wie ein Raubtier, das viel zu süß ist, als dass man vor ihm Angst haben würde. Ich habe den Fehler begangen, ihn zu nah an mich heranzulassen. Nun bin ich verletzt und blute –

körperlich und seelisch. Ich bin verdammt nochmal zerbrochen. »Du gehörst nicht hierher.«

Zayd hört sich die Unterhaltung an, schlingt einen tätowierten Arm um Becky Platter und besiegelt damit mein Schicksal. Er hat sich für sie entschieden. Nicht für mich. Er hat sie mit ihrer Grausamkeit und ihrem höhnischen Lachen mir vorgezogen. Meine Hände ballen sich so stark zusammen, dass meine Fingernägel Halbmonde in meine Handfläche kratzen.

Ich erwidere Tristans arroganten und selbstsicheren Blick. Tränen rinnen über mein Gesicht. Als er die Finger aus meinem Haar zieht, berührt er eine mit dem Fingerknöchel, und führt ihn an seine Lippen, um die Feuchtigkeit abzulecken. Eine verächtliche Geste. So, als würde er mir ein Messer in den Rücken treiben. Ich spüre die Klinge neben meinem Herzen. Sie hat es aber knapp verfehlt. Ich bin noch nicht völlig zerbrochen.

»Ich habe mich bereits wieder angemeldet«, verkünde ich. Stille breitet sich auf dem Schulhof aus. Das hat niemand erwartet. Das arme Mädchen, das Lamm in einem Rudel Wölfe, das ihnen die Stirn bietet. Was sie nicht wissen, ist, dass die härtesten Herzen in Flammen geschmiedet werden. Mit ihrer Grausamkeit, ihren Witzen und ihrem Gelächter haben sie mich in etwas Spektakuläres geschmiedet. »Im September werde ich die Erste sein, die vor dem Orientierungsbüro steht.«

»Das wirst du nicht wagen«, sagt Tristan immer noch kalt wie Eis und darüber boshaft triumphierend, was er denkt, geschafft zu haben. Sein dunkles Haar wallt in der Brise und lässt seine harten Gesichtszüge etwas weicher wirken. All das ist aber nur eine Illusion. Das weiß ich jetzt. Denselben Fehler werde ich nicht zweimal begehen. »Ich werde dir das Leben zur Hölle auf Erden machen.«

»Kannst du ja versuchen«, kontere ich und ziehe mein Anmeldeformular aus der Tasche. Weder Tod noch Teufel werden mich davon abhalten, hierher an die Burberry-Akademie zurückzukehren. Dies ist *meine* Chance, und ich werde es drei gutaussehenden Gesichtern, drei anregend heißen Paaren Hände und drei Sätzen leidenschaftlicher Lippen nicht gestatten, sie zunichtezumachen. »Du weißt nämlich nicht ...«, sage ich und hole tief Luft, bevor ich mich hinunter beuge und den Griff meines abgegriffenen alten Seesacks packe. Jeder andere hier hat Dienstboten, die ihnen das Gepäck tragen. Ich nicht. Trotzig hebe ich den Kopf, als ich mich aufrichte, und Tristan sieht mich finster an. »Du weißt nicht, dass mein Leben außerhalb dieser Mauern bereits die Hölle auf Erden ist. Das hier ist nichts weiter als eine weitere Ebene von Dantes Inferno. Ich habe keine Angst.« Mein Blick zuckt an Tristan vorbei zu Zayd und Creed. »Vor keinem von euch.«

Ich schiebe mich an Tristan vorbei in Richtung des Tores der Schule und drei Monaten der Freiheit vor diesen Arschlöchern, aber er greift sich meinen Arm und hält mich zurück. Ich sehe nach unten und starre auf seine Finger, die in meine Haut gedrückt sind, und dann wieder nach oben in sein Gesicht. Er lächelt, aber nicht nett.

»Herausforderung angenommen«, säuselt er und gibt mich dann frei.

Ich halte meinen Kopf gehoben und meine Angst unter Kontrolle, während ich in meiner zerrissenen Uniform den Weg entlanggehe.

Herausforderung akzeptiert passt genau. Ich werde nicht zulassen, mich der besten Chance meines Lebens berauben zu lassen. Nicht von Tristan oder irgendjemandem sonst.

Im Gehen spüre ich in meinem Rücken die Blicke aus drei Augenpaaren, die mir hinterhersehen, warten und sich gegen mich verschwören.

Ich muss sicherstellen, dass ich ihnen immer einen Schritt voraus sein werde.

ÜBER DIE AUTORIN

Callie Rose ist eine Bestsellerautorin, die es liebt, Bücher zu schreiben, die die Gefühle des Lesers berühren und ihn bis zur letzten Seite nicht mehr loslassen. Sie liebt verworrene Plots, gequälte böse Jungs, starke Frauen und Erlösungsgeschichten, bei denen man sich das, was passiert, *verdient* hat.

Um über Neuerscheinungen und andere tolle Extras informiert zu werden, melden Sie sich für ihre Mailingliste an: www.callieroseauthor.com/deutsch.

Sie verspricht, Sie nicht zu beißen (oder zuzuspammen)!

Printed in Poland
by Amazon Fulfillment
Poland Sp. z o.o., Wrocław

15564300R00195